Sammlung Luchterhand 786

Über dieses Buch:
Wohin er auch kommt – seine Verfolger sind ihm stets auf den Fersen. Jeder Schritt auf seinem Weg scheint vorgezeichnet zu sein und ihn unentrinnbar seinen besessenen Mördern in die Arme zu treiben.
Grünsuchers Odyssee durch die einst grüne Insel, die äußerlich von Erosion abgetragen und innerlich von Plünderern heimgesucht wird, führt ihn zu den Stätten seiner eigenen Sehnsucht, bis in die tiefe Vergangenheit, für die er zur Verantwortung gezogen wird. Tote sind nur in seiner Einbildung Tote, und Liebe wird nicht als solche erkannt. So durchstreift er das Vakuum falscher Gefühle, immer auf der Flucht vor den Einbrüchen der Realität.
Grünsucher steckt in jedem von uns.

Über den Autor:
Peter Tate ist walisischer Journalist und Schriftsteller.
Romane: *Das verplante Paradies,* 1973. *Landluft und tödlicher Regen,* 1975. *Mondlicht auf stählernen Wiesen,* 1978.

Peter Tate

GRÜNSUCHER

Herausgegeben
und mit einem Nachwort
von Michael Nagula
Aus dem Englischen
von Malte Heim

Luchterhand

Titel der Originalausgabe: *Greencomber*,
erschienen bei Doubleday, New York.

CIP-Kurztitelaufnahme der Deutschen Bibliothek
Tate, Peter:
Grünsucher / Peter Tate. Hrsg. u. mit e. Nachw.
von Michael Nagula. Aus d. Engl. übers. von
Malte Heim. – Dt. Erstausg. –
Darmstadt ; Neuwied : Luchterhand, 1987.
(Sammlung Luchterhand ; 786)
Einheitssacht.: Greencomber <dt.>
ISBN 3-472-61786-1
NE: GT

Deutsche Erstausgabe
Sammlung Luchterhand, November 1987

Lektorat: Wieland Eschenhagen
Umschlaggestaltung: Alexander Brancyk
Herstellung: Petra Görg

Gesamtherstellung bei der
Druck- und Verlags-Gesellschaft mbH, Darmstadt
ISBN 3-472-61786-1

BUCH 1: ENTDECKER

Kapitel Eins

Im Morgengrauen schwenkten die Brachvögel und Strandläufer über den Meeresstrand ein, um im Sumpfgebiet der Flußmündung nach Nahrung zu suchen, und die Enten flatterten matt davon, um sich den Tag über auf Sand- und Schlammbänken zu sonnen; und trotz der frühen, dunstigen Morgenstunde machte sich schon der Paarungstrieb geltend.

Aber am Strand bildeten sich neue Gewohnheiten heraus . . . Anachronismen, die den Strandsucher unter der abgestützten Klappe seiner Hütte beschäftigten und ihn an Körperstellen befeuchteten, die nicht vom Tau benetzt wurden.

Er konnte bei diesem unvermeidlichen Solent-Vorspiel nur wenig sehen; und die Geräusche waren gedämpft, aber nicht außerhalb seines Wahrnehmungsbereichs – ein metallisches Klicken, das nicht in dieses Stück unberührte Natur gehörte, und ein Gewirr von Stimmen, die nicht über Gezeiten oder die Aussichten des Fischfangs redeten.

Prämienjäger. Schon hatten sie eine Kette über den Strand gebildet, um ihre erste Treibjagd einzuleiten; die Kopfhörer aufgesetzt hielten sie die Suchsonden vor sich ausgestreckt, so daß man glauben konnte, sie gingen durch ein Minenfeld.

Der Strandsucher in seiner Hütte verfluchte die Automation und sah schon seinen Lebensunterhalt mit der nächsten Ebbe versickern.

Er hätte sich ebenfalls mit einem Metalldetektor ausrüsten können; wie auch Vermeer mit Hilfe der Zahlen hätte anfangen können zu malen. Es war der Hang zur Vereinfachung, der ihn mit Ekel erfüllte. Entweder man suchte selbst den Strand ab oder man war zu bequem dazu; und der Technik die Rolle des Instinktes zu überlassen, kam einer Bankrotterklärung näher, als er ihr je gekommen oder zu kommen bereit war. Er blieb der Tradition treu – und sah seine Felle davonschwimmen.

Diese ... Mechanik ... machte ihm wirklich Sorgen. Sie hatten seinen Bezirk derart eingeengt, daß er ihn zwar am Leben hielt, ihm aber keinen Luxus erlaubte; sie hatten ihn von den Strandabschnitten verjagt, wo sein Lebensunterhalt – Belohnung für geborgenes Gut – leicht verdient gewesen wäre, und ihn auf Urlaubsstrände verbannt, auf denen die Moral der Entdeckungen immer zweifelhaft war. Dort waren Menschen die Verlierer, und man war ständig der Versuchung ausgesetzt, etwas als Fund zu betrachten, bei dem es sich in Wahrheit um gestohlenes Gut handelte.

Und die ganze Zeit über ging der Strandsucher voran, und sie folgten ihm; als wäre ihre teuflische Ausrüstung auf die eisernen Schnürsenkelenden seiner Turnschuhe eingestellt.

Die felsigen Küsten von Hordle und Barton, die industriell genutzten Uferregionen von Hythe, Fawley, Poole, die Urlaubsstrände im Westen, und jetzt – um den Kreis zu schließen – nach Lepe und an die Solent-Küste zurück, die zu öde war, um viele Touristen anzulocken, aber genau richtig gelegen, um mit jenem Treibgut gesegnet zu sein, das Geld bedeutete.

Noch immer waren ihm die Prämienjäger auf den Fersen; sie versuchten nicht, ihn zu überholen oder auch nur auf seine Höhe zu kommen; sie blieben in Rufweite, aber ohne zu rufen; wie Sagengestalten im Nebel.

Der Strandsucher mußte den Grund ihrer Vorgehensweise herausfinden.

Er verließ seine Hütte, ließ die Klappe zufallen und sicherte sie mit einem Vorhängeschloß. Dann lenkte er seine Schritte in Richtung der Geräusche und versank in dem groben Sand, dessen Kälte er an den bloßen Knöcheln spürte.

Irgendwo über der Dunstschicht – nicht mehr als etwa einen Meter oder so über seinem Kopf – schritt der Tag fort; Enten und Strandläufer nahmen ihre gewohnten Plätze ein, und Möwen boten ihre Rücken der zunehmenden Sonnenwärme dar.

Jetzt würde sich der Dunst jeden Augenblick auflösen; und womit würde ihn der Tag konfrontieren? Mit seinen Verfolgern – und er würde ihnen nur eine einzige Frage stellen: *warum?*

Warum überhaupt etwas? Warum die Frage stellen? Weil ihn seine Verfolger krank machten; und weil es einen Grund geben mußte.

Die Welt wurde vergoldet. Der Schleier über Meer und Sand und vor dem Drama hob sich.

Keine sechs Meter entfernt standen die Männer in einer Reihe.

Augenblicklich verließ ihn der Mut. Ihm wurde bewußt, daß alle anderen Geräusche unter den Wahrnehmungspegel gesunken waren, während er mit sich gekämpft hatte. Und während er mit Selbstgesprächen beschäftigt gewesen war, wäre er um ein Haar geradewegs mitten unter seine Verfolger geplatzt.

»Warum?« fragte er.

Sie erwiderten nichts. Er hätte nicht einmal beschwören können, daß sie ihn überhaupt gehört hatten, wegen der riesigen Puderquasten vor ihren Ohren und den Spezial-Sonnenbrillen, die ihr Gesichtsfeld einengten.

»Nehmt die Scheuklappen ab«, sagte er. »Ich rede mit euch.«

Ein Mann fast in der Mitte der Schwarmlinie machte die Ohren frei, ließ aber die Augen bedeckt.

»Ich höre Sie«, sagte er. »Mein Name ist Manning, und ich spreche für alle. Sie haben gefragt, warum.«

»Nun; wenn Sie es gehört haben, warum antworten Sie mir dann nicht?«

»Die Frage war nicht ganz klar. Warum *was?*«

Die übrigen machten ihre Ohren frei und setzten ihre schweren Ausrüstungen ab.

»Warum folgt ihr mir?«

Einzelne Lacher wurden laut.

»Folgen wir Ihnen?«

»Kommen Sie, Manning. Ich war hier, dort, überall; und ihr seid immer direkt hinter mir geblieben. Ich habe euch zu reichen Ernteplätzen geführt und bin wieder fortgegangen; und ihr wart mir immer noch auf den Fersen. Aus welchem Grund tut ihr das?«

»Sie sind ein Maskottchen.«

»Was?«

»Ein Talisman. Sie bringen uns Glück.«

»Sie sprechen in Rätseln. Was nennen Sie Glück?«

»Ein Laib Brot; eine Speckseite; Bargeld in der Hand.«

»Aber ihr *braucht* weder Glück noch mich; nicht mit diesen ... diesen . . .«, der Strandsucher wies auf die Detektoren, »mit diesen Wünschelruten. Es müssen noch andere Gründe dahinter stecken.«

»Tut mir leid«, sagte Manning. »Wir sind eben hoffnungslos abergläubisch.«

Der Strandsucher ahnte Schwierigkeiten; er bemerkte, daß sich die gerade Linie der Männer zu einem Hufeisen gekrümmt hatte; zu einem Halbkreis, dessen Mittelpunkt er darstellte; sie umringten ihn; noch hielt er sie in Schach.

Er mußte dieser Umklammerung entkommen, und Gewalt war nicht das geeignete Mittel dazu.

»Ihr seid hoffnungslose Lügner«, sagte er, drehte sich auf den Fersen um und war durch die Lücke geschlüpft, ehe sich der Kreis schließen konnte.

Das Gelächter verfolgte ihn, als er über den kiesigen Sand zurückging, und als er einen Blick über die Schulter zurück warf, war die Linie wieder gerade geworden, und die Ohrhörer waren wieder an ihren Plätzen und piepten.

Wieder in seiner Hütte, rekapitulierte er, was er erlebt hatte, und dachte über seine nächsten Schritte nach.

Mannings Gerede von einem »Talisman« hatte ihn weder beirrt noch beeindruckt. Wenn daran überhaupt etwas Wahres war, dann nur dies: Ihre Instrumente konnten ihre Aufgabe erst erfüllen, wenn sie an einen Ort gebracht wurden, an denen ihre Fähigkeiten zur Geltung kamen; aber zum Auffinden neuer Stellen waren sie fast völlig wertlos.

Zu diesem Zweck war der erfahrene Veteran besser geeignet; der Mann, der im Laufe der Zeit Fachmann für Gezeitengrenzen geworden war. Er half ihrem diesbezüglichen Mangel ab; das war der springende Punkt. Also gut. Wenn sie unbedingt Wert darauf legten, geführt zu werden, würde er sie eben tanzen lassen.

Er nahm Brot, kaltes Fleisch und Käse als Verpflegung an sich, wickelte sie zusammen mit Unterwäsche in ein Hemd zum Wechseln und stopfte das Ganze in einen Seesack. Er stand schon im hinteren Ausgang seiner Hütte und blickte hinaus auf das Buschland und den Wald dahinter, als er sich seiner Bibliothek entsann – eine großartige Bezeichnung für eine Handvoll Bücher, die schon Eselsohren gehabt hatten, als er sie fand, und jetzt noch abgegriffener waren.

Es war ein Teil der umfassenden Zufälligkeiten seines Lebens, daß er ein paar Dinge richtig gemacht hatte, ohne sich an alle erinnern zu können. Das Essen hatte er in seine Kleidung gewickelt, um seine Bücher sauberzuhalten.

Er packte den Lesestoff zu dem übrigen in den Sack und lief hakenschlagend wie ein Hase über die Düne, um die Hütte als Sichtdeckung zwischen sich und seinen früheren Verfolgern zu haben.

Er war ihnen jetzt einen Schritt voraus und schlug eine neue Richtung ein.

Ihnen würde es niemals in den Sinn kommen, ein Stück Treibholz im Landesinneren zu suchen . . . und er würde das Land durchsuchen.

★

Satin war von einem genetischen Schiffswrack geborgen worden.

Ihr Vater war auf Acid und ihre Mutter auf mexikanischem Peyotl gewesen; und daß sie je das Licht der Welt erblickt hatte, war ein Wunder gewesen.

Für das zweifelhafte Geschenk ihres Überlebens hatte sie einem Team von Gentechnikern zu danken, die der Stockholmer Einrichtung angehört hatten, die unter dem Namen Karolinska Institut bekannt gewesen war, ehe englisches Schwefeldioxid, russisches DDT und skandinavische Abgase zusammengewirkt hatten, um einen Hybriden zu schaffen, den selbst die dort verfügbaren Änderungstechniken natürlicher Anlagen nicht zu verhindern vermochten, und der Schweden unter einem Rußregen begraben hatte.

Das Team war in diesen Wald entkommen.

Während sie mit ihren RNA/DNA-Geduldsspielen fortfuhren, waren sie in den Besitz der Satin-Kombination gelangt, und mit Hilfe von Translokation, Mutation und Eliminierung, und indem sie das Ganze mit fünfwertigen Basen und Giemsa-Farbe mischten, hatten sie eine Zelle hervorgebracht, die der Mühe wert schien, ins Röhrchen abgefüllt zu werden*.

Und hier war sie. Von einer Zelle in eine Zelle, wie sie es in der vereinfachenden Art einer Fünfjährigen ausgedrückt hätte.

In den Liedern klang es anders. Aber für Satin *waren* die Worte, die gleich lauteten, auch das gleiche; mehr ließ sich darüber nicht sagen. Oder singen.

Ben besaß eine ältere Erinnerung an diesen Ort. Die Schlafschule hatte ihm alles beigebracht, was er wußte. Und das war eine Menge, wenn man die Tatsache bedachte, daß er erst sechs war. In den Liedern hieß es, daß er sechs war.

Die Schlafschule hatte ihm versichert, wenn er sich selbst überlassen bliebe, sei er bald davon überzeugt, daß seine Existenz auf einem untergehenden Planeten überflüssig und darüber hinaus eine kriminelle Unverantwortlichkeit in bezug auf den Anteil anderer sei. Ihm stehe auch kein Anteil zu . . . er trüge nur die Stigmata und die Schande.

Er konnte keinen einzigen Atemzug tun, ohne Sauerstoff zu vergeuden, der jetzt, da die Bäume verschwunden waren, nicht mehr ersetzt werden konnte. Zudem fraß er sich durch einen schwindenden Vorrat an Nahrung; und welche Gegenleistung erbrachte er? Er fügte dem ohnehin riesigen Abfallhaufen noch mehr flüssigen Unrat hinzu. Recycling? Zu teuer. Besser, man hinderte die Leute daran, sich zu entleeren. Besser Schluß machen mit den Leuten. Sicher hätte man ihn draußen willkommen geheißen.

Das war die Botschaft der Lieder, und es war eine große Botschaft für ein kleines Hirn.

Also machten sich die Experten an dem Hirn zu schaffen; eine neuronale Verstärkung, den Ben zur Denkkapazität eines Erwachsenen verhelfen sollte.

* *Translokation:* Ein Stück des Chromosoms wird an einer Stelle entnommen und woanders eingefügt (Rekombination).
Giemsa-(Romanowski-)Färbung: Um die Zelle »cytochemisch« besser darstellen zu können, werden Nucleotide (Zellkerne) rot, Nucleoproteine blauschwarz und das Zytoplasma bläulich lila gefärbt. (Anmerkung des Übersetzers.)

Und zu den Manipulationsmöglichkeiten eines Erwachsenen, fügte Ben leise zu sich selbst hinzu; denn man kann nicht die Aktivität im rechten Hirnlappen steigern, ohne zugleich die Leistung des linken zu erhöhen.

Die Sängerin war wunderschön. Sie hatte langes, kastanienbraunes Haar und grüne Augen und eine Stimme, die wie eine Wachskerze gezogen und vom Klang einer Äolsharfe war.

Selbst in Anbetracht dieser vielfältigen Talente – dieser vielen Extras – war sie immer noch rein funktional. Denn sie war die Kontrollinstanz und Liedersängerin. Die Botschaften wurden durch dieses Geschöpf ebenso unfehlbar übermittelt, wie dem Wasser, das Ben zugeteilt wurde, Lithiumcarbonat beigefügt war; so sicher, wie Spuren von Rubidium an der Mündung des Zapfens in Satins »Zelle aus der Zelle« zu finden gewesen wären.

Die Lieder ergaben einen gewissen Sinn, vorausgesetzt, man war mit einem gewissen Geschick zur Sinnfindung begabt. Die Sängerin war dies nicht. Sinnfindung ist die Fähigkeit zu argumentieren; und diese Fähigkeit wäre im Zusammenspiel der Komponenten ein gefährlicher Luxus gewesen. Sie konnte nicht denken, nicht kämpfen, und nicht in einen Spiegel schauen (konnte zwar in einen Spiegel schauen; aber . . .) und sagen: »Ich bin schön.«

Sie gab nur ihre didaktischen Couplets zum besten und trat danach still an ihr Fenster. Ein Rapunzel mit aufgestecktem Haar, und ohne weißen Rittersmann, der durch die Buchen des Jagdwaldes gekommen wäre.

»Ich bin,
Du bist,
Er,
Sie oder
Es ist . . .«

Was?

Drei dritte Personen, die in ähnlicher Weise schreien. Er, sie oder es ist *was?*

★

Er trat vorsichtig auf, bis die alten Eichen von Inchmery um ihn standen, und dann . . . blieb er abrupt stehen. Nicht in regloser Stellung, weil er nach etwaigen Verfolgern lauschen wollte, sondern weil ihn so etwas wie Übelkeit befallen hatte.

Er versuchte, es auf die Angst zurückzuführen, die er am Morgen ausgestanden hatte – Auseinandersetzungen enervierten ihn immer, weil er so lange allein gewesen war, und es hatte eine zwar unausgesprochene, aber unmißverständliche Drohung in dieser Konfrontation mit den Prämienjägern gelegen.

Aber das hatte er jetzt hinter sich gelassen, und zwischen ihm und den Männern lag eine sichere Entfernung. Hatte die Notwendigkeit zur Eile sein Denken vielleicht so vollständig beansprucht, daß sein Körper erst jetzt reagieren konnte? Das verstieß gegen die Logik – ebenso wie die Übelkeit. Er hatte sie schließlich *ausgetrickst*. Er war eine Meile oder mehr von ihnen entfernt; unterwegs in ein verwirrendes Land, in dem nicht voraussehbar war, was als nächstes geschehen würde.

Inland . . . Da überfiel es ihn.

Während mehr Jahre, als er Lust hatte, sich zu erinnern, war er die Ufer des Meeres entlanggestreift; manchmal hatte das Meer links, manchmal rechts von ihm gelegen; aber immer – selbst, wenn es nur durch Häuserreihen hindurch zu sehen gewesen war oder ihn eine Meeresbucht zu Umwegen gezwungen hatte – immer war es präsent gewesen.

Und jetzt war er dabei, sich weiter und weiter von dem Leviathan, den er kannte, fortzubewegen; vom Ernährer; vom wandelbaren Ozean, der seinem Leben dennoch sowohl Heimat gegeben als auch den Sinn gewiesen hatte.

Dieses klumpige Gefühl in seinem Magen war eine unsinnige, unechte Klaustrophobie. Natürlich *konnte* man sich auch im Freien eingeschlossen vorkommen; in der offenen Landschaft, die sich Meilen über Meilen in alle Richtungen erstreckte. Man konnte sich eingezwängt fühlen, wenn eine natürliche Begrenzung, mit der man ein Leben lang vertraut gewesen war, plötzlich hinter dem Horizont lag.

»Du wirst dich daran gewöhnen müssen«, sagte er ungeduldig zu sich selbst. »Du bist fort, weil du etwas Unerwartetes getan hast. Wenn es dir nicht einmal gelingt, auf die Dinge zu verzichten, die es dir so leicht gemacht haben, die Dinge aufzufinden, dann wird es nicht mehr lange dauern, bis man dich selbst auffindet.«

Dieses Argument war gewichtig ... und schließlich reichte seine Überzeugungskraft aus, ihn seinen Weg fortsetzen zu lassen. Die vollständige Gewöhnung an ein landumschlossenes Leben würde noch ein wenig Zeit brauchen. Inzwischen hatte er Gelegenheit, sich den ersten Gedanken in Erinnerung zu rufen, der ihn von der Küste fortgetrieben hatte. Das *Grün* war seine Bestimmung, die Farbe seines Schicksals.

Die Straße, die vor dem Strandsucher lag – der dabei war, ein Grünsucher zu werden –, war schnurgerade. Die Eichen waren Weißbirken gewichen, die wie Interpunktionszeichen im stenographierten Text der hohen Hecken standen, die in diesem aufhellenden Morgen im späten September schon erwacht waren; Haselnuß und Weißdorn, Schlehe und Brombeerstrauch.

Die allmählich kräftiger werdende Sonne erwärmte seinen Nacken, als er den Schwalben zusah, die sich ihr Frühstück aus der Luft erjagten.

Wie es aussah, war er gar nicht die große Seemöwe, als die er sich bisher gesehen hatte ... es war unmöglich, auf seine Art zu leben, ohne ein wenig von der natürlichen Ordnung aufzuschnappen.

Während er in der eingehenden Betrachtung der aus vielen Arten bestehenden Hecken versunken war, empfand er beinahe so etwas wie ... Zuversicht. Er pflückte sich eine Brombeere, zerdrückte sie mit der Zunge und war glücklich zu merken, wie der Geschmack seine Übelkeit vertrieb.

Vielleicht war gewöhnlicher Hunger – oder seine fehlende Bereitschaft, eine so einfache Erklärung zu akzeptieren – schuld an seiner Übelkeit gewesen. Auf jeden Fall konnte sein Magen ein anständiges Essen vertragen.

Er begnügte sich einstweilen mit einem Stück Brot, das er im Gehen essen konnte, und schritt weiter über den Kies aus.

Eine Stunde später hatte er die ziegelrote Anordnung von Querstraßen, die Exbury darstellte, hinter sich gelassen und schwenkte nach rechts auf die Hauptküstenstraße nach Beaulieu ein.

Falls Mutter Natur der Sympathie und des Verständnisses verdächtigt werden konnte, hätte man diese Straße als Beweis dafür anführen können, weil sie den Übergang vom Meer zum Land so unmerklich vollzog, daß er exakt mit der inneren Bereitschaft des Grünsuchers zur Anpassung übereinstimmte.

Der salzige Wind blies in seine Richtung, und er sah, daß der Wind die Bäume in ständiger, liebender Umarmung umfing; er behinderte und stutzte sie und verlieh ihnen die Formen und Gestalten Verwachsener.

Eine Meile weiter verloren die Zweige ihre Deformierungen. Noch eine Meile weiter, und der Grünsucher schritt zwischen Koniferenpflanzungen daher, und Meisen flogen in Scharen ihren Geschäften nach und an ihm vorüber zu ihren Nachbarn und stießen schrille Warnungen und Ratschläge aus.

Auf der Hauptstraße studierte er beide Richtungen, bevor er seine Wahl traf. Zu seiner Rechten lagen die Uferbezirke von Dibden und Marchwood, großzügig von spitzwinkligen Pylonen gesäumt, zwischen denen die Hochspannungskabel gespannt waren, die den Strom von der Kraftstation in Fawley in den industriellen Westen Southamptons trugen.

Zur Linken verlief die Straße bergab, und gesunde Buchen reichten sich über ihr die Hände; hießen einander willkommen im mittelalterlichen Beaulieu.

In dieser Richtung lag das grüne Land, das seine Tarnung und sein Alltag werden sollte . . .

★

Das Rote Schloß kauerte auf der Kalkbergkuppe wie ein arthurischer Scherz. Das war eine zutreffende Beschreibung, weil die Zitadelle – die Türmchen und Winkel und Verstecke der Gebrüder Grimm – in einem ausschweifenden Jahrzehnt begonnen und dann vergessen und im neunzehnten Jahrhundert schließlich als Monument der Narretei weitergebaut worden war.

Satin konnte Grün sehen. Sie stand auf den Zehenspitzen und zwängte ihren Kopf in den schmalen Fensterschlitz. Im Hintergrund regte sich das Grün, und auf dem Gesicht spürte sie einen kalten Hauch. Das Wehen im Inneren stand mit der Bewegung draußen in Zusammenhang. *Wind*, sagte ihr lyrischer Informant. *Laub*.

Satin ging zurück, setzte sich auf ihr Bett und wünschte sich, die Stimme sehen zu können. Aber sofort war sie sich auch über den Widerspruch im klaren. Man sieht keine Stimme. Man hört sie. Man sieht einen Mund, ein Gesicht, den Erzeuger einer Stimme. Also gut . . . sie wünschte sich, das Gesicht zu sehen, das die Stimme erzeugt hatte.

Sie versuchte, sich ein solches Gesicht vorzustellen, und sie wußte, daß es wunderschön sein mußte. Aber sie bemerkte, daß sie sich nur ihr eigenes Gesicht vorstellen konnte, denn es war das einzige, das sie je erblickt hatte. Und wenn es an anderen Orten andere Gesichter gab, mochte es sein, daß sie lieblicher als das ihre waren. Möglicherweise war sie überhaupt nicht schön. War sie schön?

Auch Ben sah Grün, er erkannte es am Muster. Es war Laub, wie er wußte. Laub wuchs an Zweigen, und Zweige wuchsen an Bäumen; und wenn noch immer Bäume im Freien gediehen, hatte man ihm eine fundamentale Lüge erzählt.

Aber wie war das nur möglich? In jeder anderen Hinsicht erwiesen ihm seine ungesehenen Freunde nur Liebe. Er wurde gut versorgt. Sein Essen kam durch eine Klappe, die sich zu keinem anderen Zweck öffnete. Wenn er gegessen hatte, trank er Wasser und genoß es. Eine abgeschlossene Kabine in einer Ecke des Raumes war für alle seine sonstigen Bedürfnisse eingerichtet.

Er besaß keine Vergleichsmöglichkeit; aber manchmal, wenn sein Geist ruhen wollte, zog sein Körper vor aufzubleiben, und in seinen Knien und Rückenwirbeln traten Unruhfedern in Aktion. Er gelangte zu der Überzeugung, daß er für einen sechsjährigen Jungen eine Menge schlief.

Die Sängerin konnte auf ein bewegtes Meer aus Zweigen hinaussehen, das ins Tal abfloß. Der Laubkalender verriet die Jahreszeit, fast sogar die Tagesstunde, aber diese Art von Wissen war für die Sängerin nicht erforderlich. Sogar Nachrichten von der Endkatastrophe wurden nicht anders als die Wellen des Wohlbefindens registriert, die ihre Kehle beim Trinken empfand. Alles war Funktion.

Nicht, daß der Endkatastrophe große Bedeutung beigemessen worden wäre. Optimismus war der Grundtenor. Optimismus kann zum Grundtenor werden? Wenn die Erwartung am Ausbleiben der Erfüllung scheitert, kann man das Unvermeidliche akzeptieren oder die Erwartungen herunterschrauben.

Beschneidet eure Hoffnungen, begrabt eure Träume – und ihr habt eine Sängerin, vor deren Blick alles gleich unbedeutend ist.

★

Die Stimme war allgegenwärtig. Sie summte wie die Bienen in den Wipfeln der Koniferen; hallte von den sanften Hängen des Tales wider, als Grünsucher die graue Straße entlang durch das kühle Grün schritt; überließ die Schafe ungerührt ihren Klagen über den Mangel an gutem Gras.

Die Leute hörten Die Stimme ebenfalls, nahmen aber keine Notiz davon, sondern machten sich ungerührt weiter zwischen den Reihen von Kohlköpfen und Speckbohnen zu schaffen, die sich zu beiden Seiten des engen Tales von der Straße bis zu den Baumreihen hinauf erstreckten. Wo der Horizont in den Himmel überging, erprobten Windmühlen ihre Flügel vor dem Wind.

Und obwohl die Gewalt Der Stimme für den Neuankömmling unerhört sein mochte – ja, sogar erschreckend –, ergab die Nichtbeachtung für den Grünsucher sofort einen gewissen Sinn.

Die Leute hier waren an Die Stimme *gewöhnt*. Es kam ihm gar nicht erst in den Sinn, nach ihrer Herkunft zu fragen – eine Lautsprecheranlage ließ den Standort der Tonquelle überall möglich erscheinen – aber er fragte sich, weshalb die Leute sie so beharrlich ignorierten und weshalb sie in Anbetracht dieser Nichtbeachtung überhaupt erklang.

Denn Die Stimme selbst war wundervoll – weiblich und von ungewöhnlicher Modulation; volltönend in der unteren Tonlage, aber in den höheren Oktaven mit Verzerrungen, unvermittelt und unerwartet wie das gleißende Funkeln eines Diamanten. Im Augenblick sang sie:

»Ich brach die allerletzte Blume
Die wuchs auf dieser Ackerkrume

Da fragt' ihr Blut an meinem Kleid:
Warum? Ich tat dir nichts zuleid'.

Ich lebt' trotz Staub und DDT
Warum nur tatest du mir weh?

Ich hätt' geblüht sogar zuletzt
Wenn du mich nicht gebrochen hätt'st.«

Dann war Stille, Grünsucher hatte einen dicken Kloß im Hals, und seine Wangen glühten. Er berührte sie und stellte fest, daß sie naß waren.

An einer bestimmten Stelle des Liedes war sein Tränenborn angezapft worden; ob durch das Lied oder die Sängerin, das wußte er nicht zu sagen. Aber abgesehen von seinem Bemühen um eine Analyse fand er das Lied heilkräftig. Er fühlte sich geläutert; ein besserer Mensch. Es war schon lange her, daß ihn etwas derart angerührt hatte, daß seine Tränen geflossen waren. Er mußte die Quelle des Gesanges finden.

In diesem Tal standen ungewöhnlich viele Buchen. Sie säumten die Straße und setzten sich jenseits des bepflanzten Landes fort. Vom Feldrand beginnend bildeten sie Ausläufer die Hänge hinauf und wurden erst in relativ großer Höhe von den Koniferen verdrängt; ihre waagerecht strebenden Wurzeln triumphierten noch dort, wo die Kreide aus dem Mutterboden brach. Nadelbäume gab es hier und noch eine andere Art – von Menschen entworfen – sie besaßen Flügel statt der Äste, und ihr Zweck blieb lange verborgen, aber dann war er so einfach wie das Erscheinungsbild. Bock-Windmühlen. Das Prinzip war einfach ... aber funktionierten diese Mühlen auch?

Grünsucher betrachtete die bewaldeten Hänge und dachte an den Herbst, der bald seinen Einzug halten würde. Der Herbst mußte dieses Tal mit einem einzigen Flammenmeer erfüllen.

Er kam an ein Tor, das sich auf ein Feld öffnete, auf dem Männer bei der Arbeit waren. Er rief ihnen einen Gruß zu.

Wenn sie in bezug auf den Gesang taub waren, konnte nur eine Absicht dahinter stecken. Denn jetzt erstarrten sie in ihrer Tätigkeit und wandten sich dem Ankömmling zu.

»Ich komme . . . von weit her«, rief Grünsucher. Er wollte mit dieser Bemerkung alles erklären und somit neugierigen Fragen vorbeugen. Aber die Männer sahen nicht so aus, als brächten sie ihm besonderes Interesse entgegen. »Ich hatte gehofft, hier irgendwo unterkommen zu können . . .«

»Versuchen Se's doch im Gasthof im Dorf«, riet ihm der nächststehende Mann. »Da sinn se auf Gäste eingerichtet.«

»Vielen Dank.« Die Männer erschienen nicht gerade ungastlich. Sie waren gar nichts – weder neugierig, noch feindselig; nicht einmal Gleichgültigkeit war zu erkennen. Sie sprachen, arbeiteten und *atmeten*, als wären ihre Gedanken mit ganz anderen Dingen beschäftigt.

»Um die Wahrheit zu sagen«, machte Grünsucher einen neuen Vorstoß, »ich weiß nicht einmal, wo ich hier bin.«

»Tollard Royal«, erwiderte derselbe Mann wie zuvor. »Cranborne Chase.«

»Zwei Namen?« Grünsucher war verwirrt.

»Se sinn *in* Tollard, un *auf* Chase.«

Nur der eine Arbeiter schien für das Reden zuständig zu sein, und die anderen schienen zufrieden, daß er es ihnen abnahm. Genau wie die Prämienjäger am Strand, aber ohne das Kichern. Ohne die *Drohung*.

Demnach hieß das Dorf Tollard Royal, und das Tal und vielleicht einiges mehr hieß Cranborne Chase. Und wenn der Mann fähig war, über Dinge außerhalb des Bodens unter seinen Füßen zu sprechen, schien es möglich, daß das Widerstreben, das Grünsucher ihm und seinen Kollegen angedichtet hatte, nur auf die natürliche Zurückhaltung der Landbevölkerung zurückzuführen war.

Und was war mit ihrer fehlenden Reaktion auf Die Stimme? Nun, Grünsucher hatte es sich schon zuvor selbst erklärt. Sie waren daran *gewöhnt*.

Darüber hinaus handelte es sich vielleicht um nichts als ein zu laut aufgedrehtes Solarzellen-Radio, das überall stehen konnte; und die Arbeiter auf dem Feld bekämpften den Lärm, indem sie sich ausschließlich dem Boden widmeten.

Aber wenn Die Stimme nicht mehr als die Wiedergabe einer weit entfernten Künstlerin war, wie verhielt es sich dann mit dem Tränenfluß, der ihn eben überrascht hatte? Sollte dieser Brunnen so rasch wieder austrocknen? Er würde sich auf jeden Fall erkundigen müssen.

»Als ich die Straße entlang kam«, sagte er, »hörte ich eine Stimme . . .«

Der Sprecher der Arbeiter wandte sich offenbar absichtlich brüsk ab und widmete sich wieder seiner Arbeit. Auch die übrigen Männer schenkten ihm keine Aufmerksamkeit mehr und weilten in Gedanken anscheinend wieder in vergangenen Tagen und entfernten Ländern, die dem Ankömmling unerreichbar waren.

»Also . . . vielen Dank auch«, schloß Grünsucher halbherzig. Vielleicht würden die Leute im Gasthaus zuvorkommender sein. Tatsächlich fühlte er fast so etwas wie Erleichterung über das wiedereingekehrte Schweigen. Denn es mußte bedeuten, daß es eine alltägliche Erklärung für alles gab.

Während seiner Überlegungen setzte Die Stimme wieder ein; sie schwang sich empor und stieß herab wie ein Mauersegler in der Abenddämmerung.

»Sängerin ward, als sei's von Belang,
Geboren am Tag, als der Spiegel zersprang.

Der Sängerin Fenster sind blind allezeit,
Der Sängerin Glück ist ein gleichgültig' Kleid . . .«

Das, entschied Grünsucher erfreut, war ein Hilferuf.

★

Und dann war da noch Wolf Hochbaum; ein Mann, der für sich in Anspruch nahm, einen völlig ungetrübten Blick zu haben – ein Experimentator in der klassischen Manier von Auschwitz – dem sich zufällig die Möglichkeiten geboten hatten, eine Endlösung zu erproben.

Hochbaum war zu jung, um sich an Adolf Hitler erinnern zu können; aber die Geschichtsschreibung war so grausam gewesen, überliefert zu haben, daß dieser Mann durch seine eigenen selbstzerstörerischen Kräfte gestorben war, und nicht durch militärische Ursachen.

Wolf würde zu verhindern wissen, daß seine Kreaturen in diese Verlegenheit kamen. Hitler hatte seinen Weg betreten, bevor ihn jemand hätte optimieren können. Ben besaß andere Voraussetzungen ... er war jung und formbar. Und das Mädchen? Sie war genau die richtige. Hochbaum hatte viel Vertrauen zu eisernen Jungfrauen, und falls Ben nicht dominieren konnte ... Satin würde es bestimmt schaffen.

Es ergab nicht viel Sinn, objektiv betrachtet; aber Wolf war vollständig verrückt. Ein unfreiwilliges und zufälliges Opfer des Russen aus Karolinska und pulverisierten Quecksilbers.

Wie es das Unglück wollte, gehörten zu den Möglichkeiten, die ihm zur Verfügung standen, zwei völlig gesunde Kinder und eine schöne Frau, die durch ihre vielen Verluste im Kopf so beschädigt war, daß ihr die logische Verbindung zu ihren eigenen Fähigkeiten abhanden gekommen war.

Sie war geistig tot; aber sie sang noch ihre Lieder. Aber auch in dieser Hinsicht war sie so gut wie tot. Sie *wußte* nicht einmal, daß sie sang.

Satin rutschte unruhig auf einem Stuhl hin und her und hätschelte ihre Ellbogen, als hielte sie ein Kind in Armen. Sie summte ein Lied, das sie vielleicht von der Sängerin gehört hatte, aber sie glaubte es nicht. Ihr fehlte immer noch die Definition der Schönheit und das Wissen um ihre Stellung auf dieser speziellen Skala. Sie konnte sich selbst im Spiegel beobachten, wie sie auf dem Stuhl herumrutschte und ihre Ellbogen hätschelte.

»Ob ich es je erfahre?« fragte sie laut.

»Eine Frage«, sagte eine Stimme, die von der Wand kam, »eine Antwort.«

Sie war nicht erschrocken. Körperlose Stimmen waren ihr vertraut. Aber die Möglichkeit, sich mitzuteilen, war ihr fremd.

Wo fange ich an? Wer bin ich? Was tue ich hier? Wie lange muß ich . . .? Was ist Schönheit?

»Es ist nicht wichtig«, sagte sie schließlich.

»Eine Frage, eine Antwort.«

Sie betrachtete sich selbst, sah sich auf dem Stuhl herumrutschen und das imaginäre Baby wiegen. *Was ist ein Baby? Warum halte ich meine Arme so? Was ist es, das ich in ihnen zu halten vortäusche? Weshalb bin ich unruhig?*

Der Raum war groß und leer und nur ein Teil des Ganzen. Sie war klein und fror und kam sich ein wenig dumm vor, als sie so Schauspielerin und Zuschauerin in einem war.

»Bin ich allein?« fragte sie, weil ihr diese Frage wichtig geworden war.

»Nein. Das ist deine Antwort.«

»Wer ist noch hier?« Satin war so erregt, daß sie weder die Wichtigkeit noch die Endgültigkeit der Antwort begriff.

Die Wand schwieg.

»Warum sagst du es mir nicht?«

Stille.

»Wann kann ich wieder fragen?«

Stille; nur der große Wind regte sich hinter dem Fenster und ließ das Grün tanzen.

»Wann darf ich die nächste Frage stellen? Bitte!«

Nichts.

Satin schleuderte ihr Baby von sich und weinte.

Ben wachte durch sein eigenes Schreien auf. »Wie? Wie bekomme ich hier eine Antwort auf eine Frage?«

Es war noch immer Tag, oder es war wieder Tag; war es derselbe Tag, nur eine Minute später, oder war eine Nacht vergangen und ein neuer Tag?

»Eine Frage«, sagte die Stimme der Wand, »eine Antwort.«

Ben schrak auf. »Weshalb nur eine Frage?«

»Das ist deine Zuteilung. Das ist auch deine Antwort.«

»Aber ich wollte nicht . . . Es ist nicht gerecht.«

Die Wand sagte nichts mehr.

»Wann kann ich die nächste Frage stellen?«

Schweigen. Ben trat vor die grauen Steine und hoffte, daß es ihnen ebenso weh tat wie ihm.

Ich möchte, daß alles gut ausgeht, seufzte Satin.

Die Zeit, in der etwas gut ausgehen konnte, ist vorbei, sagte Ben zu sich selbst; er war auf die Brustwehr getreten und kannte sich nicht mehr aus. Er war nicht am vertrauten Platz.

Die Sängerin trällerte elegische Lieder.

★

Das Gasthaus war dem Gedenken an den König gewidmet, der dieses Jagdrevier mit Zäunen umschlossen und selbst genutzt hatte, bevor er selbst bei Runnymede eingeschlossen worden war.

Aber irgendwann vor nicht allzu langer Zeit hatte es seinen traditionellen Charakter zugunsten chromblitzender Modernität aufgegeben, und das Roastbeef des Alten England war den Spezialitäten der spanischen Küche gewichen.

Aber Grünsucher war Roastbeef in jeder Zubereitungsform willkommen. Er aß gut und reichlich und begab sich danach an die Bar, wo er auf die Aufklärung seiner Fragen hoffte und sich gegen die Pseudo-Kommunikation verwahrte, die so gut zu dem Pseudo-Stil und dem Pseudo-Geschmack paßte.

Seine ersten Gesprächspartner waren enttäuschend. Falls Die Stimme draußen in der Nacht fortfuhr, lauschte ihr hier niemand; und die Tonbandmusik genügte allen Ansprüchen und erfüllte alle Winkel und Entspannungswünsche und ersetzte die Stille.

Alle hier waren erschreckend grausam, schlau und kühn; wie bei einem Plausch unter Martini-Trinkern. Aber es war weder das Richtige noch das Rechte für Grünsucher, und er suchte sich ein anderes Lokal aus, in dem es eher ländlich-sittlich als modernistisch-nihilistisch zuging.

Zuallererst bemerkte er eine Besonderheit im Verhalten.

Während die Schicken und Schicksen an der Theke hingen wie Seeleute bei rauher See an der Reeling, schienen sich die

Einheimischen hier so wenig wie möglich dem Verdacht der Zuvorkommenheit aussetzen zu wollen. Ihre Einstellung den Neuerungen gegenüber war fast verstohlen, und ihr Rückzug zu den langen Bänken entlang der Wände fand so rasch statt, wie es ihre vollen Gläser erlaubten.

Grünsucher erkannte den Mann wieder, der am Feld mit ihm gesprochen hatte. Er lächelte, und der Mann nickte, wandte aber seine Aufmerksamkeit schnell wieder dem Glas Dunkelbier in seiner Hand zu.

Neben ihm auf der Bank war nur wenig Platz, und Grünsucher mußte eine weitere Debatte unter Einheimischen durchstehen.

Der Mann hatte bereits einen bemerkenswerten Widerstand dagegen bewiesen, über eben die Angelegenheit zu reden, der Grünsuchers Neugier galt, und es war nicht wahrscheinlich, daß er jetzt gesprächiger sein würde.

Auf der anderen Seite mochte ein Ortswechsel auch seine Laune ändern. Möglicherweise war eine Unterhaltung während der Arbeit nicht gern gesehen, während einem Gespräch bei einem Schoppen am Ende des Arbeitstages eine Ventilfunktion zugestanden werden mochte. Die schlimmste Antwort, auf die er gefaßt sein mußte, war . . . keine Antwort.

Grünsucher nahm sein Glas und begab sich auf den freien Platz auf der Bank. Der Mann rutschte ein Stück zur Seite, um ihm mehr Platz zu machen, aber die Geste wirkte in keiner Weise freundschaftlich. Sie konnte ebensogut dazu dienen, den körperlichen Kontakt zu vermeiden.

»Ich habe . . . Sie um einen Rat gefragt«, sagte Grünsucher.

»Un wassis damit?« Der Mann schien unsicher.

»Ich bin in die Gaststätte gegangen.«

»Ah, ja?«

»Macht einen netten Eindruck.«

»Ham keine annere.«

Vielleicht hieß das, daß sich Grünsuchers Freund dort einquartiert hatte. Nun, es war ein erster Schritt zum Gespräch.

»Ist wohl früher anders gewesen?« sagte er.

»Ja . . . aber was is schon noch wie früher?«

Das war die endgültige Einladung zur Unterhaltung.

»Ich sehe es bei meiner Arbeit«, sagte Grünsucher, »und ich würde wetten, daß Sie es bei Ihrer sehen.«

Seine Arbeit war zumindest etwas, das der Landarbeiter verstehen würde. Es mochte sogar ein gemeinsames Interesse bedeuten.

»Ich habe die Meeresstrände beackert«, erklärte er. »So, wie Sie die Scholle umdrehen, habe ich Sand und Seetang gewendet. Ebenso, wie Ihre Früchte geerntet werden, habe ich meine ausgebuddelt.«

»Cricket«, sagte der Mann. »Thomas Cricket . . . heiß ich.«

»Nett, Sie kennenzulernen, Mr. Cricket.« Grünsucher nahm die Hand des Mannes und schüttelte sie. »Wenn ich mich selbst als Grünsucher bezeichne, werdet ihr alle hier das vielleicht verstehen. Am Strand gibt es für mich nichts mehr zu holen, darum bin ich ins Landesinnere gekommen. Und jetzt suche ich einen Lebensunterhalt beim Grünzeug.«

»Sie ham . . . den Strand *verlassen?*« Thomas Cricket schien hart kämpfen zu müssen, um es zu begreifen.

»Ja. Eine Menge Leute tauchten auf, die diese Maschinen bei sich hatten, mit denen man Metall findet. Sie haben das Geschäft kaputtgemacht.«

»'dammte Maschinen«, sagte Cricket. »Sag ich den Jungs immer. Wir gehn dran kaputt; immer nur ein Finger, un nen Knopp, auf den se drücken.«

»Darin steckt eine Menge . . .« Grünsucher warf einen Blick auf Crickets fast leeren Schoppen: ». . . aber in Ihrem Krug ist nicht mehr viel. Darf ich Ihnen einen neuen holen?«

Cricket sah erfreut aus. »Würd ich nich nee dazu sagen.«

Grünsucher ging an die Theke und war erstaunt zu merken, daß er eine ziemliche Schlangenlinie beschrieb. Was immer es sein mochte, das die Wege und die Gedanken der Landbewohner so gewunden sein ließ, es hatte auch schon von ihm Besitz ergriffen. Seine überstürzte Rückkehr zu der Bank war eher typisch als topisch.

»Eine Menge von dem, was heutzutage passiert, ergibt nicht viel Sinn in der natürlichen Ordnung.« Er hatte seine Worte vorsichtig gewählt.

»Nein, sischer nich.« Das »sischer« war eine Art Empfangsbestätigung des Getränkes, als Cricket ansetzte, um seinen Level zu verringern. »Von einigen Sachen läßt man besser de Finger davon.«

»Wie zum Beispiel Die Stimme.« Grünsucher hatte so plump vorgehen müssen, weil er kommen sah, daß er sich bald nicht mehr richtig würde artikulieren können. Er hatte den Eindruck, als setze sein neuer Bekannter eben an, zu sagen: »Stellen Se keine Fragen, dann erzählt mer Ihnen auch keine Lügen nich« – oder die örtliche Variante dieses Spruches – oder als wäre er im Begriff, das Gespräch auf andere Weise abzublocken.

Aber Cricket schwieg.

»Wie Die Stimme«, wiederholte Grünsucher, um die Gefahr auszuschalten, nicht verstanden worden zu sein. »Also die hat wohl eine *ganze Menge* an Erklärung nötig.«

»Nich für mich«, erwiderte Cricket.

»Nein?«

»Nee, 'stimmt nich.«

»Aber warum haben dann alle Leute hier zuviel . . . Angst . . ., um darüber zu reden?«

»Se ham keine Angst. 's geht keinen nich was an, das ist alles. 's is nich mein Bier.«

»Aber jemand muß . . . Ich meine, hat nie einer . . .?«

»Von sowas, da laß ich die Finger davon.«

»Wie lange gibt es Die Stimme hier schon?«

»Lang genug.«

»Und wie lang ist das?«

»Lang genug, um uns nich mehr aufzuregen.«

»Ist denn niemand . . . neugierig?

»Warum sollte 'r? Se stört uns nich.«

»Nun, was mich betrifft, ich würde gern wissen, woher Die Stimme kommt . . . und weshalb es sie gibt.«

»Da machen Se sich auf ne Menge Unsinn gefaßt. De meiste Zeit über hats nich mal'n Sinn, was se singt. Ich bin zu beschäftigt, um mich mit son Quatsch abzugeben.«

»Und das genügt Ihnen?«

»'türlich. Ich hab mich damit abgefunden, un es stört mich nich mehr.«

Grünsucher wurde sich einer plötzlichen Veränderung im Raum bewußt. Die Theke, die zuvor nur eine letzte Zuflucht dargestellt hatte, wurde jetzt von einer ganzen Reihe Leute belagert, und die *Bänke* hatten sich geleert; nur er selbst und ein unruhiger Thomas Cricket bildeten eine Ausnahme.

»Wirklich, euch allen genügt das«, sagte Grünsucher mit größerer Lautstärke, um des größeren Effektes willen.

Er war sich dessen nicht sicher, aber als er die Phalanx der breiten Rücken vor der Theke betrachtete, hatte er den Eindruck, daß sich einige der Arbeiter *bekreuzigten* oder eine ähnliche Geste ausführten. Es war natürlich lächerlich; eine Geste aus dem Dunklen Zeitalter. Dann dachte er: *wenn die Menschen keine Oger haben, müssen sie vielleicht welche erfinden.*

Thomas Cricket konnte seine Erleichterung nicht verbergen, als er ihm eine gute Nacht wünschte.

Der Gastwirt hingegen ließ keine Spur von Aberglauben in seinem geschliffenen Akzent anklingen; er nahm nur das Geld entgegen und händigte ihm einen Zimmerschlüssel aus.

Grünsucher legte sich mit einem festen Vorsatz zur Ruhe. Morgen würde er Thomas Cricket zuliebe . . . ein Riesentöter werden.

★

Plötzlich erblickte man durch die Bäume hindurch eine Burg oder ein Schloß oder Camelot.

Es wurde nicht weniger märchenhaft und verwunderlich, als er sich ihm näherte; aber die bucklige, graue Steinmauer, die er schließlich sogar berührte, war für eine Halluzination entschieden zu handfest.

Eine Weile führte er unter den Bäumen eine Eichhörnchen-Pantomime auf; seine Füße rutschten auf den braunen Tannennadeln herum, die den harten, gelben Lehmboden bedeckten; er hüpfte hin und her, spielte Verstecken und Suchen in einer Einmann-Version.

Er war auf der Suche nach einem Zugang, und zugleich war er darauf bedacht, sich bei dieser Suche nicht überraschen zu lassen; vor allem nicht in diesem Stadium. Die Südseite des Gebäudes wies nur vereinzelte winzige Fenster auf.

Plötzlich die Ahnung einer Bewegung.

Ein rosafarbenes Aufleuchten; ein flüchtiger Eindruck. Nein; nicht nur ein Eindruck; das Gesicht einer Frau mit kastanienbraunem Haar. Und von großer Lieblichkeit. Aber durch diese Lieblichkeit hindurch registrierte Grünsucher einen Schmerz, der die Schönheit durchsetzte.

Und doch ... Er gab jeden Versuch auf, sich zu verstecken. Er betrachtete dieses Gesicht lange und forschend, bis er sicher war, seine Inhaberin müsse gespürt haben, daß sein Interesse Anteilnahme war. Und noch immer senkte sie ihren Blick nicht. Sie war weder sichtbar glücklich noch erkennbar verwirrt, und das Fehlen sowohl dieser beiden Extreme als auch aller Zwischentöne sprach in beredten Worten von ihrer Tragödie.

Es ergriff ihn und nahm ihn gefangen.

Er rief: »Rapunzel, Rapunzel! Laß dein Haar herunter.«

In dem Gesicht regte sich nichts.

Vielleicht gehörte es einer Puppe. Wenn es so war, wo war dann Dr. Coppelius?

»Verzeiht mir, hübsche Dame ...«

Keine Reaktion.

»Ich bin ein einsamer und müder Wandersmann. Könnt Ihr mir Unterkunft gewähren?«

Die Augen bewegten sich nicht. Die Lippen zuckten.

Im hellen Tageslicht ließ die Sängerin ein neues Amsellied aus sich herausströmen.

Ein letztes Sichzwängen in den Fensterspalt, und Satin sah auf einen Mann hinab, der zwischen den Kiefern stand. Er war sehr groß, wie ihr schien, und gemessen an ihren wenigen Vergleichsmöglichkeiten sehr jung. Sein Gesicht schien nicht mehr Linien aufzuweisen als ihr eigenes.

»Bist du der Sänger?« fragte sie.

Er lachte, und ihre Stimme veränderte sich; mehr wie ...

»Beantwortest du mehr als eine Frage?«

Er mußte noch mehr lachen. »Ich beantworte so viele Fragen, wie du nur stellen willst ... das heißt; wenn ich kann.«

»Wo bin ich?«

»Das weiß ich nicht«, erwiderte Grünsucher wahrheitsgemäß. »Ist jemand bei dir?«

»Bitte; ich werde die Fragen stellen. Es gibt einen Sänger und eine Stimme, die von der Wand kommt. Wo sind sie?«

»Ich weiß es nicht.«

Satin biß sich auf die Lippen. »Du hilfst mir nicht mehr als die Wandstimme.«

»Ich bin eben erst hergekommen.«

»Von wo?«

»Aus dem Wald. Und davor war ich am Meeresstrand.«

»Ich glaube dir kein Wort. Der Sänger sagt, solche Dinge seien Mythen.«

Grünsucher verlagerte sein Gewicht von einem Fuß auf den anderen. Sein Nacken tat weh von der Anstrengung, ständig hochsehen zu müssen. »Dann redet sie also mit dir?«

»Er singt mit mir. Warum sagst du ›sie‹?«

»Weil es eine Frau ist.«

»Eine Frau?«

Grünsucher war augenblicklich verwirrt; er wußte nicht, ob das Mädchen das Wort »Frau« nicht verstand, oder ob sie nur von seiner Enthüllung überrascht war.

»Ja, eine Frau. Eine . . . erwachsene Ausgabe deiner selbst.«

»Woher weißt du das?«

»Ich habe sie gesehen.«

»Wie sieht sie aus?«

»Sie ist . . . schön.«

»Und eine erwachsene Ausgabe von mir.«

»Ja.«

»Dann bin ich schön.«

»Ja; gewiß.«

»Was ist *schön*?«

Ben hörte zwei Stimmen, die er beide nicht erkannte. Sie waren von derselben Substanz wie der Wind und das Rascheln unter dem Fenster.

Die linke Seite seines Verstandes entschied sich dagegen, alle Ereignisse dieser Art als außerhalb sowohl seines Sehvermögens als auch seines Verständnisses abzutun. *Geh dorthin und sieh,* sagte die Neugier. Wenn er nur nicht so müde gewesen wäre . . .

Und vielleicht lag auch Logik darin. Müde Jungen schauen nicht aus dem Fenster. Aber was geschah, wenn müde Jungen es doch taten?

Er tat es.

Und sah Grünsucher und hörte eine feine Stimme von der Klangfärbung des Sängers und doch nicht den Sänger. Zu hell, zu hoch, zu . . . jung?

Er wußte nicht, was er davon halten sollte, aber er mußte sich bemerkbar machen.

»Hallo!«

Grünsucher wandte sich um. »Also ist doch noch jemand dort.«

Das war eine erregende Feststellung.

»Ist noch jemand hier?« fragten Satin und Ben zugleich. »Wie sieht er/sie aus?«

Grünsucher, den das Sonnenlicht und das Gezweig hinderten, reckte den Hals, betrachtete Satin und dann die Wand; sah zu Ben und dann wieder zur Wand.

»Er ist hübsch«, sagte er zu Satin.

»Sie ist schön«, sagte er zu Ben. Er hätte sagen können »lieblich« oder »anmutig«; aber er wußte, daß Satin das Wort »schön« hören wollte. Für Synonyme blieb noch genug Zeit.

»Wer bist du?« fragte Ben.

Da fiel Satin ein, daß sie das auch noch nicht wußte. Sie wartete gespannt auf seine Antwort.

»Ich bin Grünsucher«, sagte der Mann im Gehölz. »Ich nenne mich so, weil ich mein Glück im grünen Land suche; so, wie meine Vorfahren einst durch Bernstein- und Ambrastücke reich geworden sind, die den vertrauensvoll Suchenden von der See geschenkt werden.«

»Wovon spricht er?« In Satins Frage lag mehr als reine Neugier. Sie wollte sich vergewissern, ob derjenige an der Wand ihr helfen würde, ob er sie für würdig befand, daß er es ihr zu erklären versuchte.

»Strandsucher.« Ben war sich dessen selbst nicht ganz sicher, und er traute Satin nicht viele Regungen zu. Seine Meinung über ihre gegenwärtige Konstellation war ganz anders als ihre. Sie beide waren drinnen, Grünsucher war draußen. »Es gab einmal Männer . . . und Frauen auch, nehme ich an . . .«

»Meine Mutter gehörte zu ihnen«, half ihm Grünsucher aus.

». . . die nach dem höchsten Wasserstand den Strand entlang gingen und ihn absuchten. Wenn es auf See einen Sturm oder eine Havarie aus anderen Gründen gegeben hatte, kam es vor, daß sie brauchbare Dinge fanden. Dosen mit Lebensmitteln, Reichtümer . . .«

»Was ist eine Mutter?«

Ben suchte nach einer Möglichkeit, seine gespeicherten Daten zu umschreiben. Aber diese Frage konnte er nicht beantworten. Bedeutete das, daß er für den Ungesehenen am anderen Fenster nicht länger von Nutzen war?

»Eine Mutter ist jemand, von dem man die Liebe erlernt«, sagte Grünsucher. Also war er ein Lehrer. Jemand, der sich nicht allzusehr aus dem Bereich der kindlichen Erfahrung entfernen durfte. »Ich dachte, daß die Dame auf der anderen Seite des Schlosses eure Mutter sei.«

»Der Sänger?« Satin schien sich für diese Vorstellung zu begeistern.

»Nein.« Bens Stimme war fest. »Der Sänger ist ein Lehrer, aber er lehrt nicht die Liebe. Ich bin nicht sicher, ob ich Liebe erkennen würde, wenn ich sie sähe.«

Grünsuchers Stimme war brüchig geworden, als zweifle er an ihrer Kraft. »Man sieht oder hört sie nicht . . . man fühlt sie. Willst du etwa behaupten, daß du nie ein solches . . . Gefühl verspürt hast?«

»Woher soll ich das wissen?« Es machte Ben unsicher, sich vorzustellen, daß ihm etwas entgangen sein mochte.

»Welches Gefühl hast du der Sängerin gegenüber?« Die Zeit verstrich; bald mußte sich eine dritte Macht einschalten. Es war unmöglich, daß diese beiden Kinder und die entleerte Dame vorn nicht von jemandem kontrolliert wurden, Grünsucher fragte sich, wie er sich in diesem Fall am besten verhalten sollte.

»Es hat eine Funktion«, sagte Ben.

»Nicht es – sie. Die Sängerin ist eine Frau.«

»Ich fühle«, ließ sich Satin, die sich lange genug nicht mehr am Gespräch beteiligt hatte, vernehmen, »daß es mir gefallen würde, wenn sie meine Mutter wäre.«

Dann konnten ihre Arme ihr Gewicht nicht länger tragen, und sie fiel in ihre Kammer zurück.

Grünsucher vernahm ein Weinen in der Ferne. Auch Ben hörte es.

»Eine Frau.« Ben fühlte sich zu krank von seiner eigenen Enttäuschung, um Mitleid mit Satin zu haben. »Gibt es denn keine Männer?«

»Du und ich«, erwiderte Grünsucher. »Und möglicherweise noch einer.«

»Dann wirst du mein . . . Lehrer sein?«

»Auch du hast vielleicht eine Mutter. Vielleicht.«

»Dieselbe Mutter?«

»Du hättest dasselbe Recht auf sie.«

»Aber wie ist das möglich?«

»Wir müssen versuchen, es herauszufinden.« Grünsucher hatte sich für den Weg entschieden, ihre Aufmerksamkeit weiter zu binden.

Er würde hineingehen.

★

Wolf Hochbaum kam als Wissenschaftler aus der Ausrichtung, die im medizinischen Block in Buchenwald angefangen hatte, dem verfallenen Groote-Schuur-Krankenhaus und den Gas-Läden von Porton Down, und seine Neugier war nicht so sehr aus dem Willen entstanden und begründet zu verstehen, als vielmehr aus dem Willen, der Schöpfung ins Handwerk zu pfuschen. Wolf Hochbaum war ein pathologischer Vandale.

In seinem unsteten Denken hatte sich die Idee festgesetzt, daß er Menschen für jene Bedingungen modifizieren konnte, die er in dieser Zeit für gegeben hielt. Und hier vollzog sich die logische Spaltung der klassischen schizophrenen Tradition.

Die einzige Methode, die Menschheit zum Überleben in der Welt draußen zu konditionieren, mußte schon an sich richtig sein.

Die einzige Möglichkeit, der Menschheit angesichts der verbrannten Landschaft eine Zukunft in Aussicht zu stellen, war, ihnen etwas anderes anstelle der Wahrheit zu geben.

Das Dilemma, das sich daraus ergab, konnte man wie folgt lösen: die einzige Möglichkeit, der Menschheit den Wunsch einzugeben, hinauszugehen, war, sie im Inneren zu halten.

Hochbaum war in der glücklichen Lage, über Ben und Satin verfügen zu können, die sich im Inneren befanden; Ben unter einer Medikation mit Lithium, damit er leicht beeinflußbar war, und Satin mit Rubidium behandelt, um ihre Initiative zu steigern.

Was er mit der Sängerin angestellt hatte, war für beide nicht wichtig gewesen, aber aus Anständigkeit sich selbst gegenüber hatte er die Nervenbahnen zu den Frontallappen im Gehirn durchtrennt, und in ihrem Fall muß man fairerweise sagen, daß sie über das Vergessen, das er ihr geboten hatte, froh gewesen war.

Die Unstofflichkeit der Instruktionen, die Gesprächigkeit der kalten grauen Mauern bestanden in handelsüblichen Tricks der Multiphonie. Es kam Hochbaum gelegen, daß die Kinder es für Zauberei hielten, wenn das Geheimnisvolle den Unterricht für sie schmackhafter machte.

Eines Tages würde seine Erziehung Früchte tragen, und er konnte der Sängerin das Bewußtsein zurückerstatten, und die Welt würde seine geistige Überlegenheit anerkennen . . . Er war der einzige, der einen kühlen Kopf bewahrt hatte, während alle übrigen ihn verloren hatten. Wenn . . .

Eines Tages. Gut, daß sich niemand in seiner Umgebung befand, der ihn nach dem »wann« hätte fragen können.

Da klopfte es an die große hölzerne Tür.

Grünsucher wußte, daß seine forsche Vorgehensweise den vierten Bewohner auf den Plan rufen mußte . . . wenn es ihn gab. Der Junge und das Mädchen wirkten, redeten und agierten, als seien sie an ihre Kammern gefesselt. Die Sängerin schien sich überhaupt nie zu bewegen.

Wer immer die Tür öffnen würde, mußte entweder der für diese Zustände Verantwortliche oder dessen Untergebener sein. Es kam ihm nicht in den Sinn, daß sich der Aufseher weigern konnte, ihn einzulassen.

Die Tür öffnete sich weit. Das Halbdunkel des dahinter liegenden Raumes ließ Grünsucher, dessen Augen Tageslicht gewöhnt waren, vorübergehend fast erblinden.

»Was wünschen Sie?«

Er zwinkerte und versuchte, den Sprecher deutlich zu sehen.

»Also, nennen Sie *das* eine faire Frage?« sagte er. »Ich bin einen weiten Weg auf einer einsamen Straße gegangen und wünsche mir Gesellschaft.«

»Ich bedaure; aber wir sind nicht . . .«

»Gastfreundlich? Ich werde Ihnen nicht zur Last fallen, das versichere ich . . .« Grünsuchers Augen hatten sich jetzt angepaßt. Er konnte wieder ebensogut sehen wie hören, und erblickte einen mittelgroßen Mann, der eine Stirnglatze oder eine hohe Stirn besaß und etwas Reptilhaftes an sich hatte.

»Ich wollte sagen, daß wir nicht auf Gäste eingestellt sind«, sagte Hochbaum. »Ich habe hier ein paar Leute, die sich in einer ziemlich betrüblichen Verfassung befinden. Und ich bin der einzige, der ihre Leiden lindern kann. Daher ist es mir leider nicht möglich, für die Unterhaltung . . .«

»Ich habe mit einigen dieser Leute, die Sie erwähnen, gesprochen.« Grünsucher schob einen Fuß über die Türschwelle und bereitete sich darauf vor zu verhindern, daß die Tür geschlossen wurde; und wenn es ihn die Zehen kosten sollte. Aber die Tür bewegte sich nicht; nur Hochbaums Gesicht.

»Sie haben . . .?«

»Durch das Fenster auf der Rückseite. Zwei Kinder. Sie schienen nicht sonderlich betrübt . . .«

»Nicht betrübt, sondern betrüblich«, warf Hochbaum orakelhaft ein. »Sie haben den Kontakt mit der Wirklichkeit verloren.«

»Sie sehen das als negativ an? Ich habe immer gedacht, das sei der springende Punkt bei der ganzen Kindheit . . . daß sich das Kind gegen die Realität zur Wehr setzt, bis es sie nicht länger leugnen kann. Und die bedauernswerte Dame, die in den Wald hinausstarrt. Vielleicht hat sie einen schmerzlichen Verlust erlitten? Und doch singt sie. Wie ein Vogel singt sie.«

Zu spät erkannte Hochbaum, daß er diesem Fremden den Zutritt zu seinem Refugium hätte verwehren müssen. Es gelang ihm, die Tür bis zu Grünsuchers Schulter zu schließen; nicht weiter.

Da drehte sich der Besucher zur Seite und trat, während Hochbaum durch die plötzliche Verlagerung des Gewichts aus dem Gleichgewicht geriet, ungehindert in den Raum und hielt nach einer Treppe Ausschau.

»Vielleicht wären sie alle froh darüber, ein neues Gesicht zu sehen«, sagte Grünsucher.

»Bestimmt nicht, glauben Sie mir. Sie scheinen nicht zu begreifen, daß ich die Pflicht habe, darauf zu achten, daß diese unglücklichen Menschen so wenig wie möglich gestört werden. Also, wenn es Ihnen nur um etwas zu essen geht . . . ich glaube, daß noch etwas in der Küche ist. Oder Geld . . . Ich könnte Ihnen etwas Geld geben.«

»Also, wirklich!« Grünsucher knöpfte einen Lederriegel an seiner Hüfte auf und zog eine kleine Handaxt heraus.

»Ich möchte nur verhindern, daß sie gestört werden.« Hochbaum konnte seine Augen nicht von der schimmernden Schneide des Gerätes in der Hand Grünsuchers wenden. »Ich verstehe nicht, wozu Sie das brauchen.«

»Um die Schlösser zu zerschlagen.«

»Was?«

»Für den Fall, daß Sie sich weigern sollten, sie zu öffnen.«

»Ich habe nicht die Absicht zuzulassen, daß Sie frei und ungehindert in meiner Wohnung herumspazieren. Sie müssen verrückt sein.«

»*Ich* nicht.«

»Hören Sie; ich habe eben versucht, Ihnen zu erklären . . .«

»Und ich glaube Ihnen nicht. Ganz einfach. Es wäre reine Zeitverschwendung, wenn Sie weiterhin versuchen würden, mich zu überzeugen.«

»Was kann ich denn noch für Sie tun?«

»Zeigen Sie mir alles.«

»Und es kümmert Sie nicht im geringsten, wie viele Menschen Sie verletzen? Die Angelegenheit ist äußerst delikat.«

»Ich habe nicht vor, jemanden zu verletzen. Ich bin davon überzeugt, daß dieser Schaden längst angerichtet ist.«

Grünsucher sah in einer Ecke in dem wenigen Tageslicht, das hier einsickerte, eine nach oben führende Treppe. Er ging darauf zu.

»Sie beurteilen die Situation ganz falsch«, sagte Hochbaum und stand auch schon vor der Treppe und vertrat Grünsucher den Weg.

»Gehen Sie zur Seite«, sagte der Jägersmann.

»Zumindest lassen Sie mich meine Arbeit hier erklären.«

»Nicht nötig. Es ist kein Problem für mich, an Ihnen vorbeizukommen.«

»Das sehe ich. Sie können alles tun, was Sie sich in den Kopf gesetzt haben. Aber wenn Sie nicht die ganze Geschichte kennen, müssen Sie mit unangenehmen Folgen rechnen, die Sie nicht vorausgesehen haben. Darum bitte ich Sie nochmals, daß Sie sich anhören, was ich dazu zu sagen habe.«

Grünsucher trat einige Schritte zurück. Er wandte seine Aufmerksamkeit einer Tür zu, die sich in der runden Halle in einem Winkel von neunzig Grad zur Treppe befand.

»Das ist die Küche«, sagte Hochbaum. »Ich bin sicher, daß Sie etwas zu essen vertragen könnten. Sie werden Ihnen nicht entwischen.«

»Ich hoffe, sie füttern Ihre Patienten auch.«

»Aber natürlich. Schließlich habe ich Pläne mit ihnen. Ich erhalte sie selbstverständlich bei guter Gesundheit.«

Grünsucher ging in die Küche. Hochbaum nötigte ihn, sich vor ein bereitgestelltes Mahl aus kaltem Fleisch, Brot auf einem Extrateller und einem Glas Wein zu setzen.

»Das ist Ihr Essen«, sagte Grünsucher.

»Es ist noch mehr da. Ich werde essen, wenn ich es Ihnen erklärt habe.«

Grünsucher langte zu. Er verließ sich darauf, daß das Essen harmlos war, weil Hochbaum sein Kommen nicht bemerkt hatte.

Und Hochbaum sagte: »Sie wissen ja selbst, welche Zustände draußen herrschen ... Sie haben das Elend und die Zerstörungen mit eigenen Augen gesehen. Sie sind ein starker Mann, sonst wären Sie vielleicht daran zerbrochen. Und jetzt überlegen Sie doch ... Wie wollen Sie die Kinder auf eine solche Welt vorbereiten? Wie soll man es ihnen mit Worten erklären? Oder kann man es ihnen auf andere Weise beibringen? Ihre Grenzen sind weit und bleiben es unter normalen Umständen für viele Jahre. Aber bleibt ihnen soviel Zeit? Bleibt irgend jemandem

Zeit? Die Antwort muß irgendwo im Zwischenbereich liegen ... im unterbewußten Wachzustand; in einem Frühwarnsystem; in einer Modifikation des Körperchemismus, so daß sie bereit sind, die Dinge so zu nehmen, wie sie jetzt sind.

Zugleich darf man sie nicht ihrer Wiesen- und Blumenzeit berauben. Man muß ihnen die Magie der Lieder und die Schlafschule der Realität geben; die Nahrung der Legenden und den Trank der Pharmakotherapie; und wenn sie bereit sind ...«

Grünsucher wischte sich die Krümel aus dem Mundwinkel und nippte am Wein. »Woran merken Sie, wenn es soweit ist?«

»Das weiß ich nicht. Es ist noch nicht geschehen.«

»Woher wollen Sie dann wissen, daß es dazu kommen wird, und daß Sie es merken werden?«

»Das ist mein Risiko; ich nehme es auf mich.«

»Das ist das Risiko aller Beteiligten; und das Ihre am allerwenigsten. Sagen Sie ... weshalb sind die Kinder von ihrer Mutter getrennt worden?«

»Sie befindet sich auf der entgegengesetzten Seite des Spektrums. Die Kinder werden keinen Schmerz kennenlernen, bis sie darauf vorbereitet sind. Sie hat so viele Schmerzen erlitten, wie sie ertragen konnte. Jetzt ist sie froh, meine Stimme zu sein. Sie lehrt die Kinder alles, was sie wissen müssen.«

»Aus der Ferne.«

»Ich verstehe nicht ... Die andere Seite des Schlosses ...«

»Sie haben keinen körperlichen Kontakt.«

»Das ist unwichtig.« Hochbaum stand auf; er wartete voller Ungeduld darauf, daß sein Besucher seine Absicht ausführen und wieder verschwinden würde.

»Ich verstehe.« Ein feines Lächeln spielte in Grünsuchers Mundwinkeln, das sich aber nicht in seinen Augen fortsetzte. Er hörte wieder Satin nach einer Mutter rufen.

Er erhob sich ebenfalls und nahm die Axt vom Tisch. »Wie heißen Sie?«

»Weshalb fragen Sie?«

»Professionelle Neugier. Ich habe nicht viel Ahnung von der Wissenschaft. Ich dachte, Sie hätten vielleicht einen bekannten Namen.«

»Mein Name ist Hochbaum ... Wolf Hochbaum.«

Die Axt blitzte auf. Grünsucher mußte laut lachen.

»Finden Sie den Namen komisch?« fragte Hochbaum gekränkt.

»Nein; aber mir fiel eben ein, daß der Jäger dem Wolf in allen besseren Kindermärchen den Kopf abschneidet . . .«

★

Ben erwachte fröstelnd, und ein Blick auf das Stückchen Himmel, das durch den Fensterschlitz sichtbar war, zeigte ihm, daß der Tag nicht viel älter geworden war.

Seine Kehle war ungewöhnlich trocken, als hätte er mit offenem Mund geschlafen. Er schwang sich aus dem Bett und trat behutsam zum Waschbecken.

Aber der Stöpsel ließ sich nicht bewegen. Als Ben seine ganze Kraft eines Sechsjährigen gegen die vermeintlich in der Leitung eingeschlossene Luft einsetzte, hörte er als Ergebnis seiner Bemühungen ein metallisches Geräusch, das ihn an Mäuse erinnerte, die durch die Wasserleitung der Burg liefen.

Die Wand sagte: »Ben?«

Es war eine ungewohnte Stimme. Eine Stimme, die vor einer Weile gehört zu haben er sich schwach erinnern konnte; bevor er voll Verzweiflung schlafen gegangen war, in der Hoffnung, voll Freude wieder aufzuwachen.

»Ben. Hier ist Grünsucher. Hast du gut geschlafen?«

Inzwischen hatten Bens Zähne zu klappern angefangen. »Ja, aber mir ist so kalt.«

»Du mußt gegen die Wand hinter deiner Waschecke drücken. Du wirst sehen, daß sich dort eine Tür befindet. Laß dich von nichts sonst beirren. Wenn du erst in dem Gang hinter der Tür bist, wirst du schon sehen, welchen Weg du nehmen mußt, um herzukommen. Ich habe hier für dich geheizt.«

Ben war so durchgefroren, daß er die Toilette benutzen mußte, bevor er gegen die Wand drücken konnte. Draußen auf dem Gang konnte er die Wärme, von der der Jäger gesprochen hatte, zunehmend im Gesicht und unter den Füßen spüren.

Satin erhob sich vom Boden, auf dem sie seit ihrem Sturz betäubt gelegen hatte. Ihre Augen brannten noch vom Weinen. Ihre Nase war verstopft.

Sie holte ein Taschentuch hervor und schneuzte sich; und weckte die Wand auf.

»Satin?« In der Wand war die Stimme, die aus dem Wald gekommen war. Was bedeutete das?

»Ich bin hier.«

»Hier, wo ich bin, wäre es viel besser für dich, Satin. Es ist warm und hell, und ich glaube, hier sind sogar ein paar Freunde von dir.«

»Der Junge?«

»Und noch jemand.«

»Die Sängerin?«

»Komm selbst und sieh nach. Du mußt gegen die Wand hinter deiner Toilette drücken.«

Satin drückte gegen die Steinmauer, und freudige Erwartung beflügelte ihren Schritt.

Ein plötzlicher Friede war über die Sängerin gekommen. Jetzt öffnete etwas ihre Tür, hob sie auf, trug sie Treppen empor zu Liebesfarben und lieblicher Luft.

Etwas setzte sie vor ein helles Feuer und reichte ihr ein heißes, süßes Getränk mit einem Schuß Alkohol.

»Du kannst jetzt ins Leben zurückkehren«, sagte eine ungewohnte Stimme, die sich von der unterschied, die ihr die Lieder vorsagten. »Du hast einen Schock erlitten und im Koma gelegen, und dein Leben hat sich tief in deinem Inneren verkapselt. Aber das ist jetzt vorbei. Das Vergangene ist vorbei. Das Kommende wird besser.«

Sie erhielt noch mehr von diesem belebenden Getränk, und jetzt gesellten sich zu ihr kleine Gestalten und nahmen ihre Arme und legten sie sich um die Taillen.

»Du bist weich«, sagte die Stimme eines Jungen.

»Du bist schön«, sagte ein Mädchen. »So schön wie ich.«

Die Wärme der beiden stach wie Nadeln in ihre Fingerspitzen, drang in sie hinein und durch ihre Adern. Der süße Trank vereinte sich mit ihr.

Grüne Augen, ungetrübt. Die Schleier, die über den Augen gelegen hatten, vereinten sich zu einem einzelnen Tropfen vergangener Trauer, der sich auf dem Lid bildete und eine marmorbleiche Wange hinabrann.

Drei dritte Personen wurden zu einer ersten und zweiten, einer zweiten und ersten.

Als die Sonne tief am Himmel stand, sprang das Schloßtor weit auf und entließ vier Gestalten.

Sie entfernten sich ein kurzes Stück von der Burg und drehten sich um.

Grünsucher zeigte auf ein Fenster. »Dort habe ich dich gesehen und mich in dich verliebt.«

Sie beschrieben einen Halbkreis, und ihre Füße wurden naß vom Tau. »Das war Bens Fenster. Und das dort Satins.«

Dann folgte der schwierigere Teil. Grünsucher kehrte mit ihnen zur Vorderseite des Schlosses zurück und zeigte ihnen den schon im Dämmer liegenden Pfad, den sie nehmen mußten.

Er spürte, wie sich die Faust der Sängerin in seiner Hand krampfhaft ballte, und Furcht und Zweifel brachen in einem einzigen wehrlos machenden Ansturm über ihn herein. Diese Fundstücke, diese Überreste menschlicher Wracks hatten mit nichts Ähnlichkeit, das er je an Stränden aufgelesen hatte. Sie waren Menschen – kompliziert und verletzbar. Er fragte sich, ob er fähig sein würde, sie richtig zu behandeln. Er warf einen Blick auf die Sängerin und sah, daß sie ihn anblickte.

»Ich muß dich anschauen«, sagte sie. »Ich war so einsam . . . alle hatten mich verlassen.«

Die Kinder waren bestrebt, weiter in den Wald hineinzugehen.

»Ben?«

Der Junge wußte, daß Grünsucher seine Meinung hören wollte; daß er eine Bestätigung brauchte. »Man hat mir Lügen erzählt, und jetzt ist überall um mich die Wahrheit.«

»Satin?«

»Mir geht es gut. Ich habe keine Angst. Es ist gut, jemandes Hand halten zu können.«

Sie schlugen den talwärts führenden Pfad ein. Je mehr sich ihre Füße an das ungewohnte Gehen gewöhnten, desto sicherer wurden ihre Schritte.

Ben grübelte über seinen bisherigen Kontakt mit Grünsucher nach, und er erinnerte sich an etwas, das der Jäger gestern abend gesagt hatte: »War da noch jemand?«

»Ja.«

»Was ist mit ihm geschehen?« fragte Satin.

»Nichts Schlimmes. Wir hätten nicht fortgehen können, wenn etwas Schlimmes geschehen wäre, oder?«

»Also was geschah?«

»Während ihr schlieft, habe ich das Geheimnis des Schlosses und seines Bewohners gelöst. Er überzeugte mich davon, daß er dort bleiben wollte.«

»Und er war derjenige, der uns ... kontrolliert hat?« wollte Ben wissen.

»Ja, so war es.« Grünsucher war angesichts des erwachenden Tages großzügig gestimmt. Er konnte sich Mitgefühl leisten – er würde lernen müssen, es häufig aufzubringen. »Aber seine einzige Begründung lautete, daß er versucht hätte, euch vor allem zu bewahren, das seiner Meinung nach eure Entwicklung gestört hätte.«

»Wenn ...« Die Sängerin hatte immer noch Schwierigkeiten, sich auszudrücken. »Wenn er jetzt niemanden mehr hat, den er bewahren kann ... was dann?«

Vom Gipfel des Hügels her kam eine kühle Windbö. Plötzlich lag eine Anspannung in der Luft; eine böse Vorahnung scheuchte die Raben aus ihren Nestern und ließ sie in Scharen von den Zinnen der Burg auffliegen.

»Vier blinde Mäuse«, sang die nasale Stimme Wolf Hochbaums,

»Vier blinde Mäuse,
Schau, wie sie rennen,
Schau, wie sie rennen ...«

★

Aber Grünsucher und seine Begleiter liefen nicht. Der Mann merkte, daß die eher zufälligen Schritte, die er zur Rettung der anderen unternommen hatte, ihm selbst ebenfalls zugute kamen. Er dachte jetzt für vier, und die schlichte Geste der

Großmut gehörte der Vergangenheit an. Er hatte sie gerettet, und jetzt mußte er ihnen beistehen.

Und das erste Problem in der zunehmenden Dämmerung bestand ... worin? Er blickte zum Himmel und versuchte, abzuschätzen, wie lange das Tageslicht ihnen noch blieb, als vereinfache das ihre Lage.

Seemöwen flogen mit gemessenen, trägen Flügelschlägen über ihnen dahin; sie strebten am Ende eines mühevollen Tages im Landesinneren dem Meeresufer zu. Sie hatten wenigstens einen Ort, zu dem sie sich begeben konnten.

Wenn Grünsucher Sängerin und die Kinder mit sich in das Gasthaus zurücknahm, würden sie Neugier und vielleicht sogar aufdringliche Fragen provozieren. Und wie sollte er das Problem ihrer Anpassung lösen? Einzelzimmer für jeden? Das hatten sie schon lange genug gehabt. Sängerin und die Kinder in einen gemeinsamen Raum? Aber wie würden sie ohne ihren Beschützer in der neuen Umgebung zurechtkommen? Alle in ein Zimmer? Das hätte noch weit mehr Neugier und das genaue Gegenteil der normalen und reibungslosen Eingewöhnung zur Folge, die er bei ihrer Rehabilitation für unerläßlich hielt.

Sie konnten im Gasthof nicht beisammen bleiben, und auch nicht getrennt. Aus diesen Gründen kam der Gasthof für sie nicht in Frage. Es schloß auch jede andere Unterkunft aus, in der die Art ihrer Zusammengehörigkeit erklärt werden mußte.

Also ein verlassenes Haus – oder eine Scheune.

Die Umgebung begann, in wesenloser Schwärze zu versinken. Unten im Tal ging ein Licht an, dann noch eines und noch eins ... bis Tollard seinen eigenen Lichterglanz inmitten des Waldes aufleuchten ließ.

Bevor sich das Dorf endgültig in die Nacht einhüllte, mußte Grünsucher an eine Pforte gelangen und eine Lüge erzählen. Die erste Tür, an die sie kommen würden, wäre für ihren Zweck so geeignet wie jede andere; und für die erste Lüge, die ihm einfiel, galt das gleiche.

»Meine Familie und ich«, sagte er zu der Frau, die an die Tür des Bauernhauses kam, »wir wandern schon den ganzen Tag umher und sind ein wenig um eine Unterkunft für die Nacht verlegen.

Wir haben Schlafsäcke und Decken bei uns, und wir wollten Sie fragen, ob Sie uns einen Schuppen oder einen Anbau zur Verfügung stellen könnten . . . Wir werden Ihnen nicht zur Last fallen . . . Ich würde dafür bezahlen.«

Die Frau hatte etwas Vertrautes an sich, und Grünsucher stellte erleichtert fest, daß er es ohne Schwierigkeiten einordnen konnte. Nicht die Gesichtszüge waren ihm vertraut, aber diese Frau hatte den gleichen Ausdruck . . . eine seitliche Neigung des Kopfes, die Mißtrauen bedeutet hätte, wenn sie nicht durch eine allgemeine Art höflicher Zuvorkommenheit abgeschwächt worden wäre.

»'s gibt 'ne Scheune«, sagte sie. »Se is warm un hell. Mer ham elektrischen Strom.«

»Das . . . das ist geradezu ideal«, erwiderte Grünsucher.

»Habt ihr was zu essen?«

Eine weitere Schwierigkeit. Wenn er sagte »nein«, konnte eine Einladung zum Abendessen mit gefährlicher Konversation die Folge sein. Wenn er »ja« erwiderte, hieße das, leer auszugehen . . . nicht nur für ihn selbst – dem Hunger ein vertrauter Zustand war –, sondern auch für seine Begleiter, die schon geschwächt genug waren.

Die Frau löste sein Dilemma durch ihre nächste Bemerkung. »Ich könnt euch höchstens was zum Mitnehmen inne Scheune geben. Denn mein Mann kommt jede Minute, un er will beim Essen seine Ruhe ham. Macht's euch was aus, daß ich euch nich zum Essen mit uns einlade?«

»Nein, nein«, sagte Grünsucher. »Uns ist es sehr recht so.«

Die Frau ließ sie stehen und kam mit einer ganzen Ladung Brot, Butter, Käse, Schinken und Milch zurück. Grünsucher pellte einen Geldschein von dem Päckchen in seiner Tasche, stopfte ihn ihr in die Schürzentasche und machte sich mit den Herrlichkeiten auf den Rückzug, bevor sie protestieren konnte.

»Vielen Dank, Mrs. . . .«

»Am annern Ende vom Garten. Links vom Tor«, sagte sie. »Cricket. Mrs. Cricket.«

Erst, als er seine Ladung im Magen verstaut hatte und satt und schläfrig war, zählte Grünsucher zwei und zwei zusammen und kam auf Thomas Cricket.

Sängerin, Ben und Satin hatten sich zusammengerollt, Arme und Hände in einer Replik jener Berührung verschränkt, die zum ersten Mal Wärme zwischen ihnen vermittelt hatte, und Grünsucher blieb nichts weiter zu tun, als über seine Erkenntnis nachzugrübeln.

★

Und dann waren die Bäume kahl. In einer Nacht stürmte der Wind, Säfte versiegten, Zweige brachen ab und flogen umher. Die Morgendämmerung fand nur noch entlaubtes Geäst vor.

Das Laub lag hüft- und schulterhoch in der Talsohle. In den Hauseingängen lag das Laub sogar noch höher, wo der Wind vom Hügel her es hingeweht hatte, und die Straße lag völlig darunter begraben.

Wenn man den Buchenreihen folgte, bekam man eine gewisse Vorstellung vom Verlauf der Straße. Aber um überhaupt etwas zu verfolgen, muß man sich zumindest bewegen können, und das wäre ein schwieriges Unterfangen gewesen.

Grünsucher erwachte spät für seine eigenen Verhältnisse, aber immer noch früher als seine Begleiter, und er staunte über die wohlige Wärme in diesem Schuppen. »Scheune« war ein Euphemismus, denn hier gab es mehr Vorräte als Ensilage; aber auch Stroh, das wohl als Unterlage für Gemüse gedient hatte und als Unterlage für Besucher liegengelassen worden war.

Es war noch immer dunkel.

Grünsucher legte den Kopf in den Nacken und versuchte zu erkennen, was die Schwärze hinter den Dachbalken verbarg, und er sah vereinzelte Lichtpunkte, die entweder bedeuteten, daß im Inneren der Scheune eine Galaxie existierte, oder daß die Teerpappe auf dem Dach Schadstellen aufwies, die nur bei Tageslicht offenkundig wurden.

Er versuchte, beim Aufstehen so wenig wie möglich zu rascheln, um die anderen nicht zu stören. Da es ihm nicht möglich war, sich mittels der Fenster über die Tageszeit zu informieren, öffnete er die Tür; und war sogleich gezwungen, den Rückzug anzutreten, weil ihm eine nach Rauch riechende Lichtflut entgegenwogte.

Es war hell, das war eine Antwort. Aber . . . Grünsucher hob den Blick zu den Hügeln, in der Hoffnung, von dort nähere Auskunft zu erhalten. Buchen hatten die Bergschultern wie Epauletten dekoriert. Aber jetzt waren deren Schultern aller Ehrenzeichen beraubt.

Diese Blätter . . . Der Junge regte sich hinter ihm, befreite sich aus der Umarmung, in der er die ganze Nacht zugebracht hatte, und setzte sich aufrecht.

»Was ist das?« fragte er.

»Der Morgen«, erwiderte Grünsucher der Einfachheit halber. »Der Wind hat Laub in die Türöffnung geblasen.«

Der Schuppen war der geeignete Ort, um einen Besen oder Rechen zu suchen. Grünsucher versuchte sein Glück mit dem Reisigbesen, mit einer Heugabel; schließlich mit den Händen, Armen und Schultern, ehe er erkannte, daß es sich nicht um einen in die Türöffnung gewehten Blätterhaufen handelte . . . sondern daß dieses Laub *allgegenwärtig* war.

Er wußte genug über Baum-Pathologie, um sicher zu sein, daß ein derart plötzlicher und vollständiger Blätterfall ungewöhnlich war. Das bedeutete, daß es eine andere Ursache geben mußte, als einen plötzlichen Herbsteinbruch . . . eine von Menschenhand geschaffene Ursache.

Aber er konnte den Grund nicht in diesem zugewehten Türeingang erkennen, ebensowenig, wie er ihn aus den Blättern in seiner Hand entnehmen konnte. Sie waren völlig normal – trocken, herbstlich gefärbt, brüchig unter seiner Berührung – und *verfrüht.*

Seine innere Neigung sagte: »Geh und finde es heraus.« Sein Verantwortungsgefühl stimmte dagegen: »Ist das denn so wichtig für dich . . . in dieser Situation?«

Diese beiden Einflüsterungen wurden ihm bereits vertraute Opponenten. Einen selbstsüchtigen Augenblick lang wünschte sich Grünsucher, sich nicht selbst quasi aufgepfählt zu haben. Aber bevor er diese Metapher weiter ausspinnen konnte, rückte die Realität sie gerade.

In dieser von Baumskeletten beherrschten Landschaft gab es nichts als Pfähle. Eines der Gerippe glich dem anderen aufs Haar, und seine Situation bot kaum Vergleichsmöglichkeiten mit jener der ihres Laubes beraubten Buchen.

Außerdem, was seine Qualen betraf, hatte er ...

Ben, der jetzt an seine Seite trat, sprach es nicht aus, aber er fragte sich, wie er mit soviel Braun fertigwerden sollte, da er sich eben an das Grün gewöhnt hatte ...

Satin, die hinter ihm gähnend aufwachte, öffnete ihre Augen so weit wie nie zuvor, als drücke eine Feder ihre Lider auseinander; erblickte Grünsucher und lächelte.

Und Sängerin ... Gott, war sie schön ... verengte seine Kehle und ließ seine Augen feucht werden.

Konnte etwas so wertvoll sein, daß er sich deshalb von ihr entfernen würde? Ihre Haut war so bleich wie Marmor, die Wangen und das Kinn waren perfekt modelliert. Die Konturen ihres Gesichts sprachen von Stärke; Schlaffheit war nirgends vorhanden.

Grünsucher war nicht gut darin, das Alter einer Frau zu schätzen, aber sie mußte jünger als er sein. Nein – ihre Schwäche war allein in ihrem Inneren, und sie kam nicht aus ihr selbst. Vielleicht nicht einmal durch Hochbaums Werk. Wie die Kinder war sie in hilflosem Zustand gewesen, als sie bei ihm angekommen war.

Was war schuld an ihrem Elend, und wie tief reichte es? Was mußte alles repariert werden, bevor die Stärke in ihrem Gesicht, die jetzt inaktiv war, lebendig wurde?

Sie regte sich ebenfalls; nicht auf die plötzliche Art wie Satin – sie setzte sich nicht aufrecht –, sondern langsam und zögernd, als träte sie in einen Traum ein, statt aus einem zu erwachen. Ja, sie war schön.

Und dann war ein Geräusch dort draußen in dem herbstlichen Farbenmeer – darüber, darunter, in Disharmonie zu ihm –, ein Rauschen; eher ein Rascheln, außerdem ein scharfer Laut. Nicht das Geräusch einer Maschine, eher, als verrichte ein Mann eine systematische Arbeit.

Grünsucher sah, wie auf halber Strecke zwischen ihm und den Hügeln Laub gen Himmel geschleudert wurde; vogelgleich flog es empor, und es schien, als käme der Schwarm näher.

Jede Erschütterung, mit der das Phänomen verbunden sein mochte, blieb unterhalb der Wahrnehmungsschwelle, aber der Laubhügel vor der Tür schien weniger fest geworden zu sein.

Ein Blatt löste sich von der Spitze des Haufens und glitt zu Boden; dann waren es zwei; schließlich ein Dutzend.

Inzwischen waren die vergänglichen Vögel über ihnen, und der Laubhügel fiel in zwei Hälften auseinander.

Zuerst zeigten sich die Spitzen einer Heugabel, dann zeichnete sich dahinter die gesammelt-geschäftige Gestalt Thomas Crikkets ab.

»Mr. Cricket. Guten Morgen. Ich bin . . .«

»Das ham wer Ihnen zu verdanken«, platzte Cricket ohne einleitende Höflichkeiten los. »Sie ham se hergebracht un meiner Frau Sand inne Augen gestreut un unser aller Unglück besiegelt.«

»Jetzt warten Sie mal einen Moment . . .«

Das Laubmeer teilte sich weiter dank Crickets kräftiger Arme. Er war nicht allein gekommen. In den Gesichtern der Ankömmlinge lag mehr als Ablehnung . . . eine Art Neugier, die aber jederzeit in offene Feindschaft umzuschlagen drohte.

Grünsucher sah sich um, was seine kleine Gesellschaft machte. Sängerin und Satin waren wach und auf, und in ihren Gesichtern lag etwas, das die Gefühle der Männer auf dem Gartenweg widerspiegelte.

Bei den Männern hielt Grünsucher es für die Furcht vor dem Unbekannten. Aber konnte er diese Landbewohner auch richtig einschätzen? Ihre Vermutung jedenfalls war völlig verrückt.

»Bleibt, wo ihr seid«, sagte er, obwohl sich niemand mehr bewegte. »Was Sie sagen, Cricket, ist unsinnig.«

Der Angesprochene stach nach einem Laubhaufen. »*Das* hier is unsinnig. Das passiert einfach nich. Nich, wenn nich . . .«

»Nicht, wenn nicht was? Glauben Sie, ich wäre auf jeden Baum geklettert und hätte ihm das Leben herausgeschüttelt? Oder vielleicht denken Sie, ich hätte ihnen *gesagt*, daß sie ihr Laub abschütteln sollten . . .«

»Nich Sie; *sie!*«

Cricket stieß so heftig mit der Heugabel in die Luft, daß sich Grünsucher instinktiv zur Seite duckte. Er stieß Ben in den Schuppen zurück, ehe er antwortete.

Ein Teil der Furcht, die Grünsucher in den anderen spürte, kroch auf ihn selbst über. Die einzige Möglichkeit, wie er dieser

Angelegenheit Herr werden konnte, bestand darin, sie selbst – oder die Beweise – lächerlich zu machen.

»Das bringt immer noch keinen Sinn.«

»*Sie* weiß es«, beharrte Cricket. »Letzte Nacht hat se's gesungen.«

»Sie . . .« Grünsucher wurde sich erschrocken bewußt, daß er keinen Namen für Sängerin hatte. »Diese Dame und diese Kinder haben die ganze Nacht hier geschlafen. Es hat keinen Gesang gegeben.«

»Die Stimme«, sagte Cricket. »Das isses, was se is. Un se hat gesungen. Wer ham's alle gehört, und dann waren die Bäume kahl.«

»Das ist unmöglich.« Grünsucher hielt inne. Logik nützte wenig, wenn die Gefahr vom Glauben her drohte, und Cricket hatte es nicht nötig, zu lügen. Sie waren erschöpft gewesen und hatten wie die Murmeltiere geschlafen; und es war leicht möglich, daß sie eine Sendung verpaßt hatten.

»Eine Aufzeichnung«, sagte Grünsucher. »Der Mann in dem Schloß hat eine Aufzeichnung gemacht und sie abgespielt. Was hat . . .?«

Bevor er seine Frage beenden konnte, gab ihm Die Stimme Antwort.

Sie sang:

»Wenn Sängerin geht
Der Herbstwind weht
Hört nicht ihr Versprechen.
Wenn Kinder verschwinden
Sich nicht wiederfinden
Die Äste gar brechen
Des Laubes beraubt
Merkt ihre Spur!
Doch hütet euch nur
Daß ihr ihnen glaubt!«

Und Sängerin, der Qual ausgesetzt, ihre eigene Stimme zu vernehmen, sah wie erloschen aus.

»Jetzt seht ihr selbst, daß sie es nicht ist«, sagte Grünsucher. »Was immer geschehen ist, wir haben keine Schuld daran. Wir konnten das Laub nicht von den Bäumen holen. Wir haben nicht die *Möglichkeit* dazu.«

»Ihr seid die Ursache«, sagte Cricket. »Alles annere spielt keine Geige.«

»Also . . .« Argumentieren war angesichts dieser Überzeugung zwecklos. »Was sollen wir denn Ihrer Meinung nach tun? Wir können die Blätter schlecht alle wieder ankleben. Es gibt bestimmt eine Erklärung, wenn Sie mir nur Gelegenheit geben, sie zu finden . . .«

»Dafür wer'n Se nich lang genug hiersein.«

»Was?«

»Se wer'n von hier verduften«, erläuterte der große Mann, der hinter Cricket stand, und er verlieh der Feststellung sowohl Gewicht als auch Größe.

Große Männer beeindruckten Grünsucher nicht; er hätte den Sprecher ohne Schwierigkeiten zum Schweigen bringen können. Aber diese Situation war zu schwierig, um auf so einfache Art bereinigt werden zu können. Es gab andere, die beschützt werden mußten. Grünsucher würde lernen müssen, auf derartige Herausforderungen auf andere Weise als bisher zu reagieren.

»Es gibt eine Erklärung«, wiederholte er.

»Ich denke, daß *Sie* nich begreifen, um wasses geht«, sagte Cricket.

»Wer wern Ihnen nich helfen . . . wenn Se hierbleiben, woher soll Die Stimme dann wissen, daß wer Ihnen nich helfen? Se ham's ja selbst gehört: ›Doch hütet euch nur, daß ihr ihnen glaubt . . .‹«

»Seht.« Grünsucher sah die Notwendigkeit, seine Worte mit Bedacht zu wählen. Es war klar, daß sich die Wirklichkeit der Dörfler von der seinen unterschied. Sängerin war noch immer durch die Stimme eingeschüchtert, die sie selbst hervorgebracht hatte, aber nicht aus ihrem Mund gekommen war . . . auch das mußte er bei dem, was er sagte, berücksichtigen. »Es ist nicht nötig, über Die Stimme zu reden, als wäre sie etwas Wunderbares und Übernatürliches. Die Besitzerin dieser Stimme ist hier bei uns, und ihr wißt, daß sie eben nicht gesungen hat.«

»Dann musses eben mehr von ihnen geben«, sagte der große Mann. »Un wer verschwenden nur unsere Zeit.«

»Es gibt keine anderen. Es war eine Aufzeichnung. Oben im Schloß sitzt ein Mann mit einem Tonbandgerät und einer Lautsprecheranlage. Bestimmt habt ihr schon . . .«

»Das sin nur mechanische Tricks«, unterbrach ihn Cricket. »Erzählen Se, was Se wollen und sehn Se sich nur um. Se un Ihre Kumpels sin hier, un den Blätter sin auf'm Boden. Wie Die Stimme gesagt hat. Das isses, woran *ich* glaub . . .«

Grünsucher gab das Argumentieren auf, weil der massiv gebaute Dörfler schon seine Schultern anspannte, und weil der Zeitpunkt für die Fortsetzung des Gesprächs mit anderen Mitteln gekommen war.

Es war aussichtslos. Die Situation konnte und mußte erklärt werden; aber niemand wünschte eine Erklärung.

Grünsucher versuchte, sich vorzustellen, was die Dörfler vorhaben könnten, nachdem sie ihn unsanft überzeugt hätten. Wenn es ihre Absicht war, die Lage zu bereinigen – nach ihrer eigenen Definition –, dann mußten sie planen, Sängerin und die Kinder Hochbaum zurückzuerstatten; aber bisher fehlte dafür noch jeder handgreifliche Beweis. Es mochte eine Frage der Zeit sein. Er selbst mußte einen Vorstoß in diese Richtung wagen.

»Ich begreife euer Problem«, sagte er. »Ich möchte auch nicht, daß ihr meinetwegen Schwierigkeiten bekommt. Aber . . .«, er wies auf das trockene braune Laub, ». . . wir werden eine Weile brauchen, da durchzukommen.«

»Wer sin nich unvernünftig«, erwiderte Cricket im Ton der Erleichterung. »Wenn ihr gehn wollt, helfen wer euch.«

»Ich werde wohl gehen müssen.«

»Dann packen Se Ihr Zeuch zusammen.«

Grünsucher ging in den Schuppen zurück, tätschelte hier einen Kopf und drückte dort einen Arm. Erst, als er nach Ben Ausschau hielt, um ihn seiner körperlichen Anwesenheit zu versichern, bemerkte er, daß der Junge verschwunden war.

»Ben!«

Keine Antwort und kein Hinweis auf den Aufenthalt des Jungen.

»Hast du vielleicht . . .?« setzte er zu einer Frage an Sängerins Adresse an, ehe er sich klarmachte, daß sie für nichts außer ihrer gegenwärtigen Misere Augen haben würde.

Mit Satin verhielt es sich nicht anders; sie hing am Rock der Frau und wagte nur gelegentlich einen Blick auf das, was um sie herum vorging.

»Der Junge ist verschwunden«, sagte er zu den Männern. »Ich muß ihn suchen.«

Seine Ankündigung wurde mit eisigem Schweigen aufgenommen.

»Wenn ich Hilfe bekäme, ginge es schneller.«

»Keine Mithilfe«, sagte Cricket. »Ich hab's Ihnen gesagt, un dabei bleibt's auch. ›Doch hütet euch nur, daß ihr ihnen glaubt . . .‹ *darum* müssen wer uns Sorgen machen.«

»Aber . . .«

»Sieht so aus, als hätten die Kinner nich Ihren Verstand«, sagte der bullige Mann. »Se machen sich wohl besser ohne den Jungen auf'n Weg.«

»Könnte sein, dasser sogar *mehr* Verstand hat«, gab Cricket zu bedenken. »Könnte sein, dasser dahin zurückgegangen ist, wo er herkam.«

»Ich werde ihn finden. Er kann nicht weit gekommen sein.« Der Aspekt, den Cricket geäußert hatte, war beunruhigender als der erste. Grünsucher ging zu seinen Habseligkeiten zurück, rollte die Decken zusammen und füllte den Beutel.

»Wo ist Ben?« Satin hatte den Rock von Sängerin losgelassen, alarmiert durch die mögliche Gefahr, in der sich derjenige befand, der ihr am nächsten stand.

»Er ist schon vorausgegangen«, sagte Grünsucher rasch. »Die Männer haben uns einen Weg durch das Laub freigemacht.«

Er hoffte, sie würde sich wenigstens für den Augenblick mit dieser Erklärung zufriedengeben; aber er war sich nicht sicher, daß es bei Sängerin auch so sein würde; ob sie das Verschwinden Bens überhaupt beschäftigte; ob es sie überhaupt kümmerte.

»Wie weit ist er vorausgegangen?« fragte sie und ließ so einen gewissen Grad Besorgnis erkennen. Zumindest schien ihr die Tatsache entgangen zu sein, daß er nicht wußte, wie weit Ben voraus war. Oder zurück. Oder einfach nur fort.

»Nicht weit.« Grünsucher führte die beiden aus der Hütte und auf den Pfad zu, den die Männer freigelegt hatten.

»Nicht weit«, hörte er Cricket wiederholen, und für einen Augenblick hätte er fast Sympathie für ihn empfinden können. So konnte er hoffen, daß tatsächlich eine gemeinsame Basis unter all diesem Laub verborgen war. Eine gemeinsame Regung; ein Gefühl, das sie beide teilten. Sorge um ein Kind. Und vielleicht das Bestreben, einer schönen Frau zu gefallen.

Aber er wies diese Spekulation von sich. Sie brachte nur eine unnötige Verzögerung in der Beantwortung der dringlicheren Frage mit sich: Wo war Ben, und warum war er fortgegangen?

Er übernahm die Führung, weil er auf diese Art unauffällig Ausschau halten konnte, ohne daß seine Notlüge offenkundig wurde. Sängerin folgte ihm, Hand in Hand mit Satin. Dann kamen die Dörfler.

Der freigeräumte Weg führte an die Eingangstür zu Crickets Haus und beschrieb dann einen rechten Winkel nach links auf die Straße zu. Keine Spur von Ben.

»Er is schnell gewesen«, sagte Cricket.

Grünsucher, der sich auf ein bestimmtes Geräusch konzentrierte – ein aufschlußreiches Rascheln im trockenen Laub – hörte statt dessen ein immer lauter werdendes Rumoren, das seinen Magen in Schwingungen versetzte. Der mahlende Lärm eines Raupenschleppers.

Cricket hörte es ebenfalls, aber ohne Ängstlichkeit. »Ah ... 'n Dozer ist auf'm Weg. Endlich mal was Sinnvolles.«

Grünsucher fühlte den Wunsch, zu schreien, aber er brachte kein Wort außer einer höflichen und gefaßten Frage heraus: »Dozer?«

»Hmmm, Se ham's nich so mit der Mechanik«, ließ sich der große Mann an Crickets Seite vernehmen. »'n Bulldozer. Er wird dieses Raschelzeuchs bald aus'm Weg geräumt ha'm.«

Raschelzeug und Indizien und auch Ben, dachte Grünsucher in Panik. Ben war klein, und die Blätterflut stand hoch. Guter Gott im Himmel ...

Aber sein Blick suchte nicht den Himmel, sondern nur den Horizont und die Windmühlen mit Segeln an ihren vier Armen, die sich in der Mitte trafen; wie Friedhofskreuze.

Die Segel unbewegt; kein Wind. Die Segel bewegt, um den Wind einzufangen und seine Gewalt auf Tausende von Körnern zu verteilen.

»*Dort* steht die Ursache dafür, daß hier alle Blätter abgefallen sind«, sagte er.

»Thermodynamik«, sagte Cricket überraschenderweise. »Das is die halbe Antwort, Mr. Grünsucher, aber die einfachste Hälfte. Zuerst mal: was hat den ganzen Sommer aus ihnen rausgedörrt un se in einem Augenblick abfallen lassen? Das is noch unheimlicher.«

»Ich ... Es gibt eine Erklärung.« Grünsucher war wieder ganz Neugier, und das Rumpeln kam näher. Wenn die Segel fähig waren, das Laub herunterzufetzen, konnten sie es vielleicht auch zerstreuen ... zumindest konnten sie die Haufen abtragen und die Suche nach Ben erleichtern.

Grünsucher konnte es sich nicht leisten, abzuwarten, bis die übrigen seinen Plan oder seine Motive abgewogen hatten. Er brach seitlich aus und rannte von der Gruppe fort, mit einer Geschwindigkeit, die ihm Seitenstechen und Übelkeit verursachte, die Straße entlang, auf der Suche nach einer laubfreien Aufstiegsmöglichkeit und einem nicht zu steilen Weg zum höchsten Hügel hinauf.

Gerade, als er dachte, sein Herz würde ihm jeden weiteren Schritt unmöglich machen, eröffnete sich vor ihm ein freier grasbewachsener Hang, und er kletterte, ebensooft auf Knien wie auf den Füßen ... Und das Land und der Himmel umgaben ihn wie Schöpfungen eines Verrückten; und die Windmühlen ragten geisterhaft aus gestaltlosem Grund empor, eine schwankende Versammlung Trunkener.

Sobald der Hügel aufhörte, himmelwärts zu fließen, begann Grünsucher, ihn zu erklimmen, und fiel prompt aufs Gesicht – von Magenkrämpfen erschüttert – und der Boden unter ihm schwankte wie das Deck eines Schiffes auf schwerer See.

Er wartete, bis der unechte Sturm abflaute, atmete tief durch und besänftigte seinen Gleichgewichtssinn, indem er die Augen schloß und keinen Muskel rührte.

Nach einer Weile konnte er ungestraft die Augen öffnen, und er sah, daß ihm niemand folgte. Ein paar Herzschläge später getraute er sich, aufzustehen, obwohl seine Knie einzuknicken drohten.

Er kam zu der ersten Bockwindmühle; ihr Ankerpfosten krümmte sich auswärts und abwärts, um schließlich in den zementierten Boden einzumünden.

Grünsucher überlegte, wenn er es nur schaffen konnte, die Stange aus dem Boden zu heben und zu drehen, bis die Flügel den Wind einfingen . . .

Er konnte den Balken nicht bewegen. Er schob es auf seine Entkräftung und beschloß zu warten, und kämpfte gegen seine Ungeduld an. Er blieb stehen, bis auch die Welt stillstand und seine Ohren nicht mehr rauschten und seine Hände nicht mehr bebten. Und dann bemerkte er, daß sich der Ankerpfosten nicht bewegen ließ, weil er fixiert war – eingebettet in Zement und zusätzlich mit festen Eisenkrampen gesichert.

Handelte es sich vielleicht um eine stillgelegte Mühle? Er eilte zu der nächsten, lief den Hügelabhang entlang, wobei er sich bemühte, nicht auf den Abgrund unter seinen Füßen zu achten, damit sich seine Übelkeit nicht wieder meldete.

Eine weitere Mühle, ein weiterer Anker, wieder gesichert.

Noch eine Mühle, eine weitere Sicherung an einem weiteren Anker.

Sie waren *nutzlos*, nur bei einer einzigen Windrichtung aktiv, in Notfällen unbrauchbar.

Jetzt mußte er seine Aufmerksamkeit dem Tal zuwenden und versuchen, seine Anlage zu erkennen. An den Reihen entlaubter Buchen identifizierte er die Straße. Auch den Pfad konnte er erkennen, den die Männer bis zu der Scheunentür freigemacht hatten. Auf halbem Weg ins Dorf – langsam und schwerfällig wie ein gepanzerter Käfer – kroch der Bulldozer voran, mit zwei Gruppen von Männern im Kielwasser, die das liegengebliebene Laub aufgabelten und auf die Seitenwälle warfen, die schon von der Maschine geschaffen worden waren.

In den regelmäßigen Bewegungen der Männer lag etwas Vertrautes, und er mußte nicht lange nachdenken, bis ihm einfiel, was es war. Sie erinnerten ihn an die Prämienjäger, die an seiner Flucht ins Landesinnere schuld waren.

Aber das war natürlich nicht möglich. Die methodische Art ihres Vorgehens ließ auf eine Militäreinheit schließen, und er war erleichtert. In dieses winzige Tal – das so sehr in sich selbst abgeschlossen war, daß man darin zu der Überzeugung gelangen konnte, es gäbe keine Außenwelt – *war* diese Außenwelt eingedrungen.

Und gewiß nicht nur, um dem Dorf Hilfestellung zu leisten. Sicherlich war die hartgesottene militärische Intelligenz gegen ländlichen Aberglauben und körperlose Stimmen gefeit. Nein, der gesunde Menschenverstand *mußte* das oberste Prinzip bleiben.

Nein ... *die Suche nach Ben* mußte oberstes Prinzip bleiben. Grünsucher machte sich auf, seinen übereilten Weg den Hügel hinauf zurückzueilen, während er sich selbst die Schuld daran gab, von dem Jungen getrennt worden zu sein.

Die Soldaten würden ihm helfen, den Jungen zu suchen ... aber nur, wenn er bei ihnen ankam, bevor der Bulldozer Ben freilegte und im selben Augenblick zermalmte.

Als er sich dem blättergefüllten Talbereich näherte, ließ er alle Vorsicht außer acht; hastete in großen Sprüngen, die eher Schwimmbewegungen glichen, voran; das Vertrauen darauf, daß der herbstfarbene Laubteppich seinen Fall ungefährlich machte, beflügelte ihn; er stürzte und rappelte sich wieder hoch; stürmte mit verzweifelter Energie weiter ... schrie und schwang die Arme, in der Hoffnung, sein Kommen signalisieren zu können.

Plötzlich war er auf der Straße; hinter der gemächlich vorankommenden Kolonne, und lief noch schneller, um sie einzuholen.

»Halt! Halt! Ein Junge ist in dem Laub versteckt!«

Die letzten Männer hielten in ihrer Aufräumarbeit inne und wandten sich um. Aber schon war Grünsucher bei ihnen, und er hielt sich nicht lange damit auf, die Gesichter der Männer zu studieren, sondern heftete seinen Blick beschwörend auf den Rücken des Bulldozer-Fahrers. *»Halt!«*

Die Maschine wurde geschüttelt und hielt an. Grünsucher preßte sich haltsuchend fest gegen den Stahl.

»Danke ... danke ...« Er mußte um Luft ringen und war in Schweiß gebadet. »Vielen Dank. Ein Junge ...« Er mußte wieder zu reden aufhören, weil das Atmen wichtiger war; seine Brust und Schultern hoben und senkten sich heftig. Er strich sich das schweißnasse Haar aus der Stirn und blinzelte, um den Fahrer deutlicher sehen zu können, der im Moment nur eine Silhouette zwischen ihm und der höhersteigenden Sonne war.

Der Mann lachte . . . und das Lachen war wie eine Fortsetzung der Räumarbeit. Grünsucher konnte sich ihm nicht entziehen, wie er sich selbst eingestehen mußte.

»Also wirklich«, sagte Manning. »Eine kleine Welt.«

Grünsucher konnte spüren, wie ihn alle Kraft verließ; aber er blieb auf den Füßen, und behielt – wie er hoffte – seine Würde bei. »Sie haben recht. Ich hätte nicht erwartet, Sie so weit vom Meer entfernt wiederzusehen.«

»Teufel, das glaube ich Ihnen sogar«, polterte Manning los. »Wissen Sie, einen Augenblick lang hatte ich sogar den Eindruck, Sie wären *froh*, uns zu sehen.«

»Ich . . . Ich hielt Sie für eine Abteilung der Armee. Was stellt denn diese Uniform dar?«

»Das ist nur der Khaki-Stoff. Wir haben uns gedacht, wenn wir schon ins Landesinnere gehen, könnten wir uns wenigstens so unauffällig wie möglich kleiden.«

»Unauffällig . . . mit einem Bulldozer?«

»Also . . . wir haben auch eine Arbeit zu tun.«

»Weshalb haben Sie das Ufer verlassen?«

Manning lächelte. »Sie sagten etwas von einem Jungen.«

Ich bin einfach nicht gut darin, dachte Grünsucher. *Ich kann meine Prioritäten nicht einhalten. Ben ist schon wieder fast hintenan – Ben . . . und die übrigen, die sich vermutlich fragen, wo zur Hölle ich mich 'rumtreibe. Und ausgerechnet Manning muß derjenige sein, der mich an meine Pflichten erinnert.*

»In dem Moment, als der Bulldozer stehenblieb, bestand keine Gefahr mehr für ihn«, erwiderte er. »Er hat sich irgendwo im Laub eingebuddelt. Er spielt nur. Aber als ich den Bulldozer sah . . . Nun, er hätte leicht überfahren werden können.«

»Ihr Junge?«

»Nein . . . Ja . . . man könnte so sagen.« Jetzt war sie da, der Grünsucher so sorgfältig aus dem Weg zu gehen bemüht gewesen war – die Notwendigkeit einer Erklärung.

Welche Bedrohung die Prämienjäger auch immer für ihn darstellen mochten; sie hatten nichts mit übernatürlichen Machenschaften zu tun. Ihre Gründe, ihm zu folgen, waren rein geschäftlicher Natur gewesen. Seine Gründe, ihnen zu entschlüpfen ... Nun, auch ihnen mochte ein kommerzieller Aspekt zugrunde liegen; und so lag vielleicht eine Chance darin, sich auf die Handlungsfreiheit und das *fair play* zu berufen; vielleicht trafen sich ihre Absichten mit den seinen. Sie waren schließlich vernünftig und würden ihn anhören; ja, sie mochten sogar seinem Argument den Dörflern gegenüber zusätzliches Gewicht verleihen, daß nämlich dieses Phänomen des Blätterfalls zwar erstaunlich, aber keineswegs übernatürlich war.

»Der Junge«, sagte er, »und ein kleines Mädchen, das seine Schwester sein könnte und vermutlich auch ist; und eine Frau, die, nach allem, was mir bekannt ist, die Mutter der beiden ist – alle wurden von einem hochgradigen Exzentriker in einem Schloß oben auf diesem Berg hier gefangengehalten. Das Ganze war wie in einem Alptraum, und die Ortsansässigen hier sind völlig eingeschüchtert ... insbesondere, weil dieser Professor Lieder über Lautsprecher ausstrahlt, die für die Landleute einen verdrehten Sinn ergeben. Sie glauben, daß er diesen blitzartigen Herbst inszeniert hat; und sie denken, er hat es getan, weil ich ihm die Versuchstiere fortgenommen habe.«

Die Stimme erklang wie auf dieses Stichwort hin. Manning lauschte so versunken, daß er nicht merkte, wie seine Zunge zwischen den Zähnen nach Essensresten fahndete.

»Wenn Sängerin geht
Der Herbstwind weht
Hört nicht ihr Versprechen.
Wenn Kinder verschwinden
Sich nicht wiederfinden
Die Äste gar brechen
Des Laubes beraubt
Merkt ihre Spur!
Doch hütet euch nur
Daß ihr ihnen glaubt!«

»Für mich ergibt das einen Sinn«, sagte er. »Der verrückte Wissenschaftler hat Ihnen eine Hundemarke umgehängt. Haben Sie schon daran gedacht, ihm seine Leute zurückzubringen?«

»Nie im Leben.«

»Warum nicht? Weshalb haben Sie sie von ihm fortgeholt?«

»Weil ... weil mir die Art nicht paßte, wie er sie behandelt hat.«

»Aber das ist ein bißchen relativ, finden Sie nicht?«

»Wie meinen Sie das?«

»Könnte es nicht sein, daß sie dort besser aufgehoben waren, als sie es in Ihrer Obhut sind?«

»Ausgeschlossen. Er hat sich nicht ... um sie gekümmert.«

»Und Sie tun das? Als erstes heute morgen war der Junge verschwunden. Und *wissen* Sie in diesem Augenblick, wo sich die anderen aufhalten?«

»Ich ...« Grünsucher hatte es die Sprache verschlagen. Er hatte von Manning nicht die gleiche Feindseligkeit wie von den Dörflern erwartet ... aber auch keine Vorhaltungen über die Art, wie er die Rettung vorantrieb.

Aber er mußte sich eingestehen, daß der Mann recht hatte. Grünsucher hielt ein Schwätzchen, während Ben vermißt blieb. Wo Satin und Sängerin zur Zeit sein mochten, wußte er nicht genau; außer, daß sie vermutlich einen Schutz hatten.

»Ich war im Begriff, Sie zu fragen, ob Sie mir bei der Suche nach dem Jungen helfen würden«, sagte er, um seine Betroffenheit zu verbergen. »Er kann nicht weit fort sein.«

»Aber weiter als zuvor«, erwiderte Manning rätselhaft. »Sind Sie auch sicher, das Richtige getan zu haben? Diese Menschen haben umgeben von Schutzmaßnahmen gelebt. Es könnte sein, daß sie in der Freiheit sterben müssen.«

»Ich werde sie schützen.«

»Wenn Sie es schaffen, sie wiederzufinden.«

»Werden Sie mir helfen?«

»Ich fürchte, es bleibt uns nichts anderes übrig.«

»Ich wäre Ihnen sehr dankbar.«

»Sie sind nicht der Grund, aus dem wir es tun.«

»Welchen Grund haben Sie denn?«

»Das Wohl dieser Leute.«

Manning stieg von seinem Hochsitz und blieb abwartend stehen, ein weiterer großer Mann, dessen Gesichtsausdruck hinter den rauchfarbenen Brillengläsern unergründlich war.

Grünsucher umrundete den Bulldozer und schickte sich an, seinen eigenen Weg ins Dorf fortzusetzen.

Schon wenige Sekunden später waren die Straßenkehrer links und rechts neben ihm, da sie dank überlegener Koordination besser vorankamen; und sie vermittelten ihm wieder einmal das Gefühl, bis jetzt all seinen Pflichten nur schlecht nachgekommen zu sein.

Sie mußten jetzt fast an der Stelle angelangt sein, wo Grünsucher Cricket und seinen Genossen entwischt und den Hügel hinaufgeklettert war.

Manning gesellte sich neben Grünsucher. »Wirklich sehr merkwürdig«, sagte er, »daß alle Blätter in einer Nacht abgefallen sind.«

»Es gibt eine Erklärung dafür«, erwiderte Grünsucher. »Die Männer des Dorfes ziehen zwar vor, es sich mit Zauberei zu erklären, aber es muß eine physikalische Erklärung geben.«

»Zum Beispiel?«

»Zum Beispiel ... eine Art Entlaubungsspray. Vielleicht ist heute nacht ein Hubschrauber über das Tal geflogen.«

»Hätten Sie ihn nicht hören müssen?«

»Nicht, wie *wir* geschlafen haben. Gestern war ein sehr aufregender Tag.«

»Ja ... wahrscheinlich steht selbst auf Ihrem Programm nicht jeden Tag eine dreifache Entführung ... oder wenigstens eine doppelte Entführung und eine *Ver*führung.«

»Eine *Verführung?«*

»Diese Frau. Sie hat eine hübsche Stimme. Sieht sie so gut aus, wie sie sich anhört?«

»Besser.«

»Und sie ist aus eigenem Entschluß mit Ihnen gegangen?«

»Ja.« Aber das stimmte nicht. Sängerin war zu keinem eigenen Entschluß fähig. Manning hatte seinen Finger auf einen heiklen Punkt gelegt. Grünsucher mußte angestrengt nachdenken, um eine Erklärung abzuliefern, die auch ihn selbst befriedigte. »Sie *wollte* mitgehen.«

»Aber der Sonderling war nicht einverstanden. Laut der letzten Verkündung Der Stimme. Verführung also.«

Dieses Gespräch begann, an Grünsuchers Nerven zu zerren. »Wissen Sie . . . Ich habe fast den Eindruck, Sie versuchen, es mir auszureden; ich glaube beinahe, Sie versuchen, mich dazu zu bringen, daß ich sie zu Hochbaum zurückbringe.«

Manning grinste. »Hochbaum . . . heißt er so? Nein . . . sehen Sie es einfach als berufliche Eifersucht. Wenn Sängerin so ist, wie Sie sie mir beschrieben haben, ist sie ein nicht zu verachtendes Strandgut.«

Aus einem unerklärlichen Grund jagte diese Vorstellung Grünsucher mehr Angst ein, als wenn Manning gesagt hätte, er wäre von Hochbaum geschickt worden.

Der Weg vor ihnen war jetzt frei, aber die Schneise war hier, wo die Dörfler die Straße geräumt hatten, enger. Sie schienen umgekehrt zu sein, nachdem sich Grünsucher von ihnen abgesetzt hatte, und sich dann an das andere, nördliche Ende des Dorfes vorgearbeitet zu haben.

Soweit sich Grünsucher von seiner flüchtigen Einschätzung des vergangenen Tages und seiner Ankunft bei Dunkelheit in der letzten Nacht her erinnern konnte, beschrieb die Straße einen Viertelkreis nach links um einen Teich und führte von dort aus bergauf zur Burg und weiter zu unbekannten Zielen.

Es war nichts weiter zu sehen als Laub von verschiedenen Baumarten, der grüne Hang und die viereckige Anordnung der Mühlen über dem Tal.

Aber es gab einen Laut. Eine Art Summen, das sich zu einem Tumult steigerte; einer hörbar wachsenden Erregung, die auf ihrem Gipfel in einen einzigen Schrei einmündete; plötzlich, schrill und unverwechselbar.

Grünsucher kannte die Stimme zu gut, um Zweifel an ihrer Herkunft zu haben, und seine Füße trugen ihn so ungestüm vorwärts, daß die Prämienjäger zur Seite stoben und das Laub alarmierend aufraschelte.

Er benötigte nur wenige Sekunden, um den Straßenknick zu erreichen, und überhaupt keine Zeit, um die Ursache für den Schrei und die Erregung ausfindig zu machen.

Die animierten Dörfler umstanden in einem unregelmäßigen Kreis den Teich. An der Stelle, die am nächsten zur Straße lag, hatte man eine Wippe angebracht, deren eines Ende fest unter Crickets Schuh geklemmt war und das andere über das Wasser ragte. Nein . . . keine Wippe, ein *Tauchstuhl* . . . und in seinem Sitz – freischwebend über dem Teich – befand sich Sängerin; ihre Hände krochen im Ausdruck höchsten Entsetzens wie Spinnen über ihr Gesicht und durch die Haare.

Grünsuchers Hände waren schon halbwegs an Crickets Hals, bevor er erkannte, was geschehen würde, wenn der Mann seinen Fuß fortnahm. Er hielt inne, von Übelkeit geschüttelt.

Er sagte: »Weshalb? Im Namen der Nächstenliebe, weshalb?«

»Wir haben einen Grund.« Cricket schien die unmittelbare Bedrohung völlig kalt zu lassen.

»Ihr habt keinen verdammten Grund. Für so etwas gibt es einfach keinen Grund. Ihr seid allesamt verrückt.«

Und dann machte er sich klar, daß ein einziges falsches Wort ausreichen konnte, daß Sängerin erneut in den Teich getaucht wurde.

»Wir tun nichts Böses«, sagte Cricket.

»Und wie zum Teufel nennen Sie das, was hier vor sich geht?« Die Geste, die Grünsuchers zornige Rede begleitete, umfaßte das ganze Schauspiel, die Delinquentin ebenso wie die Zuschauer.

»Erbauung. Sie ham gesagt, Sie hätten nich die Fähigkeit, die Blätter abfallen zu lassen. Jetzt sagen wer Ihnen, daß wer die Fähigkeit ham, uns um unsern Kram zu kümmern, egal, was Sie tun können.«

»Ich bin kein Hexenmeister«, sagte Grünsucher, »und sie ist keine Hexe. Bei der Liebe Gottes, laßt sie sicher wieder herunter.«

Sängerin wimmerte, und er konnte es deutlich hören. Er ging in den Teich, ohne sich darum zu kümmern, wie tief er war, und stellte sich direkt unter sie. Das Wasser reichte ihm nur bis an die Knie. Als er den Arm hob, konnte er ihren Knöchel berühren. Es war nicht eben viel, aber es war ein Kontakt.

Der Knöchel war naß. Also hatten sie sie bereits getaucht, aber nicht tief genug, um ihr zu zeigen, daß es so flach war. Es spielte keine Rolle mehr. Sie hatten es getan, und der Schaden war angerichtet. Aber er mußte sie erlösen.

»Überlaßt mir die Frau«, sagte er, »und ich werde gehen. Ich werde euch keine weiteren Scherereien machen. Dieses Geheimnis der fallenden Blätter mag ein Geheimnis bleiben, soweit es mich betrifft. Laßt mich nur wieder mit meiner Familie zusammensein.«

»Ist das ein Versprechen?« fragte Cricket.

»Bei allem, was euch heilig ist.«

Cricket beugte sich nieder und prüfte den Druck des Balkens mit den Händen. Dann richtete er sich allmählich auf, und der Tauchstuhl senkte sich zu Grünsucher hinab.

Grünsucher nahm die zitternde Delinquentin in die Arme.

Und als er aus dem Wasser stieg, fand er Satin und Ben an seiner Seite. Fragen drängten sich ihm auf, aber er war zu sehr damit beschäftigt, von hier fortzukommen, um sie jetzt zu stellen. Statt dessen trieb er die Kinder zur Eile an und wies in die südliche Richtung der zugewehten Straße. Er sparte nicht mit Worten an alle, die ihren Auszug mitansahen; egal, ob Landmann oder Prämienjäger. Erst, als sie ein gutes Stück weit fort waren und niemand ihnen folgte, mußte er Sängerin seinem Rücken zuliebe niederlassen, und um Ben nach einer Erklärung fragen zu können.

»Ich bin da hingegangen, wo du hingegangen bist«, sagte der Junge einfach.

»Und wohin war das?«

»In die Blätter, um nach einem Grund zu suchen. Das hier habe ich gefunden.« Ben hielt ein Stück Polyäthylen-Folie hoch.

Grünsucher nahm es an sich und untersuchte es. Er konnte eine mit Schablone aufgetragene Schrift entziffern. Sie lautete: 2,4,5T CONC.

Und das war die bewährte Mischung, um jede Art von Laub dazu zu bewegen, daß es, so rasch man nur wollte, von jeder Art Baum fiel.

»Wo hast du das gefunden? Unter den Blättern?«

»Nein. Oben auf dem Berg.«

Es war eine Antwort, aber eine von der Art, die eine Menge neue Fragen hervorbringt. Oben auf dem Berg? Nicht bei den Bäumen?

Sängerin wimmerte und klammerte sich wie eine Flechte an ihn. Das brachte Grünsucher zu den aktuellen Bedürfnissen zurück.

Der Wind pfiff durch ihre Kleidung und vollführte mit den abgefallenen Blättern zu ihren Füßen einen wirbelnden Tanz. Grünsucher wurde daran erinnert, daß sie kein Ziel hatten und keinen tauglichen Plan. Er führte sie in Richtung der Meeresküste, aber aus keinem triftigeren Grund, als dem, daß sie die größte Entfernung zu ihren Peinigern darstellte.

»Es ist alles gut«, sagte er sanft in die kastanienbraune Haarflut, die sich an sein Kinn schmiegte. »Wir haben sie hinter uns gelassen. Sie können uns nichts mehr zuleide tun.«

Da wand sich Sängerin aus seiner Umarmung, und zwar nicht eben sanft. »Nichts mehr zuleide. Das Leid hätte uns in diesem Fall erspart bleiben können, wenn du nicht auf eigene Faust losgezogen wärst.«

»Ich habe nur versucht, uns allen zu helfen . . .«

»Ich hoffe, es geht nicht so weiter.« Sängerin brachte die ganze Straßenbreite zwischen sich und ihren Befreier.

Ben ergriff die Hand Satins und drückte sie, und Satin war froh über den Druck. Sie alle fühlten die Vertrautheit der Situation – wie Vorwürfe aus Dankbarkeit erwachsen konnten –, aber keiner von ihnen wußte, woher er es kannte. All diese Dinge hatten sie in dem Schloß zurückgelassen.

Grünsucher konnte nur stumm weitergehen und grübeln.

Als sie die kiesbestreute Straße aufwärts und aus dem Tal und auf federndes Hügelland führte, bemerkte er noch nicht einmal, daß die steife Brise aus westlicher Richtung, die die hier noch belaubten Zweige bewegte, die Windmühlen, die sie hinter sich ließen, reglos ließ.

Kapitel Zwei

Das Meer erreichten sie bequem mittels eines fahrbaren Untersatzes; das Problem des Transports und der Umgewöhnung war mit einem Schlag gelöst.

Grünsucher und seine Begleiter verließen das Hügelland, schlenderten durch sumpfige Wiesen und Eichenwäldchen und erreichten ein wild wucherndes Dorf; es mußte beinahe zwei Meilen lang sein und auf eine wechselvolle Entwicklungsgeschichte zurückblicken; gepflegte Einfamilienhäuser standen direkt neben authentischen und schmerzlich nachempfundenen Strohdachbungalows und scheußlichen Vorbauten in Regency-Manier oder unverfälschtem Rotziegel-Victorianismus.

Als sie schon glaubten, einen Dorfmittelpunkt hinter sich gelassen zu haben – einen Platz mit Bank und Kriegerdenkmal – stießen sie auf den nächsten, mit Postamt, Großgarage und Schnapsladen.

Und in einer Auffahrt, die zu einer von zwei Lorbeerbäumen flankierten Residenz führte, die ebenso deutlich die Zeit zwischen den Kriegen signalisierte, wie es der Stiefelknecht auf der Veranda widerlegte, stand ein Wohnmobil zum Verkauf: kompakte und flache Bauweise, eine Toyota-Hiace-Variante aus circa '77, ideal für vier Personen . . .

Grünsucher umschritt das Gefährt zunächst aufrecht, dann noch einmal auf Knien und Händen. Der Lack war an einigen Stellen nicht mehr allzugut erhalten, aber das Chassis sah sehr gut erhalten aus.

Er klopfte an die Haustür und brachte dem jungen Mann, der ihm öffnete, sein Interesse zum Ausdruck.

»Ich möchte mir gern den Motor anhören«, sagte er, und der Verkaufswillige tat ihm den Gefallen.

Grünsucher hob die Motorhaube an und fahndete nach Rost und undichten Stellen in der Öl-, Benzin- und Wasserzufuhr. Sofort war Ben an seiner Seite, angelockt von Geruch und Geräuschen.

»Weshalb schaust du dir das an?« fragte Satin.

Sängerin, die direkt hinter ihr stand, beobachtete, was Grünsucher tat, aber dem Anschein nach nur, weil es unmittelbar in ihrer Blickrichtung passierte.

»Weil es eine Wohnung für uns sein kann.« Grünsucher hielt nach einem Blitzen in diesen grünen Augen Ausschau; nach dem Anzeichen beginnenden Interesses. Aber der Gesichtsausdruck änderte sich nicht.

»Es ist ein gutes altes Wohnmobil«, meldete sich der junge Mann. »Hat nur wenig Kilometer gefahren. Aber dieses Jahr ist nicht gut.«

Diese Worte ergaben für Ben nicht viel Sinn, und er wartete ab, wie Grünsucher darauf reagieren würde.

»Dann würde Ihnen ein Händler kein gutes Angebot machen.«

»Ach; Sie wissen ja, wie es ist. Vielleicht, wenn ich Interesse an einem anderen Wagen gehabt hätte . . . Aber das wollte ich nicht. Ich bin dabei, das Land zu verlassen, und ich werde mir in Kanada einen fahrbaren Untersatz besorgen.«

Der junge Mann schien froh über die Gelegenheit zu einem kleinen Plausch zu sein, und Grünsucher ermutigte ihn. Es würde auch seinen Anbefohlenen gut tun, einem alltäglichen Gespräch zuzuhören; und wenn es dem Handel zugute kam, wäre das ein weiterer Vorteil.

»Kanada«, sagte er. »Das ist weit weg.«

»Für einen Traum ist es nicht zu weit. Ich kann dort Arbeit finden; schon das macht den Ortswechsel lohnend.«

»Hier gibt es keine Arbeit?«

»Nicht die Art, die ich brauche. Ich bin dafür, daß Bäume angepflanzt werden. Hier sind alle dafür, sie umzuhauen und Häuser zu bauen. In Kanada steht genug Nutzholz, daß es für mein Leben reicht. Wenn Sie mir ein Angebot machen wollen, Mister . . .«

Grünsucher überprüfte das Zulassungsschild. Die Zulassung galt noch für zehn Monate, und das lag viel weiter in der Zukunft, als er zum gegenwärtigen Zeitpunkt zu planen fähig war.

»Der Tank ist voll. Es ist eine neue Batterie drin.«

»Wie steht's mit dem Fahrtenbuch?« fragte Grünsucher automatisch. »Und falls vorhanden, eine Reparaturanleitung?«

»Ist alles da. Ich dachte an rund fünfhundert Pfund.«

»Vierhundert. Bar auf die Hand. Jetzt sofort.«

Grünsucher hatte nicht handeln wollen. Nach seiner Ansicht verdarb es jede Art von Wohlbefinden, das vorhanden gewesen sein mochte. Auf der anderen Seite besaß er nur soviel Geld und konnte nicht wissen, was noch auf ihn zukam. Der Wagen schien so gut in Schuß zu sein, daß er den ganzen Sommer über darin herumfahren konnte; ob das nun Sinn hatte oder nicht. Aber zu diesem Zweck schienen vierzig Pfund im Monat eine ganze Menge. Andererseits mußte man die Summe durch vier dividieren – weil sie zu viert waren – und dann noch einmal durch vier, um auf die Kosten pro Woche zu kommen; und zweieinhalb Pfund pro Person und Woche waren nicht eben viel.

Der junge Mann war nicht in der Laune zu schachern. Er sah nur enttäuscht aus, und das ging Grünsucher weit mehr an die Nieren, als es das schärfste Feilschen vermocht hätte.

Vielleicht wußte er, daß der Tourer nicht mehr wert war, als Grünsucher für ihn geboten hatte; er hatte aber wohl auf seine Großzügigkeit gehofft. Möglicherweise hatte er ihn eben um den fehlenden Rest für sein Ticket nach Kanada gebracht . . . Grünsucher verfluchte sein Mitgefühl. Wie viele Menschen auf dieser Welt wollte er eigentlich mit einem einzigen Kauf glücklich machen? »Vierhundertfünfzig«, sagte er, »und das ist mein letztes Angebot. Sonst haben wir alle einen Verlust.«

Der Zuschlag erleichterte den jungen Mann sichtbar. Er reichte ihm schwungvoll den Zündschlüssel, nahm das Geld an und eilte, ohne es zu zählen, ins Haus zurück, als bliebe ihm eben noch Zeit, seinen Koffer zu holen.

»Sagen Sie den Bäumen, daß wir sie lieben«, rief Satin durch die sich schließende Tür. »Wir mögen es mehr, wenn sie stehen, als wenn sie auf dem Boden liegen.«

Grünsucher lachte in sich hinein. Er war angenehm überrascht, daß die Kinder soviel von der Unterhaltung verstanden hatten.

Die Tür des Hauses ging noch einmal auf.

»Und alles, was darin ist«, rief der junge Mann atemlos. Dann schloß sich die Tür wieder.

Grünsucher wandte sich dem Wohnbereich des Mobils zu und begutachtete den Inhalt der Schränke. Reichlich Kochtöpfe und Plastikteller, sogar Bettzeug. Er bereitete den Kindern ein bequemes Lager auf einer der Sitzbänke, die man von der Wand abziehen und in Liegen verwandeln konnte, und setzte sich auf den Fahrersitz.

»Gott«, sagte Ben. »Sind wir dir soviel wert? Vierhundertfünfzig Pfund?« Er hatte große, erstaunte Augen.

»Noch viel mehr.« Die Anerkennung des Jungen verursachte Wärme in Grünsuchers Innerem, aber nicht so viel Wärme, wie er erwartet hätte. Es gab Zeiten, da Geld viel bedeutete . . . und andere Zeiten, in denen die Summe von vierhundertfünfzig Pfund ein geringer Tribut zu sein schienen. Und wenn das ein wenig wie nach Pessimismus aussah, dann möglicherweise deswegen, weil diese Anerkennung stattgefunden hatte – nicht seitens der falschen Person, aber auch nicht von der richtigen.

Er überließ es Sängerin, sich selbst einen Platz auszusuchen. Als er den Motor anließ, schlüpfte sie auf den Beifahrersitz neben ihn.

Als er das Fahrzeug aus der Auffahrt manövrierte und auf die Straße lenkte, berührte sie seinen Arm. Und der Ausdruck in ihrem Gesicht kam einem Lächeln sehr nahe. »Man sollte dir danken.«

»Ich hab es gern getan«, erwiderte Grünsucher und blickte auf das graue Band der Straße zwischen den seitlich angepflanzten Koniferen. Und in diesem Augenblick stimmte es.

Auf diese Art kamen sie stilvoll ans Meer, nachdem sie die erste Nacht in dem Caravan verbracht hatten, und der erste Anblick der Bay war verzerrt wie durch Belgisches Glas.

»Ist das hier Lands End?« erkundigte sich Satin mit leiser Stimme. So viel Wasser und so viel Himmel waren ihr nach den winzigen Ausschnitten, die ihr die Fensterschlitze der Burg gezeigt hatten, unheimlich.

Grünsucher lachte. »Ja und nein. Ja – das Land ist hier zu Ende. Nein – es ist nicht der Ort in Cornwall, der Lands End *heißt*. Es gab einmal eine Zeit, in der die Menschen von Klippen wie dieser hier ausblickten – vielleicht sogar von dieser Klippe – auf das alte Hengistbury und Ballard Down, die ins Wasser hinausragten, und die Isle of Wight daneben sah aus, als sei sie wahrhaftig mit dem Land verbunden . . . und es kann tatsächlich sein, daß es damals, als *sie* Ausschau hielten, so gewesen ist ... und sie sahen, wie sich das Wasser bis zum Horizont erstreckte, von dem sie glaubten, er sei der Rand der Welt. Aber die Welt hat keinen Rand. Sie ist eine Kugel. Und jenseits des Meeres ist *immer noch mehr* Land ... und dann kommt noch ein Meer ... und wieder ein Land ... bis wir wieder dort ankommen, wo wir jetzt sind.«

»Immer noch mehr Land«, sagte Ben, als hätte er seine Zweifel. »Du hast gesagt, diese ... Insel ... hätte mit diesem Land verbunden sein können, aber jetzt ist sie es nicht. Ist es so, daß das Land kommt und geht; in der Zeit ebenso wie im Raum?«

Grünsucher war auf seine an Satin gerichtete Erklärung ziemlich stolz gewesen. Jetzt mußte er die Mühelosigkeit bewundern, mit der Ben ihn auf sie festgenagelt hatte.

»Ja, so ist es wirklich. Man nimmt an – wenn ich sage ›man nimmt an‹, will ich damit sagen, daß ich selbst es nicht erfahren habe –, daß es einmal eine Landbrücke gegeben hat, die die Insel mit dem Land verbunden hat – vielleicht in der Höhe von Lepe –, dort in der östlichen Ecke ist das Ufer viel zerklüfteter als hier.

Im Augenblick befinden wir uns in einer hufeisenförmigen Bucht, deren Untergrund aus Kalkstein besteht. Das Zentrum reicht bis zu den Wiesen, durch die wir gekommen sind, und die gebogenen Enden umgreifen uns zu beiden Seiten.«

»Hufeisen bringen Glück«, sagte Sängerin.

Grünsucher hatte keine Ahnung, wieviel sie von dem übrigen verstanden hatte, aber das eine Wort hatte zumindest eine Saite bei ihr angeschlagen.

»Woher weiß ich das?« fügte sie hinzu.

»Der Mann in dem Schloß hat es dir sicher gesagt.« Das schien ihm die plausibelste Erklärung, und sie konnte sogar richtig sein. Aus diesem Grund war Grünsucher bestrebt, die Aussage unglaubwürdig zu machen. Sängerin mußte in bezug auf jede einzelne Belehrung umgeschult werden, die Hochbaum ihr auch nur verpaßt haben mochte. »Aber es stimmt nicht.«

»Nein?« Die grünen Augen drückten Unsicherheit aus.

»Ich werde dir nur sagen, was wahr ist, Sängerin. Dieser Wahnsinnige hat deinen Kopf mit den Dingen gefüllt, von denen er wollte, daß du an sie glaubst. Ich hingegen werde dir nur Wahrheiten sagen. Hufeisen bedeuten kein Glück. Nichts bedeutet Glück. Ein Mann schmiedet sein eigenes Glück durch die Art, wie er lebt. Wenn er in der Auswahl seiner Begleiter klug ist, wird er immer glücklich sein. Ich fühle mich glücklich, weil ich euch alle gefunden habe; aber mit Hufeisen hat das nichts zu tun.«

Diese ganze Ausführung klang ein wenig pathetisch, als er ihr nachsann, aber sie drückte aus, was er fühlte. Trotzdem wollte er sie nicht drängen, so zu fühlen wie er. »Außerdem haben wir über Kalk geredet. An den dichtesten Stellen des Waldes befinden sich die Grate des Kreidefelsens ein gutes Stück unterhalb des Mutterbodens. Aber an einigen Stellen ist die fruchtbare Bodenschicht sehr dünn, oder die Decke besteht aus Ton, und die Folge ist Sumpfland, wie wir es gelegentlich sehen werden. An anderen Stellen können nur Koniferen und vereinzelte Weißbirken gedeihen, weil deren Wurzeln nicht tief reichen – ich werde euch all diese Dinge zeigen; aber hier und jetzt schaut euch erst einmal das Meer an . . .«

Grünsucher betrachtete ihre Gesichter. Die Frau und die Kinder waren starr vor Ergriffenheit, als sie das Panorama erblickten.

»Es ist . . . freundlich«, sagte Satin schließlich. »Ich habe gedacht, es wäre zu groß, um freundlich zu sein, aber es . . . *mag* mich.«

»Natürlich mag es dich, und du magst es«, bestätigte ihr Grünsucher, »denn ihr seid beide wunderschön . . . wenn auch auf verschiedene Arten.«

»Ich finde es eher stattlich als schön«, wandte Ben ein. »Die Felsen, die Kraft des Wassers; es sind männliche Dinge . . . und Satin hat mich eben gezwickt.«

»Das geschieht dir recht«, bemerkte Sängerin. »Es würde dir nicht schaden, wenn du teilen würdest. – Warum habe ich das eben gesagt? Es klang so . . . vertraut.«

»Vielleicht ist es vertraut.« Obwohl all diese Details zu einer Offenbarung werden mochten, fand Grünsucher keinen Geschmack daran. Falls diese drei Menschen ein gemeinsames Band vereinigte, war er außerhalb. Aber . . . nach seinem

Gelöbnis der Aufrichtigkeit war er verpflichtet zu sagen, was ihm in den Sinn kam. »Vielleicht sollte es so sein, daß ihr alle drei beisammen seid ... Vielleicht war es zuvor so ...« Seine Stimme versickerte. Wovor? Bevor Hochbaum sie von irgendwo oder irgend jemandem fortgenommen hatte? Oder hatte Hochbaum sie gar nicht fortnehmen müssen, weil sie seine eigene Familie waren?

Sängerin beobachtete ihn. Ein Teil seiner Qual mußte ihr offenbar geworden sein – möglicherweise, als er über das »Glück« gesprochen hatte.

»Es hat ein Fortnehmen gegeben, und jetzt gibt es ein Entgegennehmen«, sagte sie. »Glaub mir, Ben und Satin sind ebensosehr ein Geschenk für mich, wie du es bist, und ... und ich ...« Sie kämpfte um den richtigen Ausdruck. »Ich glaube, daß wir alle uns allen lieb sein können.«

Es ergab einen Sinn, und mehr als das. Es zauberte salziges Wasser an die Wange des Wanderers.

★

Am Nachmittag hatten sie Sand und Meer an ihren Körpern gekostet; sie waren nicht allein am Strand gewesen, aber die älteren Leute, die mit Stöcken und Hunden und gemächlichen Schritten unterwegs gewesen waren, hatten sie ganz in Ruhe gelassen. Das Lachen der Kinder erklang seltsam in der sich abkühlenden Luft und viel weniger seltsam auf dem Wasser, das noch die letzten Reste sommerlicher Wärme barg.

Sie hatten sich als die einzigen Besitzer des Strandes gefühlt; die betagten Leute waren ebenso ein natürlicher Teil des Hintergrunds gewesen wie die kreisenden Möwen; aber als sie das Riff hinaufkletterten und mit einer gewissen Vorfreude aufs Essen zu dem Caravan zurückgingen, trafen sie auf eine beachtliche Menge Leute, die von weiß Gott woher gekommen waren und sich auf dem westlichen Zipfel des Rasens versammelt hatten.

Dort stand eine altertümliche Villa hart am Rand des Riffs.

Schon von weitem hatte Grünsucher die Beobachtung gemacht, aber für sich behalten, daß die meerwärts gelegenen Fenster großartige Aussichten aus unterschiedlichen Winkeln sowohl auf die Meeresbucht und auf die wildbewegte See bieten mußten, wenn das Wetter nicht so ruhig wie heute war.

Als sie näher kamen – er und Sängerin hatten keine andere Wahl, weil die Kinder ihnen schon ein gutes Stück in dieser Richtung voraus waren und noch immer mit dem Schwung ihrer frisch erworbenen Strandlaune weitereilten –, stellte Grünsucher fest, daß die Aussicht noch atemberaubender war, als er vermutet hatte. Es war tatsächlich nur noch ein sehr schmales Felsband zwischen dem Haus und der Steilküste, und dieses Stückchen Halt war von gezackten Sprüngen und Rissen durchsetzt, die sich noch zu erweitern schienen, während er zusah.

Begeisterung hatte Ben und Satin auf ihrem Lauf hierhin beflügelt, und Begeisterung war auch die hier allgemein vorherrschende Schwingung, falls Grünsucher Schwingungen richtig interpretieren konnte.

Er studierte die Gesichter und sah völlige Hingerissenheit. Es lag die Art Spannung in der Luft, die man bei einem Rennen oder Stierkampf findet; die starren Blicke Besessener . . . aber sogar noch mehr.

Es befanden sich *einige* Urlauber in der Menge, aber das war es nicht, was ihm auffiel. Ein grauer Overall hier; eine gestreifte Schürze dort; Hemdsärmel, die verrieten, daß ihr Träger es zu eilig gehabt hatte, um einen Mantel anzuziehen. Die hier Versammelten waren zum größten Teil Geschäftsleute und Anwohner. Einheimische.

Die ältere Frau neben ihm war jedenfalls für den Oktober angemessen gekleidet. Sie trug einen dicken grauen Mantel aus guter Wolle und einen unbedingt auffallenden hellrosa Federhut.

Und weil Grünsucher seine Augen nicht stetig auf das Haus und die sich verbreiternden Risse gerichtet hielt, und weil auch sie ihre Aufmerksamkeit gelegentlich anderswohin zu richten beliebte, trafen sich ihre Blicke.

Grünsucher lächelte, weil ihm nichts anderes einfiel. Sie erwiderte sein Lächeln einigermaßen verzerrt.

»Ghouls«, sagte sie.

»Pardon?«

»Nicht Sie, mein Lieber, oder Ihre Familie. Kinder können nicht anders als interessiert sein. Ich spreche von diesen ... anderen. Sie finden sich bei jedem Einbruch ein.«

»Ich fürchte, ich verstehe nicht ...«

»Verzeihen Sie mir. Ich neige zu dem Glauben, daß die ganze Welt mit unserem besonderen Problem vertraut ist. Die Riffe bröckeln ab und nehmen unsere Leben mit sich.«

Grünsucher begann, zu verstehen. »Und das hier ... ist Ihr Haus? Guter Gott, das muß ja schrecklich für Sie sein. Sie wohnen natürlich nicht mehr darin.«

»Es ist für mich nicht schlimmer als für jedermann sonst an dieser Straße, nehme ich an. Diese Leute – ich nenne sie Ghouls, weil ich früher ebenfalls zu ihnen gehört habe. Sie sind einfach neugierig, wer als nächster gehen wird ... und erleichtert, wenn sie es nicht selbst sind.«

»Und ... das Meer ist schuld daran?«

»Nun, das ist es, was sie glauben, und was zu glauben man uns einredet; aber ich weiß es besser. Die Erosion kommt aus dem Landesinneren. Es sind die Bäume.«

»Die *Bäume?*« Die Verblüffung ließ die Stimme Grünsuchers lauter werden.

»Genauer gesagt, der Mangel an Bäumen. Es wurden so viele Häuser gebaut. Die Bäume werden gefällt, um Platz für die Häuser zu schaffen; und beim nächsten Niederschlag fällt der Regen direkt auf den Boden, statt vorher durch Laub, Stämme und Wurzeln gefiltert zu werden, in der vorgegebenen Art und Weise. Das Wasser wird jetzt eher gereinigt als gefiltert. Es fließt durch die Kalkschicht auf den Lehm darunter und macht ihn weich ... Das Problem kommt aus dem *Inland*, und die Ursache sind die *Menschen*. Aber niemand hört auf mich; niemand begreift es ... Das Meer weiß, daß ich recht habe.«

Ein Knall wie ein Gewehrschuß ließ Grünsucher herumwirbeln. Eine Stützmauer des Hauses war geborsten, und jetzt liefen blitzartig sich verästelnde Sprünge über die Fassade, die mit Staubwölkchen einhergingen.

Der Lärm setzte sich im Hausinneren fort – Holz splitterte – Glas zersprang; ein Laut wie ein ablaufendes Uhrwerk; wie ein Körper, der sich abstellt, Organ für Organ. Die Fenster bekamen

Sprünge; wölbten sich vor und platzten nach außen. Die Ghouls traten in düsterer Choreographie alle zugleich einen Schritt zurück.

Die Zerstörung war spektakulär, wie sie es immer ist, und umfassend. Im letzten Akt sank das Mauerwerk mit der Anmut unerbittlicher Gewalt zusammen und stürzte in die Brandung.

Die Menge ließ einen langen, seufzenden Atemzug hören.

Und als sich Grünsucher wieder der Frau zuwenden wollte, die mit ihm gesprochen hatte, war sie verschwunden.

»Ich . . .« Sängerin trat an seine Seite. »Hast du die Frau in Pink gesehen?« fragte er sie.

»Welche Frau?«

Er starrte angestrengt auf den Rücken des Riffs. Er konnte sie nicht sehen. Automatisch wanderte sein Blick nach unten in das brodelnde Meer.

Etwas tanzte auf den schäumenden Wogen; etwas, das Federn trug, aber für einen Vogel zu groß war. Und es war rosa.

Ben sah es auch.

»Jemandem ist der Hut fortgeflogen«, sagte er und lachte.

Grünsucher stellte Betrachtungen an. Was sollte er dazu sagen; was die Frau gesagt hatte, was sie gewollt hatte, war geschehen. Sie lebte bestimmt nicht mehr.

»Ja«, sagte er. »Jemand hat seinen Hut verloren.«

Und er verließ mit seiner Familie den Klippenrand.

★

Aber man konnte nicht so einfach fortgehen; nicht, wenn ein Leben vernichtet war. Die alte Dame hatte ihr Leben als inhaltslos angesehen, nachdem ihr Haus nicht mehr war. Man hätte es als Selbstmord betrachten können, aber es schien eher eine rituelle Schickung ins Unvermeidliche gewesen zu sein. Was wäre gewesen – und das war das, worauf es ankam –, wenn es keine Zerstörung gegeben hätte? Wenn das Haus noch stünde; so, wie so viele andere, die nicht so nahe ans Meer gebaut worden waren und ihre Bewohner bei weitem überlebten, und deren Bewohner ihrerseits sie nicht kampflos aufgaben?

Wie viele Lemminge waren schon hinter den Rücken der Ghouls ins Wasser gegangen, deren Aufmerksamkeit durch Zerstörung und Feuerwerk gefesselt gewesen war?

Sicherlich war es nicht vielen vergönnt gewesen, es zu bemerken; jemand, der unvorbereitet gekommen war, wie er, und eher zufällig einen Blick neben den unmittelbaren Ort des Geschehens geworfen hatte.

Waren diese Fälle allgemein bekannt? Das war unvorstellbar – denn sonst hätte sich die Neugier der Ghouls den Personen zugewandt, und nicht den Vorgängen. Es mochte unterhaltsam sein, jemandes Wohnung vernichtet zu sehen; aber verglichen mit der tiefen Befriedigung, den stellvertretenden Tod eines anderen mitzuerleben, war das rein gar nichts.

Und da die »Selbstmorde« offenbar ein unbekanntes Phänomen darstellten, mußten sie bekannt *gemacht* werden. Grünsucher konnte nicht zulassen, daß es wie bisher weiterging.

Wem aber sollte er es sagen? Hier war er ein Fremder für alle außer denjenigen, die ihm am nächsten standen, und mit denen er aus Furcht vor den Folgen nicht darüber sprechen konnte.

Außerdem – was hätte er schon unternehmen können, das auf der einen Seite den Erfordernissen entsprochen hätte, und auf der anderen seinen Begleitern verborgen geblieben wäre und sie nicht berührt hätte?

Immer, wenn ihm ein Problem zu groß war oder ein Rätsel der Anstrengung, es zu lösen, unwert erschien, tanzte ihm dieses Rosa auf den aufgewühlten Wassern seines Denkens.

Da wies ihm Sängerin einen Ausweg.

»Du . . . bist . . . sehr schweigsam«, sagte sie. »Ist das so, weil du . . . uns bei dir hast?«

Grünsucher, der eben in Tagträumen versunken gewesen war, wurde durch ihre Bemerkung in die Wirklichkeit zurückgeholt. Ihre Augen waren rotgerändert; ihre Stimme hatte unsicher geklungen.

Demnach gab es etwas Schlimmeres, als sie einzuweihen – nämlich, sie im ungewissen zu lassen. Und anscheinend hatte sie schon seit einer Weile darunter gelitten, bevor sie es artikuliert hatte.

Grünsucher war glücklich, sie daraus befreien und zugleich seine Besorgnis mit ihr teilen zu können.

Die Kinder schliefen in ihren Kojen, aber es würde noch eine Weile hell sein. Er hatte sie nach Hatchet Pond gefahren, das auf der Beaulieu zugewandten Seite des Waldes lag, um ihnen den Anblick eines Sonnenuntergangs von beinahe tropischer Farbenpracht zu ermöglichen . . . und seine behutsame Fahrweise hatte im Verein mit ihrer Erschöpfung seine edlen Absichten sabotiert.

Und jetzt, da er behaglich am Strand lag, die Straße nach Lymington zur Linken, den Weg nach Brockenhurst zur Rechten, und der Himmel in Streifen aus Purpur und Gold oberhalb der puderblauen Region über den Bäumen, sprach er über eine ganz andere Angelegenheit.

Er ergriff die Hände Sängerins, küßte sie sanft und legte sie in ihren Schoß zurück. Dann nahm er ihren Kopf in beide Hände und drehte ihn behutsam so, daß ihre Augen die Schönheiten der Szene betrachteten.

»Schau den Frieden«, sagte er. »Du kannst ihn betrachten, während du zuhörst.«

Die Sonne legte eine gerade rote Straße über den See. Ein purpurner Schattenfinger löste sich von einem mit Ginster und einigen verkrüppelten Bäumen bestandenen Vorsprung. Der Schatten schien nach sich selbst zu greifen; seine Herkunft lag im Unsichtbaren; aber auf dem Wasser wurde er sichtbar. Sängerin beobachtete, wie er weiterkroch, und Grünsucher beobachtete Sängerin.

»Erinnerst du dich an den Tag, als wir hier ankamen . . . Auf dem Rücken des Riffs, als das Haus einstürzte?«

Sie nickte nachdenklich.

»Ich habe dich gefragt, ob du eine bestimmte Frau gesehen hättest.«

»Mit einem rosa Hut.«

»Ja, die meine ich.«

»Ich erinnere mich an dieses Rosa, weil ich Rosa sehen kann.«

»Ja . . . Also, diese Frau hatte zu mir über die Häuser und die Klippen gesprochen, und wie sie alle zerfallen.«

»Ich erinnere mich an Worte ... Augenblicke ... Nicht an die Gesichter, die zu diesen Stimmen gehörten. Ghouls ... aber nicht ...«, sie lächelte, »... ›Sie und Ihre Familie‹. Es klang sehr nett. Wer waren die Ghouls?«

»Ihre Nachbarn ... Die Leute, die immer wieder hingingen, um die Zerstörungen anzuschauen, und sich darüber freuten, daß sie selbst verschont blieben.«

»Du meinst ... es war *ihr* Haus, das wir gesehen haben? Oh, wie schrecklich. Ich wünsche, ich *hätte* sie angesehen. Ich muß nach ihr Ausschau halten, wenn wir wieder dort sind.«

»Genau davon spreche ich.«

»Was meinst du damit?«

»Nun ... Es ist zu *spät*, um mit ihr zu reden. Denn als ihr Haus die Klippe hinabgerutscht war, ist sie ... hinter ihm hergesprungen.«

»Gesprungen?« Sängerin wandte ihren Blick endgültig vom Horizont ab. »Du meinst, du hast es *gesehen?*«

»Nein ... nicht direkt. Als das Haus anfing einzustürzen, habe ich mich umgedreht, um zuzusehen. Als ich wieder nach ihr sah, war sie verschwunden. Ich hatte keine Ahnung ...«

»Könnte es nicht sein, daß sie einfach fortgegangen ist?«

»Das hatte ich gehofft. Aber dann habe ich ins Meer hinabgeschaut ... und sah dieses Rosa auf dem Wasser tanzen. Es war kein Irrtum möglich.«

Ob sie ihn sah oder nicht; Sängerins Gesicht war wieder dem Sonnenuntergang zugewandt, und das feurige Licht fand Gelegenheit, ihre Wangen aufleuchten zu lassen.

»Die arme Frau«, sage sie. »Die arme, arme Frau.«

»Es hat mich bedrückt«, sagte Grünsucher.

»Aber du hättest nichts tun können. Du hast es nicht gesehen. Du hättest es nicht voraussehen können ...«

»Das ist es nicht, das mir Kummer macht. Ich glaube, daß sie ihr Leben in gewisser Hinsicht beenden *wollte* ... und wenn das Ende unvermeindlich ist, stellt es meinem Empfinden nach ein Privileg dar, wenn man es selbst inszenieren kann. Aber ... Ich weiß nicht recht ... Also, ich habe mir eingeredet, daß es sich um ein Ritual im Gefolge des Besitzverlustes handelte. Wenn man überhaupt von einer passenden Schlußszene sprechen kann, dann glaube ich, daß sie so aussehen müßte: Du lebst mit deinem Wohnhaus, und du stirbst mit ihm. Es kennt all deine Geheimnisse, und du kennst all seine Eigenheiten; und wenn ihr gemeinsam untergeht, habt ihr beide keinen Anlaß, euch beraubt oder verarmt vorzukommen.«

»Aber weshalb bist du dann betrübt?«

»Weil ... weil die Häuser nicht sterben *müßten* ... also auch nicht die Leute. Diese Häuser stürzen nur ein, weil sie den Boden verändern, auf dem sie stehen. All diese verdammten Häuserbauer vernichten die natürliche Drainage und ersetzen sie nicht.«

»Was ist Drainage?«

»Tut mir leid. Vielleicht hast du diesen Teil der Rede der alten Dame nicht gehört. Sie erklärte es mir. Alle Bäume werden gefällt, so daß der Regen unmittelbar auf den Boden fällt. Er besteht aus Kalkstein, wie ich dir schon erklärt habe, und darunter liegt eine Lehmschicht. Wenn der Lehm mit Wasser vollgesogen ist ... bewegt er sich. Und alles, was auch immer darauf ist, bewegt sich mit.«

»Wie bei einem Erdbeben?«

»Eher wie bei einem Landrutsch ... langsamer, nicht schräg abwärts; nicht dramatisch, sondern ganz unbemerkt ... Und ich meine, allein die Wucht, mit der die Meereswellen ans Ufer schlagen, zeigt schon, wieviel Widerstandskraft nötig ist, um ihnen zu trotzen.«

»Und die Häuserbauer haben nicht gewußt, daß es so kommen würde?«

»Das Wissen muß vorhanden sein, sonst wäre der alten Dame die Ursache unbekannt geblieben. Und wenn es bekannt ist, und die Erbauer trotzdem weitermachen – und wir wissen, daß sie es tun; du brauchst nur daran zu denken, was der Mann sagte, bei dem wir den Wagen gekauft haben, daß Bäume angepflanzt werden müßten, statt geschlagen zu werden –, dann ist es den Landerschließern gleichgültig.«

»Wissen sie, daß Menschen sterben?«

»Nun, das vielleicht nicht gerade. Aber auch ohne das muß man eine weitere Überlegung in Betracht ziehen. Ich vermute, daß die Ghouls, falls sie ahnten, was tatsächlich vor sich geht, anfangen würden, bei diesen Katastrophen die Opfer statt der Häuser zu beobachten ... ja, sie könnten sie sogar noch anstacheln. Und ich für meinen Teil ziehe die Lust an der Zerstörung der Blutgier vor. Es liegt klar auf der Hand, welches von beidem schlimmer ist.«

»Wenn man es den Landerschließern sagen würde; vielleicht würden sie dann aufhören, die Bäume zu fällen ...«

»Nicht, solange Geld im Spiel ist. Sie würden abstreiten, daß ihre Tätigkeit etwas mit den Vorgängen auf den Klippen zu tun hätte, weil sie Meilen entfernt im Landesinneren gearbeitet haben. Sie würden behaupten, das Problem könne nur auf den Klippen selbst gelöst werden.«

»Dann könnten sie recht haben, Grünsucher.«

»Wie meinst du das?«

»Man muß irgendwo mit der Lösung anfangen ... und wenn du nicht glaubst, daß du die Landerschließer überzeugen kannst, würdest du am besten beginnen, zu den Leuten zu reden, die voraussichtlich springen werden ...«

Wasser und Bäume unter ihnen lagen jetzt im Schatten; ein Blau, das ins Purpurne dunkelte. Die schwarzköpfigen Möwen, die auf der Futtersuche über den Sandbänken patrouilliert waren, und die gescheckten Bachstelzen, die wippend und auf hohen Beinen zwischen den Strandkieseln herumgesucht hatten, erreichte plötzlich ein allgemeiner Ruf von zu Hause, und sie beantworteten ihn – die Möwen erhoben sich mit kraftvollen, scheinbar matten Flügelschlägen in geschlossener Formation, die Bachstelzen in teils gehüpften, teils geflogenen Etappen, da sie sich nur von einem Grasbüschel zum nächsten trauten.

»Das kann ich nicht«, erwiderte Grünsucher.

»Benutze uns nicht als Vorwand.«

»Hör mir zu, meine Liebe ... Wie könnte ich *nicht* an euch denken! Hier ist der Tod beteiligt ... und selbstgegeben oder nicht; der Tod hat seine Methode, Ernte zu halten.«

»Nein; hör *du* mir zu. Die Erinnerungen kommen die ganze Zeit über in Bruchstücken zu mir zurück. Ich scheine dazu präpariert worden zu sein, mich mit anderen Gegenständen im Denken eines anderen zu befassen. Ich darf nicht den Fehler machen, wieder in diese Spaltung zu verfallen, während du diese ... Zeiten des Schweigens hast ... *Das* ist die Gefahr, die ich sehe. Glaub' mir, es ist schön, sich den Inhalt dieser Träume bewußtmachen zu können.«

Sie teilten eine solche Zeit des Schweigens, als der letzte bleistiftdünne Strahl Orange erlosch. In die eben geborene Dunkelheit sagte Grünsucher: »Jetzt hast du den Sonnenuntergang nicht angesehen.«

»Die Sonne geht wieder auf, wenn sie im Meer versunken ist«, sage Sängerin. »Die Menschen bleiben unten.«

★

Was Grünsucher seine Rettungsstrategie nannte, war simpel genug. Er würde sich die Person heraussuchen, die mutmaßlich als nächste heimatlos würde, und ihm oder ihr den Untergang zugleich mit seinem oder ihrem Haus ausreden – und wenn die betreffende Person nicht darauf einging, wollte er sie oder ihn mit Gewalt, solange es nötig war, vom Ort des Geschehens entfernen.

Das würde zumindest den rituellen Teil vorübergehen lassen und vermutlich auch dem Anstand Genüge tun. Und sobald der nackte, blinde Terror des Augenblicks vorüber war, würden die Leute vielleicht wieder zu *denken* anfangen und dahin gelangen, daß heute keine besonders gute Idee mehr war, was gestern noch wie eine Notwendigkeit ausgesehen hatte.

Wie besprochen weihte Grünsucher seine kleine Gemeinde in den Zustand des Landes ein – er zeigte ihnen, wo die Kreide bei Pramshaw Telegraph und Godshill durch den Erdboden brach und ihm das Aussehen einer gefurchten Riesenstirn verlieh; wo sie wie der vom Bau einer Straße in vergangener Zeit übriggebliebene Schutt zwischen den Höhlen, Gräben und Seitenwegen von Matley Plain zutage lag; und die Gegend bei Wootton, wo der wellige Lehmboden allmählich versumpfte und mit Brombeergestrüpp und dürren Weißbirken bestanden war.

Aber die Tage begannen und endeten bei Barton, wenn Grünsucher seine eigenes Terrain untersuchte und die heikle und knifflige Situation so behutsam anging, wie man es von einem Fremden erwarten würde.

Wie es sich fügte, erlangte er die gewünschte Information auf eine höchst alltägliche Art.

Grünsucher war von der Sorge, Sängerin, Ben und Satin von Hochbaum fernzuhalten, so erfüllt gewesen, daß gewissse Erfordernisse völlig seiner Aufmerksamkeit entgangen waren ... zum Beispiel saubere Kleidung.

Sie konnten neue Sachen kaufen, und hatten es auch getan, aber inzwischen waren auch sie verdreckt, und ihre Säuberung setzte ein Heim voraus; oder zumindest etwas mit einem Heim Vergleichbares.

Grünsucher fand einen Waschautomaten. Sobald sich seine Schutzbefohlenen zum Schlafen umgezogen hatten, nahm er ihre Kleidung an sich und stopfte sie in eine der Waschmaschinen, fügte eine angemessene Menge Waschpulver hinzu und zog sich in die Gaststätte ein paar Türen weiter straßenabwärts zurück, da ihm die Maschine zwanzig Minuten Freizeit verschafft hatte.

Es war Dart-Abend; der Geräuschpegel war hoch, und nur ein Licht brannte in der Bar, das diesen Namen verdiente, und beleuchtete die numerierten Kreissektoren und durch Ringe angezeigten Vervielfachungen der Punktezahlen.

Um zu vermeiden, daß er an Schultern anstieß oder das Spiel störte, nahm er seinen Drink auf einem Hocker neben einer nicht angeschlossenen Jukebox, versuchte abzuschalten und verwandelte sich in den professionellen Beobachter.

Er war eben dabei, künftige Lebensmöglichkeiten für seine Gefährten zu entwerfen, als zwei Wörter seine Aufmerksamkeit beanspruchten – »Das nächste.«

Es mußte ein Gespräch vorausgegangen sein, das er unbewußt mitangehört hatte, weil die beiden Wörter für sich genommen nichts bedeuteten.

»Nun, es hat immerhin jahrelang leer gestanden«, sagte ein anderer Mann. »Diesmal könnte es sich als gut erweisen – die Vandalen fernzuhalten.«

»Schade, daß sie nicht drinnen waren, als es unterging«, sagte die erste Stimme.

Grünsucher konnte die Gesprächspartner jetzt sehen, beide, sie saßen einander an einem kleinen Tisch gegenüber, und die wuchtige Musicbox stand zwischen ihm und ihnen.

»Nichts läuft je so sauber.« Der erste Sprecher. »Wenn dieses verschwindet, ist das nächste um einen Platz näher gerückt . . . und *das* gehört jemandem.«

»Wem?«

»Dr. Burnett. Du kannst es nicht verfehlen . . . sein Schild hängt noch draußen, obwohl er in ein Appartement gezogen ist, als der Bruch näherkam.«

»Also kein Geldmangel?«

»In Shore Drive? Willst du mich auf den Arm nehmen? Er hat eine bessere Einrichtung zurückgelassen, als ich in meinem Haus habe. Glaub mir, der Gedanke daran könnte mich beinahe dazu bringen, selbst zum Plünderer zu werden. Er wird nicht vermissen, was er nicht braucht.«

»Aber es ist Diebstahl.«

»Eher eine Art Bergung.«

»Warum *fragst* du ihn nicht einfach danach?«

»Weil ich nicht will, daß alle wissen, daß ich's nötig habe. Noch ein Glas?«

»Nein, ich glaube, ich hab genug. Wirst du beim Einsturz dabeisein?«

»Was, bei einem leeren Haus? Ich glaube nicht. Mag sein, daß es genauso aussieht; aber es ist nicht dasselbe . . . Du weißt, wovon ich rede? Wenn einer *verliert*, das ist es, was micht reizt . . . ich kann mich damit identifizieren . . . weil ich selbst ein Verlierer bin.«

»Dann wirst du auch nicht bei Burnetts Haus zusehen.«

»Oh, vielleicht doch. Vielleicht bin ich soagar darin, bevor es einstürzt . . . um zu sehen, was ich finden kann.«

»Du machst Witze?«

»Nein – nicht, wenn es dir nicht gefällt. Vielleicht ist es besser, wenn so wenige Leute wie möglich davon wissen.«

»Dann meinst du es ernst.«

»Jed, wenn du weiterreden willst, hol ich mir noch ein Glas. Ich dachte, wir wollten gehen.«

»Ist gut, Frank. Ich will dich nicht festhalten.«

Jed stand auf. Er war so groß wie Grünsucher, aber dünn, und hatte ein verlebtes Gesicht. »Ich kann deine Sorgen nicht auch noch brauchen.«

Frank trank aus seinem Bierglas und machte keinerlei Anstalten, sich zu rühren ... und Grünsuchers Symbole der Häuslichkeit mußten fertig gewaschen und vergessen auf dem Boden der Waschmaschine liegenbleiben.

Er war froh, nicht im Wagen hergekommen zu sein, denn so konnte er zu Fuß den Shore Drive zurückgehen, Burnetts Haus ausfindig machen und vielleicht einem Zettel seine neue Adresse entnehmen. Dann konnte er mit der Ausführung seines Planes beginnen.

★

Burnett stand lange schweigend vor dem großen Fenster, wie eine Gestalt in einem gemalten Seestück; der Himmel umrahmte seinen Leib, die See war zwischen seinen Beinen zu sehen, die Insel lag scheinbar in Reichweite seiner linken Hand, und das alte Hengistbury reichte bis an seine Rechte.

Für Grünsucher war dieser Vergleich nicht so erbaulich, und die Stille war schlechten Nachrichten gefolgt.

Er wandte sich dem Fenster zu und sah, was die Aufmerksamkeit des Arztes fesselte. Burnett konnte von seiner neuen Wohnung aus sein altes Haus sehen. Sein Blick war unverwandt darauf gerichtet.

Grünsucher trat in den Schatten zurück und setzte sich wieder hin. Er hatte den Eindruck, daß Burnett nicht einmal wahrgenommen hatte, daß er neben ihn getreten und wieder gegangen war.

»Ich weiß nicht recht«, sage der Arzt. »Ich bin wegen meiner eigenen Sicherheit dort ausgezogen. Ich kann jetzt schlecht zulassen, daß sich jemand anderer in Gefahr begibt, oder sehen Sie das nicht so?«

Sängerin und die Kinder nahmen das Sofa in Beschlag, aber sie beteiligten sich nicht an der Unterhaltung. Sie wußten nicht, was an dem Caravan nicht in Ordnung sein sollte, so daß Grünsucher ihn mit einer Wohnung vertauschen wollte. Sängerin hatte geschlafen, als Grünsucher letzte Nacht mit seiner Wäsche zurückgekommen war, und heute morgen war er so darauf bedacht gewesen, seinen Plan auszuführen, daß keine Zeit für Erklärungen gewesen war.

Sie hoffte jetzt, im Verlauf des Gesprächs der beiden Männer einige Aufklärung zu erhalten.

»Aber was ist mit den Dingen, die Sie dort zurückgelassen haben? Würde es Sie nicht erleichtern, wenn jemand ein Auge darauf hätte? Ich habe ihnen doch erzählt, was ich gehört habe.«

»Diese Sachen sind nicht einmal ein einziges Menschenleben wert; geschweige denn vier ... und ich habe das dringende Gefühl, daß nicht ich derjenige sein sollte, der Sie auf diesen Aspekt aufmerksam macht.«

Grünsucher preßte die Lippen zusammen, um eine übereilte Antwort zurückzuhalten. Der Arzt hatte recht; er hätte es nicht so weit kommen lassen sollen, daß er von anderer Seite auf die Gefahr hingewiesen werden mußte. Andererseits mußte er den Vorwurf zurückweisen, unverantwortlich zu handeln.

»Niemandes Leben wäre in Gefahr«, sagte er. »Ich würde meine Familie lange vor dem Einsturz hinausbringen ... Sehen Sie, Doktor; ich möchte mich Ihnen nicht aufdrängen, wenn Sie mir Ihr Haus wirklich nicht vermieten wollen, aber ich werde offen zu Ihnen sprechen. Ich dachte, wenn ich in Ihrem Haus wohnte, könnte ich etwas Gutes für die Leute tun, denen das gleiche wie Ihnen bevorsteht, die aber nicht in der Lage sind, die gleiche Vorkehrung wie Sie zu treffen; Leute, die an ihre Häuser gefesselt sind, bis sie einstürzen ...«

Grünsucher unterbrach sich. Er sprach immerhin zu einem Mann, der medizinische Kenntnisse besaß; jemand, der fähig sein mußte, einen Todeswunsch zu diagnostizieren; ihn sogar zu therapieren. Jemand, der seine Todessehnsucht sicherlich überwunden hatte. Und trotzdem ... der wirkliche Grund dafür, daß Grünsucher innehielt, war der, daß er Burnett nicht von seiner Theorie und seinem Plan erzählen wollte.

Aber es half nichts; wenn er mit diesem Mann zu einer Einigung gelangen wollte, mußte er mit einem Beispiel aufwarten, um seine Glaubensbereitschaft zu erhöhen.

»Da ist diese Frau gewesen«, sagte er. »Ihr Haus ist letzte Woche im Meer versunken.«

»Mrs. Abbott«, erwiderte Burnett.«

»Und sie ist mit ihm untergegangen.«

»Was? Was sagen Sie da?«

»Sie sprang von der Klippe.«

»Halten Sie mich nicht zum Narren . . . davon habe ich nichts gehört.«

»Und natürlich hätten Sie davon hören *müssen*.«

»Nun . . . Nun, ich wäre wohl nicht gerufen worden, weil ich nicht mehr praktiziere. Aber ich hätte davon gehört . . . als ihr Nachbar.«

»Ich bin nicht sicher, ob es allgemein bekanntgeworden ist. Ich habe sogar den Verdacht, daß ich der einzige war, der es wahrgenommen hat; und ich habe sie auch nicht direkt springen sehen.«

»Haben Sie . . . jemanden alarmiert?«

»Nein . . . ich war zu sehr darauf bedacht, mit meinen Leuten den Schauplatz zu verlassen, bevor die Schaulustigen außer Kontrolle gerieten.«

»Was für ein seltsamer junger Mann Sie sind. Sie sehen den Tod und unternehmen nichts?«

»Es waren genug Menschen dort . . .«

»Aber Sie waren der einzige, der . . . erkannte, was vor sich ging.«

»Es gab . . . noch einen weiteren Grund. Ich wollte vermeiden, daß aus ihrer Handlung ein noch größeres Spektakel als der Hauseinsturz wurde. Es schien mir . . . unziemlich. Schauen Sie, wenn ich auch nur die geringste Chance gesehen hätte, sie zu retten, wäre ich ja selbst hinter ihr hergesprungen. Aber alles, was ich sah, war ihr Hut auf dem Wasser. Zu diesem Zeitpunkt wäre jede Hilfe zu spät gekommen.«

»Ihr Hut auf dem Wasser?«

»Ja. Sie hatte ihn auf dem Kopf gehabt, als ich mit ihr sprach.«

»Der Wind könnte ihn . . .«

»Es wehte kein Wind – und der Hut war von der Sorte, die fest auf dem Kopf sitzt. Er hätte sich nicht gelöst.«

»Also gut. Wenn es stimmt, was Sie sagen, haben Sie sich mit ihr unterhalten?«

»Ja. Sie hat mir erzählt, weshalb die Riffe abbröckeln.«

»Erosion. Es geschieht ununterbrochen.«

»Aber *diese* Erosion ist eine Folge von Veränderungen im Landesinneren . . . Sie findet statt, weil so viele Bäume gefällt worden sind, um Platz für Häuser zu schaffen. Der Boden wird damit nicht fertig. Sein Untergrund besteht aus Tonerde, und die Kalksteinschicht darüber . . . rutscht einfach fort.«

»Das hat sie gesagt?«

»Dem Sinn nach.«

»Sie war schon seit Jahren ein wenig exzentrisch.«

Sängerin rührte sich auf dem Sofa. Die Implikation dessen, was Burnett gesagt hatte, war beunruhigend. »Mir schien es einleuchtend zu sein«, sagte sie.

»Ich bedaure, Mrs. . . .« Burnett hielt inne und warf einen Blick in Grünsuchers Richtung. Aber Grünsucher tat so, als bemerke er es nicht. Burnett fuhr fort: »Ich wollte damit nicht sagen, daß die alte Dame verrückt war; nur, daß sie eine Reihe von Lieblingsideen hatte, von denen einige im ersten Augenblick tatsächlich ziemlich überzeugend wirken konnten, wenn man sie hörte.

Aber, sehen Sie, diese Riffe werden seit Jahrhunderten abgetragen, und diese Ansiedlungen im Wald stellen eine vergleichsweise neue Erscheinung dar. Der Landerschließer gibt zugegebenermaßen einen überzeugenden Sündenbock ab, aber ich würde ihn nicht schwärzer malen, als er vermutlich ist. Außerdem . . . Bodenbewegungen der Art, die Sie schildern, wären von Seismographen registriert worden, und ich habe ganz bestimmt noch nichts von Erdbeben zwischen hier und dem Wald gehört.«

»Aber wenn eine Frau bereit war, für ihren Glauben zu sterben«, sagte Sängerin, »muß das etwas wert sein . . . ein wenig Beachtung dessen, was sie gesagt hat.«

Für Sängerin, die noch immer von Emotionen überrascht wurde, die über sie kamen und wieder verschwanden, lag etwas unendlich Trauriges in der Art, wie man die Überzeugung der Frau einfach überging. Es ließ das Leben sinnlos erscheinen, und den Tod wertlos.

Sie bemerkte, daß der Arzt mit ihr sprach. »Haben Sie diesen Hut ebenfalls gesehen?«

»Nein. Mein . . .«, ein kaum merkliches Zögern, ». . . Mann hat mir davon erzählt. Aber Sie haben meine Frage noch nicht beantwortet.«

»Ihre Frage? Oh, natürlich . . . sicherlich war das, was sie gesagt hat, ein wenig Beachtung wert. Sie verlangen da eine schwierige Antwort, Mrs. . . .« Wieder hielt er inne, und er verlängerte die Gesprächspause absichtlich, damit jemand die Peinlichkeit ausräumen konnte.

»Singer«, sagte Grünsucher.

». . . Mrs. Singer«, beendete Burnett seinen Satz.

Grünsucher war sich immer unbehaglicher bewußt geworden, daß seine eigene Mission das Schicksal der Überzeugungen der Mrs. Abbott vor dem unerbittlichen Licht der Logik teilte, aber er fühlte sich jetzt viel glücklicher, da er wußte, daß auch Sängerin nicht bereit war, zuzulassen, daß ihre Theorie so einfach abgetan wurde.

Der Arzt sagte: »Sicherlich kann man für solche Menschen, die zwar aufrichtig, aber häufig fehlgeleitet sind, viel Sympathie aufbringen. Aber alles, was über bloße Sympathie hinausgeht, riecht für mein Gespür verdächtig nach morbider Faszination.«

»Und ist das so schlecht?« wandte Grünsucher ein.

»Selbstverständlich ist das schlecht. Man kann sich nie mit Situationen anfreunden, wie sie sind, wenn man an dem festhält, was man als ihre einzige Ursache herausgefunden zu haben glaubt.«

»Was halten Sie unter diesem Aspekt von den Ghouls?«

»Den *was?*«

»Den Ghouls . . . so hat Mrs. Abbott die Leute bezeichnet, die gekommen sind, um den Einsturz des Hauses zu beobachten. Sie sagte, daß sie bei jedem dieser Einstürze dabei seien; und daß ihr Motiv in der Freude bestand, daß es sich nicht um *ihr* Haus handelte.«

»Da hat sie kompensiert, fürchte ich. Wenn man sich einmal in eine Idee verrannt hat, neigt man dazu, das Verhalten der Personen um einen herum – auch, wenn sie völlig unbeteiligt sind – im Sinne dieser fixen Idee umzudeuten. Sie waren nur neugierige Zuschauer, nichts sonst. Was nun die Vorstellung betrifft, daß sich bei ihnen die Gewohnheit herausbildete, diesen . . . Ereignissen . . . beizuwohnen; nun, hier gibt es nicht viel Aufregendes zu sehen. Wenn ihr tägliches Geschäft sie in die

Nähe der Vorgänge führt, gehen sie halt hin und sehen zu. Es ist ziemlich spektakulär, wie Sie bestimmt wissen.«

»Zugegeben«, erwiderte Grünsucher. Vor seinen geistigen Augen sah er die Ziegel und Balken davontreiben; es wirkte wie unter Wasser; und die Szene verlangsamte sich, und der Effekt war balletthafte Anmut. Und er sah einen Hut aus rosa Federn, der zunächst gemächlich, dann immer schneller und schneller in enger werdenden Spiralen dahintrieb, als nähere er sich dem Auge eines Strudels.

Grünsuchers Plan trieb ins Nirgendwo dahin, und von seiner Großartigkeit war nichts übriggeblieben.

»Und worin besteht das Gute«, fragte der Arzt, »das Sie tun zu können glauben, wenn Sie in mein Haus einziehen?«

»Ich kann es nicht genau erläutern«, erwiderte Grünsucher. »Ich dachte, ich könne die öffentliche Aufmerksamkeit auf die Tatsache lenken, daß diesen Ereignissen Menschenleben ebenso wie Häuser – *mehr noch als Häuser* – zum Opfer fallen; dann würde der Trend vielleicht kontrollierbar oder sogar umkehrbar ... Wie dem auch sei; es sieht so aus, als hätte ich die Situation überinterpretiert. Wir möchten Ihnen nicht noch mehr von Ihrer kostbaren Zeit stehlen, Doktor. Sie haben offensichtlich mehr über die Sache nachgedacht als ich ...«

»Hörensagen«, sagte Burnett. »Das ist die Gefahr ... sich mit dem Erstbesten zufriedenzugeben, das man hört und sieht. Eigentlich habe ich keine wirklichen Einwände, Sie das Haus bewohnen zu lassen, solange Sie vorsichtig sind. Aber es würde mir überhaupt nicht gefallen, Todesfälle auf dem Hals zu haben, seien sie durch Unfälle oder sonstwie verursacht.«

So bekam Grünsucher doch noch, was er sich gewünscht hatte – aber mittlerweile war ihm der Appetit danach vergangen.

»Ich ... frage mich, ob es mir gefallen würde, in einem Haus zu leben«, sagte Sängerin. »Der Wohnwagen ist gemütlich, aber es war ... eine so lange Zeit.«

Gott allein weiß, wie lange, dachte Grünsucher. *Oder weißt du es, Sängerin? Wird sie wiederkommen?* Wenn es nur ihrer Rehabilitation zugute kam, war es die Sache schon wert.

»Wir wären sehr vorsichtig«, sagte er zu Burnett. »Und sehr dankbar.«

Er griff an seine Tasche.

»Eine Bedingung«, sagte Burnett. »Kein Geld. Wenn Sie meinen Besitz bewachen, erweisen Sie mir einen wertvollen Dienst.«

»Aber wir verbrauchen Energie.«

»Es gibt dort einen Münzautomaten. Werfen Sie nur soviel ein, wie Sie verbrauchen. Ich will keinen Penny verdienen.«

Als Grünsucher und seine Gefährten über die Klippenstraße in Richtung des gefährdeten Hauses dahinfuhren, kam es ihnen so vor, als begänne ein neues Leben für sie.

Für den Arzt, der jetzt, als er hinter dem Fenster stand, vor dem dunklen Hintergrund des Zimmers ganz prosaisch wirkte, ihnen nachsah, bestand die Hoffnung, daß sich ein Mysterium, das ihn beschäftigte, mit ihrer Hilfe auflösen mochte.

Er war sicher, Mrs. Abbott in der letzten Woche wohlauf gesehen zu haben.

★

Sängerins Reaktion auf die neue Umgebung war aufschlußreich gewesen.

Ihr Rundgang durch das Haus des Arztes hatte sie durch mehrere sehr verschiedenartige Räume im Parterre geführt, die den meisten Ansprüchen genügen würden, und drei größere Schlafräume gab es im Obergeschoß; einer davon mit Bad *en suite*. Ein weiteres Bad mit Toilette befand sich neben dem Treppenaufgang.

Grünsucher war gespannt gewesen, wie seine Schützlinge die Ausweitung ihrer Wohnung aufnehmen würden – ob sie die neuen Räumlichkeiten zu sehr an ihre frühere räumliche Beengtheit erinnerten, die immerhin Gefangenschaft bedeutet hatte; ob sie noch immer nach der physischen Enge verlangten, die ihre frühe Erinnerung begleitet und seine Wahl eines Fahrzeugs mitbestimmt hatte, das auch als Dach über ihren Köpfen gedacht gewesen war.

Ben und Satin waren mit genau der Planlosigkeit von Raum zu Raum gegangen, die Grünsucher erwartet hatte.

Sängerin hatte das Schlafzimmer betreten, das mit eigenem Bad ausgestattet war, und hatte einen plötzlichen Entschluß ausgesprochen: »Das ist mein Zimmer.«

Grünsucher war erleichtert gewesen, daß ihm die Verteilung aus der Hand genommen worden war, aber auch enttäuscht. Er wußte, daß diese ... Unabhängigkeitserklärung einen Durchbruch darstellte, und als solchen schätzte er sie hoch ein. Aber zugleich hatte der weniger logische Teil seines Denkens gehofft, sie würde einmal mehr die Erfahrung machen, daß sie ihn in ihrer Nähe haben mußte – nicht im Sinne körperlicher Intimität, denn dieses Arrangement würde dem Vertrauen und der dauerhaften Beziehung, die er bemüht war, zwischen sich und ihr aufzubauen, ein baldiges Ende bereitet haben – aber die stillschweigende Übereinkunft, daß seine Gegenwart für ihren Seelenfrieden unerläßlich war.

Er erkannte, daß er sich schon wieder quälte. Sängerin war im Begriff, sich ihrer Fraulichkeit bewußt zu werden, und ein Privatbereich gehörte zu den grundlegenden Bedürfnissen dieser Entwicklung. Grünsucher durfte ihr unter gar keinen Umständen zeigen, daß ihn ihre Wahl betrübte. Er mußte sie ihren eigenen Weg gehen lassen, einfach deswegen, weil es ihr eigener Weg *war*; diese Strategie konnte für eine Weile unerläßlich sein.

Blieben noch die Kinder. Sie saßen im Zimmer nebenan auf dem breiten Fenstersims und waren völlig von dem Panorama gefangen, das sich vor ihnen ausbreitete.

Es war so hoch wie der Himmel und weit wie der Horizont. Sie hatten schon viel von der Landschaft vom Fahrerabteil des Wohnmobils aus gesehen, aber das ins Glas eingelassene Drahtgeflecht hatte es in kleine Quadrate unterteilt. Hier, durch die große Fensterscheibe aus einem Stück erblickten sie zum ersten Mal das Gesamtbild, und es war ein wirklich ergreifender und immer wieder faszinierender Kontrast zu den schmalen Fensterschlitzen, die ihnen in der Vergangenheit zugestanden worden waren.

»Können wir dieses Zimmer haben?« frage Ben.

»Oh ja ... ja, bitte«, stimmte Satin ein.

Grünsucher freute sich über das »wir«. Er hatte in seiner umständlichen Art Komplikationen vorausgesehen und sich

Konstellationen zurechtgelegt, als er darüber nachdachte, wie er vier Leute unterschiedlichen Alters und Geschlechts so in drei Räumen unterbringen sollte, daß es ihnen gefiel; oder vier Menschen in zwei Räumen, um einen in Reserve zu haben. Wieder einmal hatte ihn eine persönliche Neigung erlöst. Die Kinder *wollten* zusammenbleiben; infolge einer natürlichen Reaktion auf ihre frühere erzwungene Trennung.

Somit war alles in Ordnung. Die Betten waren ohne Bezüge, aber sie hatten mehr als genug Bettwäsche aus dem Wohnmobil. Die Schränke waren leer, aber die Reisenden verfügten selbst über ausreichend Nahrungsmittel. Es herrschte kein Mangel an Gerät, weder im Caravan noch in der Küche des Hauses, und der Münzzähler, von dem Licht und Wärme und der Kochherd abhingen, hing oben an der Küchenwand und begrüßte die Gäste mit einem 50-Pence-Lächeln – oder soviel man kaufen wollte, bis der Anzeiger in den roten »Voll«-Bereich geklettert war und der Münzeinwurfschlitz durch einen eisernen Vorhang verschlossen wurde, der weitere Einwürfe verhinderte, bis entsprechend viel Energie verbraucht worden war.

In einem Schrank, der neben dem Herd an der Wand hing, fand Grünsucher einen Heißwasserboiler. Er schaltete ihn ein. Ein ständiger Vorrat an heißem Wasser stellte einen wahren Luxus dar. Neben dem Boiler war ein Schalter, der, als er ihn eingestellt hatte, zu pumpen anfing. Grünsucher nahm an, daß jetzt heißes Wasser in die Radiatoren geleitet wurde, die er in den meisten Räumen gesehen hatte, und er überprüfte diese Theorie, indem er das Ohr an die Radiatoren hielt. In jedem hörte er das Glucksen und Singen, das von einer hineinströmenden Flüssigkeit kündete.

Er stellte die Pumpe aus, um dem Wasser Zeit zu lassen, sich in dem Boiler zu erhitzen. Binnen kurzem würden sie Wärme haben. Das war etwas, das sie bis jetzt hauptsächlich durch ihren engen körperlichen Kontakt bezogen hatten, der inzwischen aus der Mode gekommen zu sein schien.

»Bleibe nur noch ich selbst«, sagte er. »Ich bin gespannt, wie mein Zimmer aussieht.«

Gemeinsam gingen sie nachsehen.

»Was für ein Jammer!« sagte Satin, die ans Fenster getreten war. »Du kannst nur die Straße und die anderen Häuser sehen, und – oh! – dort steht das Wohnmobil. Es sieht plump und gedrungen aus, wie ein . . .«, sie gab die Suche nach einem passenden Vergleich auf, ». . . von hier oben.«

»Möchtest du lieber unser Zimmer haben?« fragte Ben mit so aufrichtiger Selbstlosigkeit, daß sich ein Klumpen in Grünsuchers Hals bildete.

»Nein, ich danke dir«, erwiderte er. »Dieses gefällt mir sehr gut. Ich habe in meinem bisherigen Leben genug vom Meer gesehen. Jetzt seid ihr dran.«

Das Zimmer gefiel ihm tatsächlich sehr gut, weil es ihm erlaubte, ein Auge auf den Caravan zu haben. Und auf alles, was sich auf der Straße tat.

★

Ein Geräusch weckte Grünsucher; ein menschlicher Laut, der nicht hierhin gehörte.

Die Nacht war in ihre zweite, dunkelste Phase eingetreten, in der die Straßenlampen-Regler-Automatik beschloß, daß sich alle Wanderer in den Betten befanden, und ihr orangefarbenes Licht dimmte.

Er mußte warten, bis sich seine Augen an die schwache Beleuchtung gewöhnt hatten; und die ganze Zeit über fühlte er, wie sich seine Nackenhärchen prickelnd aufstellten. Er hatte nicht eine Sekunde lang angenommen, daß ein Mitglied seiner Familie für das Geräusch verantwortlich gewesen war, sah aber trotzdem in ihren Zimmern nach. Er fand sie alle im tiefen und ruhigen Schlaf vor.

Er dachte nicht daran, hier oben im ersten Stock Licht einzuschalten, weil er es nicht für eine gute Idee hielt, den Eindringling – falls es sich um einen solchen handelte – vorzeitig auf sich aufmerksam zu machen. Aber jetzt, als er die Treppe ins Parterre hinabstieg, sah er, daß die Haustür weit offen stand.

Er eilte zum Eingang und spähte in den nächtlichen Garten hinaus, konnte aber keine Bewegung ausmachen. Er machte die Tür zu und schloß ab. Dann drückte er auf jeden erreichbaren Lichtschalter.

Seine Sinne klärten sich im gleichen Maße, wie sich seine Pupillen erweiterten. Er hatte als erstes an Frank denken müssen, den Mann in der Gaststätte, der einen Besuch zwecks Plünderung angekündigt hatte.

Er lauschte auf Schritte und Atemgeräusche; er schnupperte nach verräterischem Tabakrauch oder dem strengen Geruch der Heimlichkeit und Verstohlenheit; er suchte minutenlang den Boden nach Spuren fremder Anwesenheit ab. Aber seine Sinne teilten ihm nichts mit. Soweit er es beurteilen konnte, war kein Gegenstand verschwunden. Tatsächlich gab es keinen Anhaltspunkt für einen Eindringling außer jener rätselhaft offenstehenden Tür.

Er unterzog den ersten Stock der gleichen ermüdenden Untersuchung, unterbrach sie jedoch nach einer Weile, weil die Kinder anfingen, unruhig zu werden, und ging in sein Bett zurück.

Es war vorstellbar, daß der Besucher – vorausgesetzt, es handelte sich um einen Besucher, und nicht um einen Defekt des Türschlosses – die Anzeichen des Bewohntseins erkannt hatte und geflohen war.

Das schien eine zu einfache Antwort zu sein. Aber wenn der Einbrecher nicht aufgeschreckt worden war, weshalb hatte er sich dann ohne erkennbare Beute zufriedengegeben?

Das hängt davon ab, was er vorhatte, dachte Grünsucher zu seiner eigenen Überraschung. Vielleicht hatte er nicht mehr beabsichtigt, als einzutreten und gleich wieder zu gehen . . . als Vorbereitung zu einem gründlicheren Raubzug.

Aber weshalb hat er in diesem Fall die Tür weit offen gelassen? Er hat gewollt, daß ich von seinem Besuch Kenntnis erhielt, folgerte Grünsucher. *Das war möglicherweise der Hauptgrund.* Und diese Überlegung erschreckte ihn aus einem Grund, den er nicht zu erkennen vermochte, weit mehr, als wenn er den Eindringling mit den Händen voller Beute ertappt hätte.

Jetzt weiß jemand, daß wir hier *sind! Jetzt weiß jemand, daß* wir *hier sind.* Aber wer wußte es? Und was war das Ziel des Unbekannten – das Haus, oder die Leute darin?

Grünsucher trug einen Sessel ans Fenster und überdachte diesen neuen Aspekt, bis das Tageslicht die Gefahr weniger groß erscheinen ließ. Erst dann ging er ins Bett zurück und erlaubte sich, zu schlafen, damit seine Familie ihn nicht im Zustand der Besorgnis vorfand, und sie sich ihrerseits Sorgen machten.

★

Beim Frühstück machte Sängerin einen bedrückten Eindruck. Als Grünsucher sich bemühte, ihre Stimmung durch Scherze aufzuhellen, schien sie sich nur noch mehr in sich selbst zurückzuziehen.

Es gab eine Vielzahl möglicher Erklärungen, und Grünsucher – selbst durch seine Entdeckungen in der Nacht beunruhigt – brachte nicht die Geduld auf, nach der wirklichen Ursache für ihre Laune zu forschen. Er hätte versuchen können, mehr in sie zu dringen und es herauszufinden. Statt dessen sprach er die wahrscheinlichsten Gründe aus, und als Sängerin sich nicht dazu äußerte, verfiel er ebenfalls in lange Pausen des Schweigens, die er mit den Intermezzi seiner eigenen Ängste ausfüllte.

Es war nicht das Haus, es war nicht ein hartes Bett oder eine Folge des ungewohnten Luxus des privaten Bereichs, die Sängerin begeistert hatte.

Dann war es, als stünde die Dame auf einer Klippe, hole noch einmal tief Luft und spränge.

»Hast du . . . Bist du heute nacht zu mir gekommen?«

Grünsucher überlegte, plötzlich angespannt. Da war seine Nachforschung gewesen. Da war die offene Tür gewesen. Vor allem durfte Sängerin nicht aufgeregt werden.

»Du meinst, ob ich hereingekommen wäre, um nach dir zu schauen? Ich dachte, du würdest das Alleinsein genießen.«

»Ich meine nicht, als ich wach war. Ich meine, als ich . . . schlief.«

»Aber wenn du geschlafen hast, wie willst du dann wissen, wer gekommen und wieder gegangen ist?« Er kicherte und hoffte, daß sie ihm seine Belustigung abnahm. Wenn es ihm gelang, sie abzulenken . . .

»Grünsucher, *bitte* antworte mir.«

»Also, um die Wahrheit zu sagen«, begann er in forciert munterem Tonfall, »ich habe tatsächlich den Kopf durch die Tür gesteckt.«

»Das war alles?«

»Nun, vielleicht war es auch noch ein Fuß.«

»*Das* meine ich nicht. Ist das alles, was du getan hast?«

Grünsucher fühlte, wie seine Kopfhaut zu prickeln begann. Der Eindringling war anscheinend so weit gegangen, und er würde denselben Weg gehen müssen; aber er wußte nicht, wie weit er ihn führen würde. Er konnte sich nur schrittweise vortasten.

»Also ... *bin ich tatsächlich ganz hereingekommen*«, sagte er. »Nur, um mich davon zu überzeugen, daß es dir gut ging. Es gehörte zu meinem Kontrollgang.«

»Und weshalb hast du einen Kontrollgang gemacht?« fragte Sängerin blitzschnell. »Hast du ... etwas erwartet?«

»Guter Gott, nein. Ich habe mich ungeschickt ausgedrückt. Vielleicht hätte ich sagen sollen: Rundgang. Ich habe mehr Ähnlichkeit mit einem Kindermädchen als mit einem Wachmann. Ich habe nach dir geschaut, und ich habe nach den Kindern gesehen. Überall war es friedlich.«

»Das ist seltsam.« Sängerins Stirn war gefurcht, aber sie war nicht mehr so geistesabwesend wie vorher. Sie hatte beschlossen, zu sprechen, und das trug zur Klärung dessen bei, was sie beschäftigt; egal wie kompliziert das Problem sein mochte.

»Seltsam?«

»Der Besuch ... kam mir nicht *vor*, als wärst du es gewesen. Verstehst du, was ich sagen will? Es war kein ... freundlicher Besuch.«

Grünsucher ergriff ihre Hand. »Sängerin ... ich war es; und ich bin ganz sicher freundlich. Soll ich dir sagen, was ich denke? Oben in Hochbaums Burg hat der kleine Bursche immer nach dir geschaut – Du wußtest, daß er ein Gefangenenwärter war – und letzte Nacht warst du in einem Zwischenzustand vom Wachsein zum Schlaf, und du hast eine Art Erinnerungstraum gehabt.«

»Das wäre eine Erklärung, aber ...«

»Für mich gibt es kein Aber. Das ist es, was geschehen ist. Schau, du bist *vollkommen* sicher bei mir.«

Was mich selbst betrifft, bin ich mir da nicht so sicher, dachte Grünsucher hinter seiner optimistischen Maske. Wenn Frank den Kundschafter gespielt hat, muß er eine Verwarnung erhalten – und wie soll ich das anstellen? Vielleicht ist es auch gar nicht nötig. Vielleicht hat er sich umgesehen und war so erschrocken, jemanden vorzufinden, daß er in seiner Hast, zu verschwinden, die Tür offengelassen hat.

»Es *könnte* jemand anderer gewesen sein«, sagte Sängerin, »der gekommen ist, als du geschlafen hast.«

»Ausgeschlossen.« Er würde die Verwarnung arrangieren müssen. »Ich sag' dir ein Geheimnis. Ich habe selbst nicht allzugut geschlafen . . . Ich brauche immer eine Weile, um mich in neue Wohnungen einzugewöhnen. Ich habe versucht, so leise wie nur möglich zu sein; aber vielleicht hast du trotzdem gehört, wie ich herumgewandert bin.«

»Vielleicht . . .«

Die Kinder waren vom Tisch aufgestanden und gegangen, als die Erwachsenen angefangen hatten, über derart subtile Dinge zu reden. Grünsucher sah gelegentlich durchs Fenster rasche Bewegungen im Garten. Er fand, daß sie eine Einweisung nötig hatten.

Satin war dabei, Blütenblatt für Blütenblatt der kleinen Bestände des Gartens an Erika, Adonisröschen und bräunlichem Rhododendron zu untersuchen. Ben stand am Gartenzaun; einer kürzlich angebrachten Konstruktion, die einen nicht sehr stabilen Eindruck machte.

Grünsucher nahm die beiden Kinder an die Hand und zeigte ihnen den Erdrutsch jenseits des Zaunes und die Erdspalten, die ins Innere verliefen. Ein etwa fünf Zentimeter breiter Riß reichte einen Meter in den Garten hinein; die Bruchkante war bröckelig, und im Inneren trat knochentrockenes Erdreich zutage. »*Das hier*«, sagte Grünsucher, »ist das, wonach ihr Ausschau halten sollt: *dies* und *das*.« Er zeigte auf den Erdrutsch, auf das Meer dahinter, und das Land jenseits der Bucht. »Bitte, haltet euch von diesem Zaun fern und bleibt möglichst dort, wo wir euch sehen können – neben oder vor dem Haus. Wir gehen gleich aus. Ich brauche nicht lange; ich muß nur noch etwas mit eurer Mutter besprechen.«

Die Bezeichnung war ihm entschlüpft, ehe er es verhindern konnte; aber Ben hatte es sofort mitbekommen. »Ist sie das wirklich, unsere *Mutter?*«

Grünsucher mußte den Ausrutscher wiedergutmachen. »Tut mir leid. Ich weiß es nicht genau. Ich habe es so dahingesagt, ohne darüber nachzudenken – wahrscheinlich, weil es mir so natürlich vorkommt, wie ihr alle zusammen seid.«

»Und du wirst unser Vater?« erkundigte sich Satin. »Das ist . . . auch . . . 'türlich.«

»Ich . . . nein . . . Ich . . . ihr wart alle beisammen, als ich euch fand. Ich bin ein Außenstehender. Mehr eine Art Onkel, würde ich sagen.«

»Ich mag keine Onkel«, erwiderte Satin. »Kannst du es nicht irgendwie machen, daß du unser Vater bist? Oder *willst* du uns nicht als deine Kinder haben?«

»Satin!« Das war Ben mit seiner Älterer-Bruder-Stimme gewesen. Und doch hatte auch in ihr ein gewisses Zögern mitgeklungen.

»Wir alle sind von nirgendwo gekommen«, sagte Grünsucher. »Aber jetzt sind wir zusammen, und wir können füreinander sein, was wir wollen.«

Es war eine für Kinder angemessene Antwort, aber als er ins Haus zu Sängerin zurückging, grübelte er darüber nach. Wie lange würden sie wahrscheinlich beisammenbleiben können? Und unter welchen Bedingungen? Er mochte Sängerin sehr, darin war er sich sicher; aber wurde dieses Gefühl erwidert? Oder war es noch zu früh, etwas Derartiges zu erwarten?

Wenn er schon den Aufpasser für die Kinder spielte, mußte etwas unternommen werden, um die Situation zu normalisieren. Sie mußten erzogen werden, aber das war nicht ausschlaggebend. Er traute sich durchaus zu, ihnen die wichtigsten Regeln des Überlebens beibringen zu können – was ihn so zuversichtlich machte, war die Tatsache, daß es ihm nichts ausmachte, die Verantwortung dafür zu übernehmen. Er konnte sich ein Jahr Zeit lassen, oder zehn Jahre, solange es halt brauchte, ohne den

Wunsch zu verspüren, von diesem verwandtschaftlichen Verhältnis befreit zu sein.

In der Praxis allerdings würden seine Ersparnisse nicht ewig vorhalten; wenn er sich auch in der glücklichen Lage befand, im Augenblick nicht allzusehr aufs Geld achten zu müssen, würde er sich auf längere Sicht doch nach einer Möglichkeit umsehen müssen, etwas zu verdienen.

In bezug auf diese Zukunft mußte er Sängerin eine Frage stellen.

Aber als er wieder bei ihr war, hatte sie eine wichtigere Frage an ihn parat.

»Sängerin . . .«, begann er.

»Grünsucher«, sagte sie und beharrte mit sanftem Nachdruck darauf, daß sie zuerst an der Reihe war. »Weshalb sind wir hier?«

»Hier?« Diese Frage traf ihn unvorbereitet und brachte ihn völlig aus dem Konzept.

»In dem Haus. Ich meine; ich weiß, daß es etwas mit dieser Frau zu tun hat, die ins Meer gesprungen ist; und ich weiß, daß ich gesagt habe, dein Platz sei hier auf der Klippe, wo du die Menschen davon überzeugen müßtest, daß sie am Leben bleiben sollten; und ich weiß, daß ich mich vor Dr. Burnett für diese Idee ausgesprochen habe. Aber auf welche Art soll unser Aufenthalt hier etwas beweisen? Werden wir den Leuten hier oben Predigten halten? Wie bringen wir sie von diesem Ritual ab, über das du gesprochen hast? Tut mir leid . . . Ich fürchte, ich bin im Augenblick ein wenig begriffsstutzig . . . aber ich begreife das Konzept nicht ganz. Es sieht für mich so aus, als täten wir nichts, um es zu verwirklichen.«

Grünsucher war bemüht gewesen, sie ausreden zu lassen und ganz ruhig zu bleiben. »Wenn wir im Augenblick nichts tun, liegt das daran, daß es nichts zu tun gibt. Noch nicht.«

»Und wann wird es soweit sein?«

»Wenn es soweit ist, werden wir Zuhörer haben. Wir werden unsere Sache zur Sprache bringen.«

»Und die wäre?«

»Daß ein Haus untergehen kann, ohne dabei auf menschliche Begleitung angewiesen zu sein. Es kann ins Meer rutschen, und seine ehemaligen Bewohner können unbeschadet auf der Klippe bleiben.«

»Aber hat das nicht schon Dr. Burnett bewiesen, indem er von sich aus Maßnahmen ergriffen hat?«

»Nicht ganz. Dr. Burnett glaubt nicht, daß das Problem existiert. Dr. Burnett war in der glücklichen Lage, sich Alternativen *ausdenken* zu können. Die übrigen hier . . . Auch, wenn sie die Mittel haben; es fehlt ihnen an Mut. Aber wir werden ihnen die Alternative aufzeigen.«

»Wie?«

»Ganz einfach. Das Leben geht weiter. Wenn sie lernen, dem Anblick ihrer versinkenden Häuser zu widerstehen, können sie sicher von dort aus weitermachen. Alles, was wir tun müssen, ist, im kritischen Moment ihre Füße am Boden festhalten.«

»Wie lange dauert es noch, bis *unser* kritischer Moment eintritt?«

»Nicht lange. Ihr habt die Risse im Gartenboden gesehen. Ich werde sie mir morgen nochmals anschauen und feststellen, ob sie größer geworden sind, und wieviel. Dann kann ich die Verfallsrate erkennen und mir eine genaue Vorstellung davon machen, wie lange es noch dauert. Aber jetzt haben wir genug über diese ernsten Dinge geredet. Heute werden wir uns Läden anschauen . . . große Geschäfte, wie ihr sie wahrscheinlich noch nie gesehen habt. Hübsche Kleider, vornehme Kleider . . . das gehört alles zur Rehabilitation.«

»Und wenn das Haus in der Zwischenzeit zusammenfällt?«

»Das ist nicht möglich.«

»Das alles bringt uns den Bauunternehmern in den Wäldern nicht näher.«

»Uns bleibt genug Zeit. Du bist zuerst an der Reihe.«

Für diese Bemerkung gab sie ihm einen Kuß mitten auf die Lippen; und noch während sie es tat, wurde ihr bewußt, daß sie es nicht hätte tun sollen.

Die angenehme Überraschung brachte Grünsucher seine eigene Frage wieder in Erinnerung; aber als er sie stellte, war Sängerin schon so weit fortgegangen, daß sie ihn nicht mehr hörte. Der Augenblick war vorüber; aber es würde nicht die letzte Gelegenheit sein.

Erst als er in Richtung Sandbourne fuhr, begann er sich Sorgen zu machen, daß Frank ihre Abwesenheit nutzen konnte. Aber mit etwas Glück hatte er den Mann verschreckt, und er würde den Ort meiden.

Aber wie dem auch sein mochte, er würde den verhinderten Plünderer heute abend stellen und die Sache hinter sich bringen.

★

Der Tisch, den Grünsucher auswählte, war am weitesten von der Bar und den Küchen entfernt; tatsächlich war er der grauen See näher, die hinter den dicken Fenstern anstürmte und zurückwogte.

Trotzdem war die Verständigung mit dem Bedienungspersonal problemlos; die Stimmen waren so deutlich hörbar wie ein Pfiff in einem Museum.

Sängerin ließ ihren Blick über den vieleckigen Grundriß des Hafenrestaurants wandern; über die langweilig gedeckten Tische und Stahlrohrstühle, die in exakten Reihen auf dem Parkettfußboden ausgerichtet waren. Sie spürte, daß nichts so recht zusammenpaßte.

»Es ist nicht richtig«, sagte sie. »Dieser Boden ist zum Tanzen geschaffen, nicht zum Dinieren.«

Woher in aller Welt wußte sie das?

»Es hat mir Freude gemacht, zu tanzen.« Die Fremde, die das sagte, war sie selbst.

Und sogar die Luft schien ihr zuzustimmen. Die Bandmusik, die um einiges realer war als das ungreifbare Problem ihrer Gegenspieler, besaß den Geist des Swing und das Tempo des alten Quickstep. Ihre Füße zuckten.

Sie hatten die Läden besucht und wie versprochen elegante Kleider angeschaut, und Sängerin hatte ihren Teil erhalten, der sich jetzt in dem Beutel neben ihr auf dem Stuhl befand; wie ein gefalteter Regenbogen; Chiffon und Seide; Seide und Chiffon.

Satin besaß eine neue Puppe; rosig und beweglich wie sie selbst; sie saß auf der Fensterbank, um gemeinsam mit ihr die Möwen beobachten zu können.

Ben hatte ein dickes Buch mit vielen Illustrationen, die ungefähr eine Legion Kaninchen darstellten, die von einer Möwe angeführt wurden.

Grünsucher hatte für sich selbst nichts gekauft, denn der Einkaufsbummel war nur zur Ablenkung gedacht gewesen.

Jetzt war er wieder der Naturkundelehrer und zeigte aufs Geratewohl auf die Vogelschar vor dem dräuenden Himmel.

»Achtet auf die kleinsten, die ganz weiß sind«, sagte er. »Zumindest sind sie von unten gesehen weiß; am Rücken sind sie hellgrau. Es sind Dreizehenmöwen.«

»Dreizehenmöwen«, wiederholte Satin eindringlich, um ihrer Puppe die Bezeichnung einzuprägen.

»Und die ein bißchen größeren mit den schwarzen Köpfen. Also, das sind Schwarzkopfmöwen; aber sie werden nicht mehr lange schwarz sein ... im Winter wird die Farbe ihrer Köpfe ganz verwaschen.«

»Verwaschen«, echote Satin.

Bens Aufmerksamkeit wanderte von seinem Buch zum Himmel und wieder zum Buch zurück. »Welche von ihnen sind Keehar?« fragte er.

Grünsucher nahm das Buch an sich und bemühte sich, aus der Beschreibung brauner Kopf, grauer Rücken und schwarzgetupfte Federn und Flügel schlau zu werden.

»Hört sich nach Raubmöwen an«, sagte er. »Eine verdammt schlechte Beschreibung.«

Grünsuchers Gedanken flogen zu dem Buch *Watership Down* zurück; er erinnerte sich an ein Treffen und die hitzigen Worte, die sich später ergeben hatten.

»Nur einmal«, sagte er. »Nur einmal; wirklich. Er war kein Engländer, müßt ihr wissen. Man darf nie nach einem einzigen Wort urteilen. Tatsächlich verwandelte sich der Aasfresser in einen Retter. Auch das kommt vor. Und jetzt ... schaut euch nur diese Vögel an ... seht ihr, wie sie es genießen, sich den Luftströmungen anzuvertrauen? Habt ihr je gesehen, daß sich ein Mensch so sehr über etwas gefreut hätte?«

Dann biß er sich auf die Lippen. Sie hatten natürlich nie gesehen, daß sich jemand gefreut hätte. Nicht, seit sie sich erinnern konnten.

»Es hat mir Freude gemacht zu tanzen«, sagte Sängerin zum zweiten Mal, und diesmal nahm Grünsucher Notiz davon.

Es war kurz nach vierzehn Uhr; aber das Licht verriet nichts über den Sonnenstand. So mochte es noch stundenlang bleiben, bis sich der Nebel endgültig durchsetzen würde.

Die Stimmen von jenseits der entfernten Bar plätscherten unentwegt dahin, und hier waren die Mitglieder der kleinen Gruppe Grünsuchers die letzten Gäste. Die Musik war zu den gemächlichen Melodien der Walzer-Zeit übergegangen.

»Darf ich?« fragte Grünsucher.

Sängerin wand ihm ihren Blick zu. »*Was* darfst du?«

»Um diesen Tanz bitten.«

»Sei nicht albern. Das hier ist ein Café.«

»Es ist ein Ballsaal ... Du hast es selbst gesagt.«

»Ich habe nur gesagt, der Boden sei zum Tanzen geeignet, und nicht zum Dinieren.«

»Also, weshalb tun wir es dann nicht? Wo bleibt dein Sinn für Gelegenheiten?«

Sängerin erhob sich; auf ihren Wangen malten sich rote Flecken ab. Ihre Bewegungen waren fast automatenhaft. Grünsucher wurde an Coppelia erinnert. Er mußte sich ins Bewußtsein rufen, daß Sängerin keine Puppe war. Und was noch wichtiger war ... Sie selbst mußte sich daran erinnern.

Er nahm ihre rechte Hand in seine linke, legte ihr seine Rechte um die Taille, stimmte sich in den Rhythmus ein und führte Sängerin sanft über die Tanzfläche.

Das Auftreten und Schleifen ihrer Füße, das Quietschen ihrer Drehungen auf dem Absatz; all das vermittelte dieselbe Atmosphäre, die sämtlichen Geräuschen in diesem Saal zu eigen war.

Aber Sängerin war mit der Musik und Grünsuchers Führung verschmolzen.

Es war schon lange her – sehr lange –, seit *sie* sich im Dreivierteltakt über den Boden bewegt hatte; und ebenso lange war es her, seit *er* einer Frau so nahe gewesen war.

Sängerins Rücken war zu Beginn so steif wie ein Ladestock gewesen; aber als sie eine Weile getanzt hatten, schien ihre Anspannung unter seinen Händen fühlbar zu weichen. Beinahe hatte er den Eindruck, als ... entspanne sie sich.

Der Tag hatte noch ein glückliches Ereignis in petto gehabt. Dafür war er dem Tag dankbar.

»Sängerin«, sagte er, »ich habe herausgefunden, daß ich dich liebe.«

»Eine bemerkenswerte Entdeckung«, erwiderte sie ohne Ironie.

»Bemerkenswert für mich.« Grünsucher spann den Faden weiter aus. »Ich dachte, ich bekäme es ... in den Griff. Ich hatte mich schon an den Gedanken gewöhnt, daß ich ohne die Menschen besser auskäme; aber möglicherweise wollte ich mich damit nur über die Erkenntnis hinwegtäuschen, daß die Leute umgekehrt besser ohne mich auskommen würden.«

»Das kann ich nicht glauben.«

»Das waren meine Gedanken.«

»Ich kann nicht glauben, daß es eine richtige Feststellung ist. Vielleicht hast du nicht richtig beobachtet. Die Leute sind ohne dich nicht besser dran. Was wäre zum Beispiel mit *uns*? Wir wären immer noch drei Gewächse in Hochbaums kleinem Treibhaus.«

Diese Bemerkung bewies einen erstaunlichen Grad an Hellsichtigkeit und erfreute Grünsucher deshalb. Er wußte jetzt, daß er seine Frage stellen konnte, ohne sich schuldig fühlen zu müssen, und zugleich wußte er, daß sein Verschieben des Zeitpunktes, an dem er sie stellen wollte, eine Folge der Furcht gewesen war, daß Sängerin zustimmen würde, ohne sich klarzumachen, was ihre Zustimmung bedeutete; mit einem Wort, daß sie »ja« sagen würde und »nein« meinte.

Jetzt konnte er sicher sein, daß sie sagen würde, was sie auch meinte.

»Ich ... möchte dich gerne heiraten«, sagte er und hatte sofort das Gefühl, sich zu entschuldigen. »Ich weiß – also ich weiß es nicht *genau* –, daß deine Erfahrungen mit dem Leben – mit der Ehe – nicht eben glücklich waren. Ich hätte gern Gelegenheit, diese Enttäuschungen zu korrigieren. Aber ich kann mich dir gegenüber erst so zeigen, wie ich es gern möchte, wenn du meine Frau geworden bist. Verstehst du, was ich meine?«

Ihre Anspannung war wieder da, aber sie schien nicht zu dem Ausdruck zu passen, der in den grünen Augen Sängerins zu lesen war. Wenn er ihn richtig interpretierte, sagte etwas in diesen Augen »ja«, und etwas anderes sagte mit ziemlicher Bestimmtheit »nein«.

Das hatte er beinahe erwartet. Sie war noch immer eine sehr neue Bürgerin in dieser realen Welt.

Welcher Aspekt auch überwiegen mochte; Sängerins Antwort ließ es nicht erkennen. »Ich verstehe, was du meinst; aber ich kann dir nicht . . . helfen .«

Entweder waren Grünsuchers Gedanken langsam, oder er war nicht bereit, die Implikation dieser Antwort zu begreifen. »Du könntest mir helfen, indem du mich heiratest.«

»Ich kann niemanden heiraten.«

»Natürlich kannst du das. Du bist eine schöne, gefühlvolle Frau. Du könntest jeden Mann stolz und glücklich . . .«

»Ich kann niemanden heiraten, weil ich bereits verheiratet bin.«

»Aber . . . Dein Mann; wer ist . . .?«

»Wolf Hochbaum ist mein Mann.«

Die Musik hatte aufgehört; ebenso wie ihre Tanzschritte; aber Grünsucher hätte nicht zu sagen gewußt, wann beides aufgehört hatte.

Die Stille war vollkommen. Dann begann jemand jenseits der Bar zu applaudieren . . .

★

Grünsucher hatte sich bemüht, sich seine Zurückweisung so wenig wie möglich anmerken zu lassen. Den Kindern gegenüber wurde mit keinem Wort oder Blick angedeutet, was vorgefallen war, und die Kinder selbst hatten in dem Schauspiel zweier Erwachsener, die sich mit zierlichen Schritten auf dem Parkett bewegten, nicht viel Interesse abgewinnen können; insbesondere, da sie mit einem neuen Buch beziehungsweise einer neuen Puppe beschäftigt gewesen waren.

Sängerin hatte sich außerstande gefühlt, ihre Feststellung in irgendeiner Form zu erklären, und Grünsucher hatte keinen

Grund gesehen, sie dazu zu drängen. Es lag wie ein Gletscher zwischen ihnen; kalt und unermeßlich weit.

Dennoch spulten sich Grünsuchers eigene Überlegungen mit toller Geschwindigkeit ab. *Wie lange hätte es wohl gedauert,* dachte er voll Bitterkeit, *bis Sängerin ihm diesen Umstand, der immerhin von grundlegender Wichtigkeit war, aus eigenem Antrieb mitgeteilt hätte? Und wie lange hätte sie wohl seine Hilfsbereitschaft noch ausgenützt?*

Aber selbst in seiner Verletztheit bemerkte er, daß diese Fragen nicht ganz fair waren. Immerhin hatte sie ihn nicht um sein Kommen gebeten. Und als sie allmählich begann, ihre Fähigkeiten wiederzuentdecken, hatte er sie bereits seiner Führung unterstellt.

Das Geständnis ihrer vollzogenen Heirat beantwortete zudem mehr Fragen, als es hervorrief. Als erstes erklärte es ihre Anwesenheit in jenem Schloß, bot Hinweise auf ihr Verhältnis zu Hochbaum und definierte ihre Stellung. Außerdem erlaubte es, Hochbaums Verärgerung begreiflich zu machen ... wenn auch nicht die Tatsachen, daß er sie nicht verfolgte. Der Fall der Blätter war zwar beeindruckend, aber gewiß nicht absichtlich hervorgerufen worden, um die Flüchtlinge zur Rückkehr in die Burg zu zwingen. Sie waren aus eigener Kraft und gemäß ihrer eigenen Initiative dorthin gekommen, wo sie jetzt waren; und jede Verfolgung war unterblieben.

Es sei denn ... Wieder hatte Grünsucher die offene Haustür vor Augen, die in der Morgenbrise vor- und zurückgeschwungen war. Und der Besucher bei Sängerin ... war das Frank gewesen? Oder ein anderer? Diesen Punkt würde er vor Ende des Tages klären müssen.

Er war darauf vorbereitet, Sängerin gegen jede denkbare konventionelle Gefahr zu verteidigen. Aber was konnte er tun – was *sollte* er tun – wenn er zwischen einen Mann und seine Ehefrau geraten war? Zwischen einen Mann und seine *Familie*? Wenn Sängerin die Mutter der Kinder war, lag die Vermutung nahe, daß Hochbaum der Vater war.

Diese Frage zumindest mußte ihm Sängerin erlauben. Aber er konnte sie nicht stellen, solange Ben und Satin dabei waren. Ihre gnädige Täuschung mußte erhalten bleiben; selbst, wenn seine – und Sängerins – Illusionen zerstört waren.

Schweigend verbrachten sie die Rückfahrt nach Barton, weil Grünsucher keine Bemerkung einfallen wollte, die nicht unmittelbar mit dem Geständnis von Sängerin im Hafenrestaurant zusammengehangen hätte. Er ergriff nicht das Wort, obwohl die Kinder – ermattet durch den Aufenthalt in der frischen Luft und eingelullt durch die erschütterungsfreie Fahrt des Caravan – zu dösen anfingen.

Sängerin schien die neue Situation nicht viel auszumachen. Es war fast, als habe sie sich schon in sich zurückgezogen, als die Musik noch gespielt hatte und die entscheidenden Worte noch nicht ausgesprochen worden waren.

Grünsucher brachte sie nach Hause, vergewisserte sich, daß sie satt wurden, zog in der Dämmerung eine Sicherungsrunde durch die still gewordenen Räume, um sich zu überzeugen, daß nichts verrückt oder fortgenommen worden war. Er fand keine Anzeichen für einen zwischenzeitlichen Besuch.

Als er sagte, daß er fortgehen wolle, um zu versuchen, ob er in einem Thekengespräch in der Gaststätte etwas über die Erosionen im Bereich der Klippen in Erfahrung bringen könne, nickte Sängerin bloß.

Er ließ den Wagen in der Einfahrt stehen, als kleinen, aber nicht sehr überzeugenden Hinweis darauf, daß er noch im Haus war.

In der Kneipe angekommen, war er nicht einmal mehr sicher, ob er Frank wiederkennen würde, denn die Beleuchtung war kaum noch als solche zu bezeichnen, und er hatte von seinem Platz aus einen ungünstigen Blickwinkel.

Wie es sich ergab, hörte er die Stimme, und als er ihren Besitzer an der überfüllten Bar ausgemacht hatte, sah Frank genauso aus wie vor zwei Abenden.

Grünsucher rückte so nahe an ihn heran, bis er beinahe seinen Ellbogen berührte, und griff nach dem fast leeren Glas des Mannes.

Frank umklammerte sein Glas fester und schwang herum, um zu sehen, wer es fortzunehmen versucht hatte. »Jed ... Oh, Entschuldigung ... Ich kenne Sie nicht.«

»Aber ich kenne Sie, Frank«, erwiderte Grünsucher. »Darf ich Ihnen noch ein Glas bestellen? Ich würde mich gern kurz in Ruhe mit Ihnen unterhalten.«

»Ich halte nicht viel von Ruhe. Kann ich nicht versprechen ... Was wollen Sie von mir?«

»Ich möchte mit Ihnen über einen Job reden. Es geht um eine Arbeit von der Sorte, die Sie verstehen.«

»Von der Sorte gibt es nicht viel«, konterte Frank. »Geht es um Räubern oder Hirnchirurgie?«

Verdammt, der Mann war ihm fast sympathisch. Vielleicht wirkte der dunkle, würzige Wortwechsel über dem dunklen, würzigen Bier als Heilmittel gegen seine Hoffnungslosigkeit. Vielleicht war der Mann nicht betrügerischer als ... Nachdem er so weit gekommen war, ertrug er es nicht, den Gedanken weiter zu verfolgen.

Es lag jetzt bei Grünsucher, die Unterhaltung nicht abbrechen zu lassen ... und er konnte den Gegenstand ebensogut Frank überlassen, wenn auch nur, um ihn abhaken zu können. Der Mann konnte auch nur von ländlicher Prahlsucht besessen sein.

»Räuberei«, sagte er, »aber Hirnarbeit kommt dazu.«

»Sie werden mir mehr darüber erzählen müssen.«

Grünsucher drückte das Bierglas in Franks rechte Hand. Somit hatte er eine Faust weniger zu fürchten. Dann sagte er: »Vor zwei Abenden haben Sie mit Ihrem Kumpel Jed darüber gesprochen, in Dr. Burnetts altem Haus nach der Einrichtung zu schauen.«

Das Glas in Franks Hand erzitterte. Bier spritzte auf den maschinengewebten Wiltonteppich. »Ich habe gescherzt«, sagte Frank rasch. »Wer sind Sie? Das Gesetz oder so was? Schauen Sie, ich habe schon genug Probleme damit, Leib und Seele zusammenzuhalten, ohne daß ich mich mit solchen Sachen abgebe. Manchmal – wenn ich ein paar Gläser getrunken habe – schwöre ich, es mit der ganzen Welt aufnehmen zu können, aber ich unternehme nie was in der Richtung. Die Jungs hier werden Ihnen bestätigen, daß ...« Er machte Anstalten, sich den neben ihm Stehenden zuzuwenden.

Grünsucher ergriff seinen Arm. »Lassen Sie es gut sein, ich glaube Ihnen auch so. Ich bin nicht das Gesetz.«

»Also was zum Teufel geht es Sie an ...«

»Um es einfach auszudrücken, ich bin Burnetts Mieter. Ich habe sein altes Haus gemietet. Oben auf dem Riff. Und letzte Nacht hatte es Besuch.«

»Also ... verdammt will ich sein, wenn ich das war.«

»Das ist ein Wort. Sie sagen es, und ich glaube Ihnen. Aber ich mußte fragen.«

»Und ich war ganz oben auf Ihrer Verdächtigtenliste?« Wie es aussah, war Franks erster Ärger verflogen. Jetzt schien ihm die Vorstellung beinahe Spaß zu machen.

»Ja, so ähnlich war es.« Grünsucher lächelte, um der Antwort die Spitze zu nehmen.

»Ist'n schönes Gefühl, ganz oben bei so was zu rangieren. Und jetzt, wenn Sie nichts dagegen haben, möchte ich wieder zu meinen Freunden zurückgehen.«

»Natürlich ... und vielen Dank.«

Grünsucher hatte sein eigenes Getränk nicht angerührt. Er sah sich nach dem Stuhl bei der Jukebox um; er war besetzt. Er stand im Augenblick inmitten der Menge, die sich an der Bar drängte, und nippte an seinem Bier.

Er hatte Frank versichert, seinen Beteuerungen zu glauben, und vielleicht tat er das wirklich. Vielleicht war es aber auch ein Fehler, zu glauben, daß es so einfach war.

Er hatte das Gefühl, daß es an der Zeit war, nach Haus zu gehen, aber er sah keinen Grund zur Eile. Der eigentliche Anreiz war vergangen – und Gott mochte ihm vergeben, daß er so empfand, weil ihn die *Kinder* zweifellos brauchten ... sogar *mochten*. Aber diejenige, die *er* am meisten brauchte ... Nun, sie war ihm nie wirklich näher gekommen, als sie es damals an jenem Schloßfenster gewesen war.

Andererseits hatte sie ... Und das Messer wurde in seiner Wunde herumgedreht. An diesem Nachmittag hatte sie in seinen Armen gelegen, als verlange sie danach; bis ...

Er wußte nicht, wieviel Zeit vergangen war, aber als er aufblickte, schienen Frank und seine Freunde gegangen zu sein.

Er machte sich gemächlich auf den Heimweg und lauschte auf den Widerhall seiner Schritte in der nebelnassen Straße. Der Nebel war vom Meer herübergezogen, und er dämpfte sogar den Schein der Straßenlaternen.

Er schloß auf und betrat das Haus ... und sofort schlug ihn die Stille in ihren Bann. Die Lampen brannten, aber niemand war in den Parterreräumen. Er flog die Treppe hoch – immer drei Stufen auf einmal – und fand die Betten leer und das Bettzeug unberührt.

Als er das Haus vom Keller bis zum Dach durchsucht hatte, lief er zu dem Caravan, in der Absicht, den Unbekannten zu verfolgen. Jemand war gekommen; und er konnte noch nicht weit fort sein.

Erst, als er den Motor angelassen und den Scheibenwischer in Gang gesetzt hatte, weil die Windschutzscheibe von außen beschlagen war, sah er den unter einen der Scheibenwischer geklemmten Zettel. Er schaltete den Motor aus, stieg aus dem Wagen und nahm den Zettel an sich.

Es war eine Notiz, und er mußte sie zweimal lesen, ehe er sie verstand. Frank war unschuldig; er war nie an der Sache beteiligt gewesen. Die Notiz lautete:

VERMISSEN IST EINE SACHE. NEHMEN EINE ANDERE.

– MANNING.

★

Der Text war mehrdeutig; und das war zweifellos beabsichtigt. Grünsucher fühlte sich angesichts der Komplikationen, die der heutige Tag bereits mit sich gebracht hatte – oder vielleicht war schon der nächste Tag angebrochen; er hatte keine Ahnung, wieviel Zeit vergangen war – körperlich gelähmt und geistig leer.

Ein Erpresserbrief? Wohl kaum. Es stand keine Forderung in der Notiz; sie teilte mehr mit, als sie forderte.

Wenn keine Entführung wegen Lösegeld . . . war es vielleicht eine Quittung? VERMISSEN IST EINE SACHE. NEHMEN EINE ANDERE. Die Annahme, daß es sich um eine Quittung handelte, schien logisch zu sein – aber nur, wenn er sie mit der Information in Zusammenhang brachte, die er so spät und unter so großer Qual erhalten hatte. Aber das setzte eine Verbindung, einen Informationsaustausch zwischen Manning und Hochbaum voraus. Der zweite Teil des Textes schien zu besagen, daß Grünsucher derjenige war, der etwas fortgenommen hatte; und daß seine Schützlinge jetzt ihrem rechtmäßigen Besitzer zurückgebracht wurden. Und angenommen, das wäre die zutreffende Sichtweise; wie berechtigt; wie *korrekt* wäre es in diesem Fall, wenn er versuchte, sie zurückzuholen?

Vergiß Hochbaum ... denk einmal nur an Manning und seine fröhliche Gruppe Prämienjäger: was bedeuten die Worte in diesem Fall?

VERMISSEN IST EINE SACHE ... Ein Blick in das Tal der abgefallenen Blätter und die Suche nach Ben, als Grünsucher leichtfertigerweise Manning gegenüber seine Unzulänglichkeit zugegeben hatte ... oder besser gesagt, als ihm Manning einige Fragen gestellt hatte, die Grünsuchers Unzulänglichkeit eindeutig erwiesen hatten.

NEHMEN EINE ANDERE ... Das war vielleicht als Hinweis darauf gedacht, daß er seine Anvertrauten nicht schutzlos hätte zurücklassen sollen, weil es nur so möglich gewesen war, sie zu entführen.

Aber diese Gedanken waren reichlich weit hergeholt, und Grünsucher hatte nicht die Kraft, alle diese Möglichkeiten weiter zu verfolgen. Sängerin und die Kinder waren fort; das stand fest, und es war von geringem Interesse, wie genau es hatte geschehen können. Denn wo auch immer die Schuld liegen mochte; Manning war an dem Verschwinden beteiligt.

Und all seine Gedanken ließen den Umstand außer Betracht, der zugleich der beunruhigendste war: Manning.

Grünsucher hatte ihn am Strand von Lepe zurückgelassen, wie er geglaubt hatte; danach im Dorf Tollard; aber offenbar war er ihm immer noch auf den Fersen.

Natürlich reichte es noch weiter zurück, wenn man das etappenweise Vorarbeiten den Strand entlang bis zur Bucht mitzählte; zum Vergnügungsstrand und zurück; vom Frühling bis zum Sommer; und jetzt bis tief in den Herbst hinein.

Wie hatte ihn Manning noch bei ihrem ersten Gespräch genannt? Einen Talisman, einen Glücksbringer. Weil er sie immer zu reichen Schätzen geführt hatte.

Waren Sängerin, Ben und Satin in diesem Fall der Schatz? Für wen mochten sie noch Wert haben, außer für Grünsucher? Die Antwort auf diese Frage mußte die fehlende Verbindung zu Hochbaum aufzeigen; wenn nicht unmittelbar, dann bestimmt in naher Zukunft.

Grünsucher konnte versuchen, sie zu finden, bevor der Kontakt hergestellt war. Auf der anderen Seite konnte er – wenn er heute nacht mit seiner Suche anfing – am Morgen ein gutes Stück in die falsche Richtung gegangen sein. Besser, er blieb hier und versuchte, die Machenschaften Mannings und seiner Genossen vorauszusehen.

Aber wozu eigentlich? Hochbaum hatte jedes Recht auf sie – und Sängerin wußte es; wenn es den Kindern auch nicht bewußt war.

Vier blinde Mäuse ... Das letzte Spottlied des Mannes fiel Grünsucher plötzlich wieder ein. *Schau, wie sie rennen* ...

Nun, vielleicht konnte Hochbaum sie wirklich rennen sehen. Weil *eine* der Mäuse nach wie vor in seiner Macht war.

Das war eine optimistische Art, die Situation zu sehen, in der Sängerin sich befand – es versetzte das Problem von der emotionalen auf die mechanische Ebene. Aber die Kinder hatten bei dem Gespräch an jenem Morgen im Garten ziemlich unbefangen über Väter und Onkels gesprochen. Der Aspekt des persönlichen Besitzes war nicht angesprochen worden.

Im Haus klingelte das Telefon. Kies spritzte unter den Füßen Grünsuchers zur Seite, als er den Wagen umrundete und zur Tür eilte. Er erreichte das Telefon, bevor der andere aufgelegt hatte, aber anfangs erkannte er die Stimme des Anrufers nicht. »Mr. Singer?«

»Wer spricht?«

»Dr. Burnett. Tut mir leid, daß ich so spät noch anrufe. Ich habe versucht, Sie früher zu erreichen, aber Sie haben nicht abgehoben.«

»Nein; wir waren den ganzen Tag unterwegs.« Grünsucher gab sich Mühe, seine Stimme nicht ungeduldig klingen zu lassen, aber er hatte beinahe darum gebetet, der Anruf möge eine Lösegeldforderung sein; oder zumindest eine Einladung zur Verhandlung. Wenn er Nervosität zeigte, würde er das Spiel schon verloren haben, aber es war schwierig, seine Stimme zu beherrschen.

»Ich hoffe, Ihrer Familie geht es gut.«

»Eh ... ja; sie schlafen.« Jedenfalls hoffte er das. Ganz gleich, wo.

»Tut mir leid. Ich wollte niemanden stören. Ich rufe an, weil da etwas ist, von dem ich glaube, daß Sie es wissen sollten. Ich habe heute morgen Mrs. Abbott gesehen.«

»Mrs. Abbot?«

»Die Frau, von der Sie annahmen, sie sei von der Klippe gesprungen. Sie lebt.«

»Aber . . .«

»Um die Wahrheit zu sagen, ich war ziemlich erleichtert, sie zu sehen . . . und als ich ihr erklärte, weshalb, war sie erst belustigt und dann sehr besorgt. Ich nehme an, daß sie von sich aus versuchen wird, mit Ihnen in Verbindung zu treten, um Ihnen selbst zu sagen, daß sie bedauert, soviel Besorgnis bei Ihnen ausgelöst zu haben. Ich habe ihr gesagt, wo Sie zu finden sind.«

»Aber . . . ich sah den *Hut.*«

»Anscheinend hat ihn der Wind aufs Wasser geweht. Und nachdem sie sich davon überzeugt hatte, daß sie ihn unmöglich wiederbekommen würde, hat sie sich rasch aus der Menschenmenge entfernt. Nun, um der Wahrheit die Ehre zu geben: ihr Haar ist ein wenig . . . dünn; wenn Sie wissen, was ich meine.«

Das war Ironie, auf Ironie gehäuft. Grünsucher hatte das Haus gemietet, weil er Mrs. Abbott für tot gehalten hatte, und als Folge der Anmietung hatte er seine Familie verloren. Und jetzt stellte sich heraus, daß nie ein Grund bestanden hatte, sie aus den Augen oder auch nur aus dem Caravan zu lassen.

Er kam sich töricht vor, fühlte sich krank; und dennoch schaffte er es irgendwie, seine Stimme verbindlich klingen zu lassen. »Nun, mir fällt ebenfalls ein Stein vom Herzen. Jedenfalls sieht es jetzt so aus, als würde ich hier unter falschen Voraussetzungen wohnen, Doktor. Ich werde morgen früh zu Ihnen kommen; dann können wir die Angelegenheit aus der Welt schaffen.«

»Unsinn. Ich versichere Ihnen, Sie können so lange dort wohnen bleiben, wie Sie wünschen.«

»Vielen Dank, aber es hat offenbar nicht mehr viel Sinn.«

Das zumindest entsprach der Wahrheit.

»Ganz, wie Sie wollen. Dann sehe ich Sie also morgen, Mr. Singer. Meine Empfehlungen an Ihre Frau.«

Grünsucher mußte sich an den Hörer klammern, weil etwas in seiner Kehle ihn am Sprechen hinderte.

Erst später, als er Kaffee gekocht und sich hingesetzt hatte, um noch einmal über die ganze Sache nachzudenken, wurde ihm klar, daß er Mrs. Abbott nicht *glaubte*.

Der Hut, dem er im übrigen nicht allzuviel Aufmerksamkeit gewidmet hatte, hatte ziemlich fest auf ihrem Kopf gesessen. Der Wind war nicht ungewöhnlich heftig gewesen. Und ihr *Schweigen* war alarmierend.

Gesetzt den Fall, der Hut wäre ihr tatsächlich durch eine plötzliche Brise vom Kopf geweht worden, wäre ihr bestimmt ein Ausruf entfahren – soviel Überraschung durfte man wohl erwarten. Das wäre nur natürlich gewesen. Überhaupt nicht zu reagieren war dagegen *nicht* natürlich.

Das ließ nur die Möglichkeit der Irreführung offen . . . aber zu welchem Zweck? War sie nichts weiter als eine schrullige alte Frau, die sich ihre Einsamkeit zu erleichtern suchte, indem sie andere Menschen dazu brachte, sich ihretwegen Sorgen zu machen? Ein solches Verhalten unterschied sich nicht allzusehr von den Tabletten-Giftflaschen-Farcen der professionellen Selbstmörder. Falls sie so weit von den Herzen der Mitmenschen entfernt war, tat sie Grünsucher leid, und er konnte ihr verzeihen.

Aber er konnte den Verdacht nicht loswerden, daß Mrs. Abbott nur ein weiteres Verbindungsglied zu Manning und Hochbaum darstellte . . . eine Schnur, die Grünsucher, Sängerin und die Kinder an diesen Ort fesselte, so daß jene, die ein Interesse daran hatten, stets wußten, wo sie zu finden waren.

Was sollte er jetzt tun? Grünsucher ließ seine Theorien Revue passieren, sortierte und verwarf sie . . . und reduzierte das Problem auf die einfachsten Kriterien: *Du willst sie wiederhaben – oder nicht. Wenn du es willst, geh' ihnen nach.*

Er wollte es.

Nachdem er diesen Entschluß gefaßt hatte, begann er, die Dinge in freundlicheren Farben zu sehen. Die Kinder wollten ihn als ihren Freund . . . oder mehr. Sängerin, die ohne eigenen Antrieb gewesen war, als sie mit ihm das Schloß verlassen hatte, war es seitdem – oder zumindest seit ihrer Erholung –

selbst überlassen gewesen, ob sie zu Hochbaum zurückkehren wollte.

Die Frage, ob sie mit ihm verheiratet war, schien nicht so wichtig; sie war nicht wie eine Ehefrau behandelt worden und hatte ihre Flucht nicht bedauert. Die »Ehe« konnte ebensogut eine Erfindung sein, an die sie unbewußt immer dann geglaubt hatte, wenn sie nahe daran gewesen war, eine Zuneigung zu entwickeln.

Er nahm seinen Kaffee mit zum Fenster und blickte auf die Bucht und das Meer hinaus; beide waren von winzigen Lichtern übersät. Sein Blick schweifte über Land und Meer. Der Himmel hatte aufgeklart; der Mondschein lag als silbernes Tuch von der Insel bis über die Bucht gebreitet. Jede hereinrollende Woge brach die Strandlinie entlang in einem plötzlichen, geräuschlosen Spitzenmuster auf, das eher selbstentblößend als verführerisch wirkte.

Grünsucher wünschte sich, daß sein Leben wieder so einfach wie früher sein könnte. Solange man allein war, kannte man sich aus. Waren vier Personen beisammen, bedeutete das auch vervierfachte Komplikationen. Vermissen ist eine Sache; nehmen eine andere . . .

Ein unsanftes Pochen an der Haustür.

Grünsucher sah auf die Uhr. Es war beinahe Mitternacht; das schloß Mrs. Abbott aus.

Vielleicht Manning mit der erwarteten Lösegeldforderung? Das war nicht völlig ausgeschlossen. Da er Prämienjäger war, konnte es sein, daß er testen wollte, welcher Klient bereit war, die höchste Summe zu zahlen.

Diese Theorie schien Grünsucher so überzeugend zu sein, daß er tatsächlich beinahe forsch an die Tür ging, sie öffnete und . . . sich Frank gegenüber sah.

»Diesmal bin ich es«, sagte der Mann.

Grünsucher reagierte aufgrund der enttäuschten Erwartung brüsk. »Was wollen Sie, Frank? Hier schlafen Leute.«

Frank grinste. »Das glaube ich kaum.«

»Was wollen Sie damit sagen?«

»Nun; ich habe gewisse Informationen für Sie, die nicht sonderlich viel Wert für Sie hätten, wenn Ihre . . . Familie . . . bei Ihnen wäre.«

»Kommen Sie zur Sache, Frank.« Grünsucher konnte keine weiteren Gesichter ausmachen, aber er vermutete, daß sich eine Gruppe Männer in den Schatten hinter dem Lichtkegel, der durch die offene Tür fiel, verborgen hielt. Frank hatte bestimmt ein paar Freunde mitgebracht.

»Der Mann hat mir gesagt, daß Sie sich bestimmt über die Nachricht freuen würden.«

»Welcher Mann?«

»Ich kenne seinen Namen nicht. Er war in der Kneipe.«

Vielleicht traf es zu; wahrscheinlich war es nicht. Frank, der ganz Ohr war, wenn es ums Beutemachen ging, war nicht dagegen gefeit, Profit zu machen, wenn er etwas anzubieten hatte.

Der Mann in der Kneipe? Manning hatte ebenfalls Kollegen. Grünsucher war nicht sicher, ob er jeden einzelnen von ihnen wiedererkennen würde. Ohne mehr Hinweise war er gezwungen, das Spiel mitzumachen.

»Es hängt davon ab, was Sie mir zu sagen haben«, sagte er. »Ich kaufe keine Katze im Sack.«

»Wie wäre es mit einer Frau und zwei Kindern? Da gibt es nämlich ... Also ... *Sie* haben mir nie gesagt, was für eine Art Familie Sie da hatten.«

»Nein, aber eine Menge andere Leute können es Ihnen gesagt haben.«

Franks Grinsen verschwand. »Also hören Sie zu – vor zwei Abenden haben Sie bei einer privaten Unterhaltung gelauscht. Heute abend haben Sie mich beschuldigt, ein Einbrecher zu sein. Und jetzt behaupten Sie, ich sei ein Trickbetrüger. Ich weiß wirklich nicht, weshalb ich mir Ihre ständigen Beleidigungen anhören ...«

»Tut mir leid, Frank ... Wenn Sie mir etwas zu sagen haben, dann müssen Sie auch wissen, weshalb ich so besorgt bin. Das ist die einzige Erklärung für mein Mißtrauen, die ich Ihnen anbieten kann. Wollen Sie nicht hereinkommen?«

»Danke.«

Die Schatten blieben unverändert; niemand trat aus ihnen hervor. Entweder zogen Franks Freunde noch immer vor, sich versteckt zu halten, oder sie existierten nur in Grünsuchers Einbildung.

Frank ging ins Wohnzimmer voran.

»Ich habe keinen Alkohol im Haus«, sagte Grünsucher. »Kann ich Ihnen einen Kaffee anbieten?«

»Kaffee ist besser für mich.«

Als beide frischen Kaffee vor sich stehen hatten, sagte Frank: »Ich kann Ihnen sagen, wo sie sind.«

Grünsucher konnte sich nicht vorstellen, daß es so einfach sein würde. »Hat Ihnen das der Mann aufgetragen – mir zu sagen, wo sie sind?«

»Vermutlich nicht genau das. Ich finde mich da nicht ganz zurecht. Ich weiß nicht, was der Mann will.«

»Also . . . wo sind sie?«

»Auf der Landzunge.«

»Wo ist das?«

»Mudeford. Sie können mit einem Boot übersetzen, wenn die Flut zurückgeht.«

»Und wie komme ich dorthin?«

»Nehmen Sie die Hauptstraße in Richtung Christchurch und halten Sie nach der Abzweigung nach Mudeford auf der linken Seite Ausschau. Folgen Sie dieser Straße, bis sie eine Kurve nach rechts beschreibt, danach achten Sie auf eine andere Linksabbiegung, die Sie ans Ufer bringt. Es gibt noch einen anderen Weg – über Land. Aber das ist hinter Hengistbury ein großer Umweg. Den Fluß zu überqueren ist einfacher; aber es ist nicht zu empfehlen, solange Nacht ist.«

»Die Entführer haben es getan.«

»Was? Oh; vermutlich . . . ich habe nicht darüber nachgedacht. Der Mann sagte nur, daß sie dort wären.«

»Diese Landzunge . . . mehr ist es nicht? Liegt sie bei Flut nicht unter Wasser?«

»Nein . . . es ist ein Landausläufer, der sich in weitem Bogen von Hengistbury Head bis in die Flußmündung erstreckt. Eine Menge Ferienhäuser stehen darauf. Im Winter bekommt es eine Menge ab; aber es gibt Schlupfwinkel.«

»Und dieser Mann hat Ihnen gesagt, Sie sollten mir sagen, daß sie auf der Landzunge sind.«

»So ist es.«

»Sonst noch was?«

»Er hat gesagt, man könnte ein Übereinkommen treffen, wie Sie sie zurückhaben können.«

Grünsuchers Herz schien einen Schlag lang auszusetzen. »Er hat . . . keinen Preis erwähnt?«

»Nicht mir gegenüber. Ich bin nur der Überbringer. Ich nehme an, er hält jeden Preis für angemessen.«

Grünsucher stimmte damit überein; aber er fragte sich, weshalb er sich nicht erleichtert fühlte, weil die Situation so leicht zu klären war. Wenn man ihn gefragt hätte, was ihm Sängerin und die Kinder wert waren, würde er eine extrem hohe Zahl genannt haben. Aber jetzt fühlte er sich unsicher, weil er nicht wußte, wieviel man verlangen würde.

Ob man von ihm erwartete, daß er ein Angebot machte . . . um es mit dem Hochbaums zu vergleichen?

Wenn die Auslösesumme in harter Währung bestand, konnte er ziemlich sicher sein, daß Hochbaum in der Lage war, mehr zu bieten als er – er mußte viel Geld zur Verfügung haben, um sich seine Extravaganzen leisten zu können.

Wenn es aber um etwas anderes ging . . . Er konnte sich nicht vorstellen, was er besitzen mochte, an dem Manning Interesse haben konnte – außer dem, das Manning schon besaß.

Er holte seine dünn gewordene Rolle Banknoten hervor und zählte fünf Pfund ab. Dann schob er das Geld über den Tisch in Franks Richtung. »Das kann ich entbehren . . . den Rest werde ich vielleicht noch brauchen.«

»Nicht übel für einen Gang die Straße hinunter«, sagte Frank. Er zögerte; seine Hand schwebte über den blauen Scheinen. »Ich komme mir schäbig vor, es zu nehmen.«

»Das müssen Sie nicht. Die Information ist weit mehr wert; und ich würde es Ihnen geben, wenn ich es hätte. Betrachten Sie es als Vermittlungsgebühr. Hier geht es offenbar um eine geschäftliche Transaktion; und Sie haben es sich verdient.«

Franks Hand schwebte nicht länger; sie senkte sich nieder und ergriff das Geld. Er steckte es ein, trank seinen Kaffee aus und stand auf. »Sind Sie sicher, daß Sie den Ort finden? Es hätte nicht viel Sinn, wenn Sie in der Nacht aufbrächen. Warten Sie das Tageslicht ab. Dieser . . . Entführer . . . hat mir nicht den Eindruck gemacht, als hätte er es eilig.«

Grünsucher ließ Frank in den frühen Morgen hinaus.

Er fragte sich, wie viele Leute an den fünf Pfund teilhaben mochten, die ihn das Gespräch gekostet hatte.

Er konnte sich nicht vorstellen, wie weit verzweigt die ganze Geschichte sein mochte. Es hätte nicht viel gefehlt, und er wäre bereit gewesen, zu glauben, daß jedermann, dem er in dieser Gemeinschaft auf den Klippen begegnete, in größerem oder kleinerem Umfang daran beteiligt war; daß eine Verschwörung mit dem Ziel bestand, ihn von seinem Glück zu trennen und zugleich noch enger an Hochbaum zu binden.

Frank hatte ihm geraten, den Tag abzuwarten; aber so viel Geduld konnte er nicht aufbringen.

Frank hatte gesagt, man könne auch zu Fuß auf die Landzunge gelangen; aber er kannte sich in Hengistbury Head gut genug aus, um die Löcher zu fürchten, die sich einem unversehens unter den Füßen auftaten; kleinere, die von zeitgenössischen Kaninchen gebuddelt wurden, und größere, die zu Beginn des Jahrhunderts bei der Eisenerzförderung entstanden waren. Wenn er diesen Weg bei Nacht benutzte, konnte es sein, daß er nie ankam.

Also nahm er die Straße nach Mudeford, fand sämtliche Kreuzungen wie angegeben und fuhr den Caravan über die Begrenzung des Parkplatzes, bevor der Mond unterging.

Das dämmrige Licht ließ nicht viel von der Landschaft erkennen, nur ungewisse Schatten, Tiefschwarz und fahleres Schwarz. Die Hafengaststätte hatte ihren Betrieb längst eingestellt, und das dazugehörige Restaurant mit seiner Überdachung aus Fischnetzen und Plastik-Seemöwen hatte schon zur Teezeit dichtgemacht. Es gab noch eine Reihe kleiner Landhäuser, die früher Angestellten der Küstenwache gehört hatten und in denen zweifellos immer noch Menschen wohnten; aber sie zu stören würde ihn nicht weiterbringen.

Die Landzunge lag vor ihm – eigentlich war es eher eine Sandbank – weniger als hundert Meter vor dem Ufer. Aber dazwischen lag ein Wasserarm, dessen Wasser sogar jetzt, Stunden nach Einbruch der Dunkelheit, sehr schnell von Westen nach Osten flutete; der Zug war zu stark, als daß ihm mit den Ruderschlägen eines Ortskundigen beizukommen gewesen wäre.

Grünsucher war aufs Festland verbannt, bis der Morgen anbrach.

Er schlenderte den Quai hinab, hielt nach Lichtern auf der Sandbank Ausschau, oder nach einem anderen Zeichen, das auf Bewohntheit hingewiesen hätte. Aber er hörte und sah nichts. Dann schickte er sich ins Unvermeidliche und legte sich aufs Ohr.

★

Als Grünsucher die Augen öffnete, war die Sonne schon ein gutes Stück den Himmel hochgeklettert, aber sie lag hinter grauen Dunstschleiern.

Grünsucher war sofort hellwach und betrachtete den hohen Stand der Sonne als Gradanzeiger seiner Treulosigkeit seiner »Familie« gegenüber.

Er konnte die Stelle sehen, wo die Landzunge allmählich in eine Kurve überging. Die See dahinter war rauh, der böige Wind peitschte die Wogen. Die Sandbank selbst machte einen friedlichen Eindruck, und in Ufernähe floß der Wasserarm glatt und gleichmäßig wie immer.

Möwen durchschnitten mit heiseren Rufen die Luft, klaubten Muscheln vom Strand auf, schwangen sich dann steil empor und ließen ihre Beute fallen, in der Hoffnung, die Schalen zu zerbrechen.

Grünsucher wagte nicht, sich rasch zu bewegen, denn er fühlte sich krank, und seine Schritte waren unsicher. Er zog es vor, abzuwarten, bis sich sein Körper ans Aufrechtgehen gewöhnt hatte, und beobachtete die Vergeblichkeit des Tuns der Möwen.

Die Muscheln waren zu leicht, ihr Aufprall war zu sanft. Grünsucher beobachtete, wie eine Schwarzkopfmöwe ein halbes dutzendmal versuchte, dieselbe Muschel aufzuknacken, bevor sie die Lust verlor. Und er raffte sich immer noch nicht auf, um nach einem Boot Ausschau zu halten und den Wasserarm zu überqueren. Vergeblichkeit schien ihm auch der Name des Sterns zu sein, unter dem sein eigenes Tun stand.

Er hatte nicht erwartet, daß Sängerin, Ben und Satin am Ufer stehen und ihm zuwinken würden; nicht einmal, mit einem Blick ihren Aufenthaltsort zu entdecken. Aber die Ansammlung kleiner Wohnhäuser auf der Sandbank wirkte verwittert, weltentsagend und verlassen. Er fühlte, daß er nur seine Zeit verschwendete; fühlte, daß er möglicherweise nichts weiter darstellte als den Gegenstand eines Scherzes.

Auf der anderen Seite konnte er nicht völlig ausschließen, daß sich die Gesuchten hier befanden. Er mußte schon deshalb mit seiner Suche fortfahren, weil er zur Zeit keine andere Möglichkeit hatte.

Er entdeckte einen alten Kahn mit einem Außenbordmotor und zahlte dem Besitzer genug, um ihn bis zu seinem Zurückkommen ruhig zu halten.

Dann klapperte er die Hütten ab. Sie standen in geraden Reihen, einige wichen davon ab und wandten ihre Vorderseiten halbwegs der Christchurch-Lagune zu; die übrigen waren auf den Mittelweg ausgerichtet. Einige waren frisch gestrichen, mit verspielten Namen bemalt oder mit raffinierten Extras ausgestattet. Andere sahen aus, als wären sie aufgegeben worden. Keines der Häuschen war belegt. Grünsucher nahm sie sich alle vor, weil er sich keiner Auslassung schuldig machen wollte; sein Weg führte ihn über Kies und Schotter; er fluchte wiederholt über die Dosen und weggeworfenen Verpackungen, die Zeugnisse sommerlicher Besuche ablegten.

Er nahm den Rückweg zwischen den Reihen hindurch und widmete dem fernen Quai die gleiche Aufmerksamkeit wie den Hütten, an denen er vorbeikam.

Eine Strandläufer-Familie war an einem Tümpel zugange; die Jungvögel sperrten die Schnäbel auf, sobald die Mutter ankam; perfekte, wenn auch verkleinerte Kopien mit braunen Rücken und Federschopf, Gesicht und Brust fahl. Der Vater hatte sich einen eigenen Tümpel erkoren, weiter entfernt, aber noch in Sichtweite der restlichen Familie.

Grünsucher konnte seinen Caravan erkennen, nicht länger einsam auf dem markierten Parkplatz; die Hunde-Ausführer und frühen Spaziergänger strömten herbei und verließen den Platz auf ihren gewohnten Wechseln.

Etwas bewegte sich an einem der Seitenfenster; so heftig, wie ein Taschentuch, mit dem jemand wedelte. Grünsuchers Herzschlag beschleunigte sich zugleich mit seinem Schritt.

Als er die Distanz verringert hatte, konnte er erkennen, um was es sich handelte: ein Stück Papier – ein *weiteres* Stück Papier –, das von außen ans Glas geheftet war.

Grünsucher fluchte lauthals und fluchte immer noch weiter, bis der alte Motor das Boot nahe genug ans Ufer gebracht hatte, daß sein Passagier an Land springen konnte.

Wieder an dem Wohnmobil angekommen, griff er so heftig nach dem Zettel, daß er entzweiriß. Aber die Botschaft war noch lesbar.

Sie lautete:

WAS SIE MITGEBRACHT HABEN, WAR NICHT SO GUT WIE DAS, WAS SIE ZURÜCKGELASSEN HABEN. – M.

★

Grünsucher jagte seinen Caravan die enge Quai-Straße hinab, ohne sich um die Geschwindigkeitsbegrenzung von zehn Meilen pro Stunde zu kümmern, und verfluchte seine Augen.

Der verwirrendste Teil dieser letzten Entdeckung konnte von Anfang an dagewesen sein, und er hatte es in seiner Eile übersehen.

Die Fahrt nach Mudeford Quay war ein Blindgänger; ein Ablenkungsmanöver, wie es im Bilderbuch stand; es machte ihn wütend. Es hatte ihn nahezu zwölf Stunden gekostet; und in dieser Zeit konnte sich Manning gut etwas Neues ausgedacht haben, das ihn auf Trab halten würde.

WAS SIE MITGEBRACHT HABEN, WAR NICHT SO GUT WIE DAS, WAS SIE ZURÜCKGELASSEN HABEN. – M.

Ein ebenso großes Rätsel wie Mannings erste Mitteilung – bis man darüber nachdachte.

Oberflächlich betrachtet war Manning hinter dem Haus her; oder hinter etwas, das sich darin befand. Andererseits – da er Grünsucher auf eine Phantomjagd geschickt und Sängerin und die Kinder bei sich behalten hatte – konnte es auch sein, daß er hinter ihnen her war.

Die Frage war, weshalb hing er überhaupt hier herum? Die Antwort darauf bestand in einer neuen Frage: Was an der

Mitteilung wies darauf hin, daß Manning tatsächlich hier herumhing?

Vor allem würde sich Grünsucher in Barton umsehen müssen, ehe er sich ins Landesinnere aufmachte; und sei es auch nur, um unliebsamen Überraschungen vorzubeugen.

Die zu erwartende Zunahme des Verkehrs zwang ihn zu schnellerer Fahrweise; er rauschte durch den Flaschenhals bei Highcliffe, ließ fast seinen Magen bei der holprigen Brücke unterhalb der Naish-Farm und nahm die erste Abzweigung abwärts zu der Barton-Klippe.

Als er dort ankam, geriet er in eine Menschenmenge, die in Richtung des Rasens unterwegs war. Sie strömten sämtlich zum selben Punkt, den er fast erriet, noch bevor er den Verdacht in seinem Denken formen konnte – es handelte sich um das Burnett-Haus.

Er stellte auf Dauerhupe und bahnte sich mit dem Caravan einen Weg durch die strömende Menge. Kurz vor der Einfahrt stoppte er, weil er verhindern wollte, daß der Wagen zu Schaden kam, falls das Haus wirklich einstürzen sollte.

Er betrachtete die Gesichter nicht, obwohl es Leute gab, die er gern gesehen hätte – zum Beispiel Mrs. Abbott und Frank, weil er sich von ihnen Erklärungen versprochen hätte, und Manning, damit er sich davon überzeugen konnte, daß er, Grünsucher, wenigstens dort war, wo er sein sollte.

Und natürlich seine drei Schutzbefohlenen, die schon vor einer Ewigkeit verschwunden zu sein schienen. War es wirklich erst vierundzwanzig Stunden her, seit er Sängerin in seinen Armen gehalten, mit ihr getanzt und zu träumen gewagt hatte und Satin ihrer neuen Puppe das Meer gezeigt hatte und Ben Richard Adams entdeckt hatte . . . und Sängerin hatte nie die Gelegenheit erhalten, ihren Regenbogen anzuziehen.

Und sie würde sie auch nie mehr erhalten. Sie war fort; der Himmel mochte wissen, wo; und die Geschenke lagen noch in dem Haus am Rande der Klippe.

Plötzlich waren sie für Grünsucher wichtig, weil sie den Vermißten Freude bereitet hatten. Wenn er Sängerin und die Kinder fände, würden sie ihre Geschenke haben wollen. Wenn nicht, wären die Gegenstände Erinnerungsstücke, und damit etwas, von dem er wenig genug besaß.

Er drängte sich mit Ellbogen und Schultern durch die Menge der Zuschauer, die bereits dicht gedrängt am Zaun standen, der den Garten oben auf der Klippe abgrenzte.

Er besah sich die Spalten, die von der Bruchstelle des Kliffs aus verliefen. Soviel zu seinem Plan, ihr Wachsen täglich zu verfolgen. Die Risse reichten jetzt bis unters Haus, und sie schienen sich zu verbreitern, noch während Grünsucher hinschaute.

In nicht allzu großer Entfernung vom Fundament hatte bereits eine tektonische Verschiebung eingesetzt, so daß Grünsucher nur noch wenig Zeit zur Verfügung stand, seine Rettungsoperation auszuführen.

Als er den Schlüssel ins Schloß steckte, schien der ganze Türrahmen seitlich auszuweichen. Er stützte sich mit den Schultern im Rahmen ab, um mehr Gewalt über den Schlüssel zu haben. Trotzdem versuchte er lange vergeblich, die Tür zu öffnen; dann gab sie so überraschend nach, daß er förmlich ins Haus geschleudert wurde.

Als er sich wieder auf die Füße gerappelt hatte, rannte er durch einen Regen kleiner Gipsstückchen. Das ständige Beben war kaum wahrnehmbar. Es setzte sich die Mauern hinauf fort und ließ den Deckenputz abspringen.

Zuerst nahm er sich den ersten Stock vor und suchte nach der Puppe, dem Buch und dem Kleidungsstück. Im Wohnzimmer fand er keines der Teile. Auch seine Suche im Kinderzimmer war ergebnislos. Über Sängerins Frisiertisch lag der Duft eines Sprays, das aus einem umgefallenen Flakon entwichen sein mußte; er erinnerte schwach an Lavendel und verlieh dem Raum Weihe.

Als Grünsucher die Schränke durchsuchte, gab eine Diele unter seinen Füßen nach, und sein rechtes Bein versank bis zur Hüfte im Boden

Das Bild seines Beines, das im darunterliegenden Raum von der Decke hing, trat vor das innere Auge seines mit anderen Dingen befaßten Geistes. Halb in dem Loch, halb außerhalb, fragte er sich, ob es nicht schneller gehen würde, wenn er sich einfach fallen ließe. Aber der Aufprall seines Körpers würde den darunterliegenden Boden aufschlagen, ihn durch das Fundament brechen lassen; und, wer weiß, wie tief noch.

Unendlich vorsichtig zog er sein Bein hoch und zugleich nach hinten.

Ein eigentümliches Geräusch hatte eingesetzt – nicht das beginnende Getöse zerplatzenden Glases, brechenden Holzes und herabstürzender Steine, sondern ein höher werdendes Singen, als hätten die verschiedenen Bauteile des Hauses ein Requiem angestimmt, dessen Tonhöhe ihrer zunehmenden Belastung entsprach. Es klang wehklagend und beängstigend. Grünsucher hatte keine Vorstellung, an welchem Punkt die gesamte Konstruktion auseinanderfliegen würde.

Er befreite sein Bein endgültig und begann, vorsichtig zurückzukriechen, bis er gegen die Wand neben der Tür stieß. Als er sich aufrecht stellte, fühlte er das Mauerwerk unter seinen Fingern zerbröckeln.

Dann verließ er den Raum und lief, so rasch er konnte, zur Treppe.

Grünsucher bemerkte eben verwundert, daß er bergauf ging; als die gesamte Hauskonstruktion einen seitlichen Rutscher vollführte. Er griff hastig nach dem Geländer, um nicht ins Treppenhaus abzustürzen.

Er betrat die oberste Stufe und begann seinen Abstieg. Das Geländer brach seitlich von der Treppe; fast hätte es ihn mit sich in die Tiefe gerissen. Er wendete dieses Geschick instinktiv ab, indem er sich gegen die Wand warf . . . und sah sich quer über einen klaffenden Mauerriß drapiert . . . und die Treppe schickte sich an, selbst den Weg zu nehmen, den ihr das Geländer vorgezeichnet hatte. Unter ihm war nichts als grundlose Schwärze.

Die Treppe hielt in ihrem seitlichen Abgleiten inne; aber wahrscheinlich nur für einen Augenblick. Grünsucher zwang sich dazu, die Mauer loszulassen, und kroch mehr, als er ging – glitt aus und schlitterte –, ins Parterre.

Dort im Vestibül schienen die Teppiche mit eigenem Leben erfüllt, und auch die sichtbaren Bodenkacheln verschoben sich ruckartig gegeneinander.

Grünsucher ergriff einen Teppich am Rand und zerrte ihn beiseite, so daß er den Boden sehen konnte, auf den er seine Füße setzte.

Zwischen ihm und der Eingangstür war eine Bodenstrecke, die sich wie ein Wildbach benahm und die Beschaffenheit einer Eisscholle besaß.

Seine einzige Chance bestand in gewagten Hüpfern von Kachel zu Kachel. Aber die Kacheln bewegten sich, und ein Fehltritt konnte den Tod bedeuten.

Das Singen wurde noch immer heller; übertönte alle übrigen Geräusche und machte ihm jeden klaren Gedanken unmöglich. Er mußte mit seinem Hüppekästchenspiel anfangen. Es blieb keine Zeit, Regeln zu beachten, und es gab auch keine festen Regeln.

Er setzte immer einen Fuß vor, rasch, aber vorsichtig, sah einen Riß in einem Terrazzo-Teil des Bodens, der sich genau in dem Moment bildete, als er den Fuß niedersetzen wollte; er berührte den Boden nur mit der Großzehe und setzte gleich zum nächsten, noch tragfähigen Abschnitt über.

Es ist ein Himmel-und-Hölle-Spiel, das mein ganzes Denken beansprucht und meine volle Aufmerksamkeit erfordert, dachte er, *bis sich eine der beiden Möglichkeiten realisiert.*

Er hatte nach den Besitztümern seiner Familie gesucht und keines davon gefunden. Aber viele der übrigen Gegenstände waren ebenfalls verschwunden.

Jemand hatte vor ihm Strandgut geborgen.

Er erreichte die Haustür und stieß sie weit auf. Dann erwischte ihn ein Dachbalken quer über die Schultern und ließ ihn kalt wie Stein auf den wogenden Boden niedergehen.

»Dahin«, sagte Grünsucher, und er hätte unter dem weißen, heißen Schmerz, der ihm durch Nacken und Schultern stach, schreien können. Er konnte nicht feststellen, ob seine Augen offen oder geschlossen waren, weil dichter roter Nebel rings um ihn wallte. Aber wenigstens hatte der Boden aufgehört, sich zu bewegen.

Er wußte, daß da etwas war, auf das er sich zu besinnen versuchen sollte; aber allein der Versuch verstärkte seine Übelkeit.

»Mr. Singer?« Eine Stimme . . . und ein Name, den nur ein Mann benutzte.

Burnett beugte sich über ihn. »Können Sie . . . etwas fühlen?«

Grünsucher sagte, wie er sich fühlte, und hörte jemanden scharf die Luft einziehen. Entweder war Burnett Puritaner, oder er war nicht allein.

»Nur Schmerzen«, sagte er rasch, um die Verlegenheit zu überspielen.

»Keine Taubheit?«

Hinter dieser Frage mußte ein bestimmter Verdacht stecken, und Grünsucher bemühte sich um eine verständige Antwort. »Mein Hals; ich wünschte, er wäre . . .«

»Besser nicht, Mr. Singer. Besser nicht.«

Der Nebel begann sich zu lichten, und er spürte Stoff unter der Wange. Es war ein Kissen.

»Versuchen Sie, Ihre Beine zu bewegen.«

Er bemühte sich, dieser Aufforderung nachzukommen . . . und schaffte es nicht; bis er entdeckte, daß er auf dem Bauch lag und das Bein nur entweder zur Seite oder zurück bewegen konnte.

Er beugte ein Bein in der Kniekehle. Es bereitete ihm keine Schwierigkeiten.

»Sehr gut. Das andere Bein?«

Grünsucher begann, sich unter Mühen teilweise umzudrehen, so daß er einen gewissen Überblick gewann. Die Bewegung war schmerzhaft und beschwerlich, und sie entsprach nicht ganz der, um die der Arzt ihn gebeten hatte. Aber sie verhalf Grünsucher schließlich in eine halbwegs sitzende Position, die ihm einen Ausblick auf den Grat der Klippe ermöglichte; auf den Abgrund, zu dem der ehemalige Standort des Hauses geworden war; und die Menschenmenge, die dem Untergang des Hauses zugesehen hatte.

Einen Schritt oder zwei hinter Burnett stand Mrs. Abbott; ihre Hände fummelten nervös am Griff ihrer Handtasche. Sie lächelte schüchtern und schief, als Grünsucher sie ansah. »Wie fühlen Sie sich? Ich bin so froh, daß Sie nicht mit dem Haus untergegangen sind. Das wäre zu schrecklich gewesen. Ich wollte nur kommen und . . .«

Der Arzt bedachte sie mit einem »nicht jetzt«-Blick, und sie verstummte.

»Wer . . .« Grünsucher lag noch immer im Kampf mit seinen Erinnerungssplittern. »Wer . . . hat mich herausgezogen?«

»Der große Herr«, antwortete Mrs. Abbott. »Mit der dunklen Brille. Er sagte, er sei ein Freund von Ihnen.«

Manning. Demnach war er jetzt wo . . .? Denn wo er jetzt war, mußte auch . . .

»Er gab mir das hier für Sie«, sagte Mrs. Abbott und hielt ihm ein regenbogenartiges Stoffband hin. »Ich weiß nicht, was es bedeutet. Es macht einen komischen Eindruck . . .«

»Nicht ganz so komisch«, erwiderte Grünsucher. »Es gehört mir . . . gute Frau.«

»Das stimmt«, sagte Burnett. »Wir haben Ihre Familie nicht gefunden. Ist sie bei Ihnen? Vielleicht im Wohnwagen?«

Grünsucher blockte alle weiteren Fragen ab, indem er sagte: »Sie sind bei Freunden.«

»Oh.« Burnett klang nicht ganz überzeugt, aber Grünsucher wußte kein Mittel dagegen. Vielleicht fragte sich der Arzt, woher ein Mann, der von nirgendwo gekommen war, plötzlich Freunde hatte. Aber wenn die Freunde *gemeinsam mit einem* von nirgendwo gekommen waren . . .

»Sie müssen verstehen«, sagte Burnett, »daß ich versucht habe, mir vorzustellen, weswegen Sie so besessen waren, in das Haus zu gehen . . . als hätten Sie befürchtet, daß sich noch jemand darin aufhielt.«

Er glaubte ihm immer noch nicht. Aber wie dem auch sein mochte; Grünsucher hatte zu große Schmerzen, um sich weitere

Lügen auszudenken; mochten der Arzt und alle übrigen doch denken, was sie wollten.

»Nicht jemand, etwas«, sagte er. »Wir besitzen nicht allzu viel. Ich wollte mich nur vergewissern, daß wir nichts Wertvolles darin zurückgelassen hatten.«

»Kann es sein, daß etwas wertvoller als Ihr Leben war?«

Grünsucher machte den Versuch, sich zu erheben, und verzog das Gesicht zu einer schmerzlichen Grimasse. »Ich habe . . . nicht so darüber nachgedacht. Ich . . . Ich habe gestern jedem Mitglied meiner Familie ein Geschenk gekauft, und die Sachen haben ihnen sehr gefallen.«

»Und sind sie in Sicherheit?« fragte Mrs. Abbott.

»In Sicherheit?«

»Diese Geschenke.«

»O ja. Dieses Band ist von einem Kleid, das meiner Frau gehört.«

»Dann ist es ja ein Glück, daß dieser Herr es gefunden hat«, sagte Mrs. Abbott. »Sonst wäre das Kleid vielleicht nicht mehr so hübsch gewesen.«

»Ja, Glück«, erwiderte Grünsucher. »Er hat nicht gesagt . . . wo ich ihn finden kann? Um ihm zu danken.«

»Er sagte, er würde in den Wald zurückgehen«, erwiderte Burnett.

»Nein«, warf Mrs. Abbott ein. »Das hat er eigentlich nicht genau gesagt. Er hat es ziemlich poetisch ausgedrückt, fand ich. Er sagte, die Bäume riefen.«

Ein weiteres Rätsel, wortgetreu überliefert.

Grünsucher hätte eben jetzt einfache Antworten vorgezogen; und wenn er sie schon nicht bekommen sollte, hätte er lieber weniger Gesellschaft gehabt.

Die Zuschauermenge begann sich aufzulösen; entweder, weil es kein Blut zu sehen gab, oder weil das Schauspiel vorbei war; oder aus beiden Gründen.

Aber Grünsucher hatte die Gesellschaft näher bei sich im Auge gehabt. Im Endeffekt traute er *niemandem*.

Alle, die er antraf, schienen mehr oder weniger als er zu wissen; sie waren entweder außerhalb seiner Reichweite, oder sie verstanden ihn nicht. Er sehnte sich nach der Klarheit und

Einfachheit der Gezeitenlinie, an der man bekam, was man sah, und an der das Geräusch der Brandung alle Gedankengänge untermalte.

Die Bäume rufen. Wie sollte er darauf antworten, wenn er den Wald vor lauter Bäumen nicht sah?

Meinte Manning die entlaubten Bäume von Tollard oder die gefällten Bäume, die Mrs. Abbott erwähnt hatte? Oder die Bäume, die Hochbaums Lager schützten? Der Möglichkeiten waren so viele, daß das Ergebnis Verwirrung war.

Grünsucher machte versuchsweise einige Schritte. Der Schmerz lag ihm wie ein Sack voll scharfkantiger Steine über Schultern und Nacken, aber er konnte sich gut bewegen.

Vielleicht hätte er Burnett gegenüber von den anderen Sachen berichten sollen, die verschwunden waren, aber er hatte wirklich nicht die geringste Lust dazu. Außerdem wurde er das Gefühl nicht los, daß die ganze Angelegenheit für den Arzt weniger rätselhaft als für ihn war. Und das, so fand er, war für ihn ein ausreichender Grund, sich seinen Rat zu sparen.

»Also . . . vielen Dank auch, daß Sie sich um mich gekümmert haben«, sagte er.

Er kramte in seiner Hosentasche, fand ein Stück Papier, das nicht dorthin gehörte, und ließ es dort. Dann holte er den Schlüssel zu Burnetts Haus hervor und reichte ihn ihm.

»Ich werde ihn wohl nicht mehr brauchen«, sagte er.

Burnett nahm ihn an und drehte ihn in der Hand. »Ich auch nicht.« Er warf den Schlüssel ins Meer, den Trümmerresten hinterher.

»Dann bleibt mir nur noch, auf Wiedersehen zu sagen«, sagte Grünsucher. »Oder zumindest *au revoir.* Vielleicht kommen wir irgendwann hierhin zurück.«

Obwohl im Augenblick das »wir« ebenso unwahrscheinlich wie das »irgendwann« zu sein schien.

Hier oben auf den Klippen würde er gewiß keine Erholung mehr suchen, weil die Leute kein Mitgefühl für Krankheiten hatten. Und sein Motiv bestand auch nicht mehr – indem Mrs. Abbott wiedergekehrt war –, obwohl er sich in bezug auf sie eher irregeleitet als töricht vorkam. Er hatte den Verdacht, getäuscht worden zu sein; wie er auch Burnett verdächtigte, mehr zu wissen, als er zu wissen vorgab.

Aber wenn er wirklich irregeführt – oder besser gesagt, in die Richtung geführt wurde, die ein anderer vorschrieb ... wie lange ging das schon so? Er konnte Hochbaum verdächtigen, aber Manning kannte er schon länger. Manning kannte er schon so lange, daß er sich kaum noch an die Zeit erinnern konnte, als er noch nicht von ihm verfolgt worden war.

Und welches Bild ergab sich daraus? Wo lag der Anfang?

Wo das Ende?

Das Papier in seiner Tasche ... bestimmt hatte es Manning hineinpraktiziert, als er ihn in Sicherheit gebracht hatte. Ein weiteres vielfach auslegbares Meisterstück.

Im Caravan zog er den Zettel hervor und glättete ihn.

Darauf stand:

WO EISEN EINST FLOG, STEHT JETZT ES ALS TRUTZ
DEM STEINE VOR FREMDER GIER ZUM SCHUTZ

Und das war beinahe leicht zu deuten.

★

Grünsucher hätte eine direktere Route ins Landesinnere nach Canterton Glen im Windschatten der Fritham Plain nehmen können, aber da war noch eine Angelegenheit, an die er denken mußte.

Von Barton aus fuhr er durch New Milton, Bashley, Wootton, und bog bei Holmsly Station auf die malerische Lyndhurst-Straße.

Es schien, als sei der Tag ausgefüllt gewesen; aber in Wahrheit hatten die Aktivitäten und Enthüllungen nur wenig Zeit in Anspruch genommen. Es war eben Mittag vorbei, und das ließ ihm noch einige Stunden Tageslicht ... Licht, das ihm erlauben würde, gewisse historische Fakten zu rekapitulieren und dort hinzukommen, wo er hin wollte.

Er fuhr die graue Straße nach Vinney Ridge hinauf, an der Umzäunung vorbei, die Knightwood umgab, weiter durch eine sumpfige Heidelandschaft, in der nur kränklich wirkende Weißbirken zu wachsen versuchten, und zurück zwischen Eichen hindurch, die so alt wie die Schöpfung selbst wirkten. Er fuhr talwärts nach Swan Green mit seiner atemberaubenden Idylle weiß gedeckter Landhäuser, erlaubte sich einen Umweg an Queen's House vorbei, nahm dann die Einbahnstraße durch Lyndhurst und bog nach rechts auf die Catnam Road ein.

Die Straße verlief schnurgerade, aber ihr wellenförmiges Auf und Ab ließ den Horizont näher erscheinen, als er war.

Er achtete auf die Ausfahrt nach Minstead. Als er sie erreicht hatte, mußte er seine Fahrt der fetten, wildäugigen Rinder und übelgelaunten Schweine wegen verlangsamen, die in dieser Ecke des Waldes zum Landschafts- und Straßenbild gehörten.

Er fuhr durch das kleine, abgelegene Dorf, das Arthur Conan Doyle in *The White Company* berühmt gemacht hatte, und nahm sich die Zeit, einen Blick auf die oben gelegene Kirche zu werfen, in der jener alte Ritter unter einem schlichten keltischen Kreuz lag.

»Die Klinge aus verläßlichem Stahl erhoben«, wußte die Legende über ihn zu berichten; und das wäre auch das Rechte für Grünsucher in dieser Situation gewesen.

Denn bald würde die Sache ihren Anfang nehmen.

Die Straße wand sich weiter, bergab den Hügelkamm entlang, der den Wald geographisch und bevölkerungsmäßig teilte und einem Mann auf der Flucht geholfen hatte.

Grünsucher fuhr in eine schattige Zone, zwischen Ulmen und Kastanienbäumen, deren Wipfel sich über der Straße trafen. Im Sommer wäre der fleckige Baldachin grün gewesen, aber jetzt, gegen Ende Oktober, zeigte sich das blanke Geäst, und die Farben waren trübsinnig.

Um eine Rast einzulegen, hielt er neben einem Schild an, das mit »Malwood Lodge« beschriftet war.

Vor einiger Zeit, als er die Geschichte nur nacherlebt und begierig jede ihrer Einzelheiten verschlungen hatte, war er einem engen Weg gefolgt, der zu einem verfallenden Gebäude aus rotem Backstein führte; der Villa eines Landbesitzers im neunzehnten Jahrhundert; bei seinem Besuch war sie allerdings in unpassender Weise belebt gewesen: ausgelassen spielende

Kinder, Männer, die geschäftig über ihre fast schrottreifen Wagen gebeugt hantierten, und Frauen, die sich mit schrillen Stimmen stritten. Ein deplaziertes Wohnhaus in den dichten Wald versetzt; und er war den Weg wieder zurückgefahren; von Abscheu geschüttelt und krank vor Enttäuschung.

Er war auf der Suche nach Erinnerungen in Castle Malwood gewesen – das in späteren Berichten verherrlicht worden war; aber es war immerhin das Jagdschloß gewesen, in dem König William II. von England, Rufus der Rote, die letzte Nacht seines Lebens verbracht hatte.

Es war nichts als ein Burgwall mit Schutzmauer gewesen; nicht mehr als ein Graben, um den Feind abzuschrecken, und ein geflochtenes Dach über dem königlichen Haupt; nicht, daß sich der Graben als wirksam erwiesen hätte, denn die Feinde waren schon im Inneren gewesen; hatten Wein und Flechtdach mit ihrem Opfer geteilt.

Grünsucher hatte gehofft, nach beinahe neunhundert Jahren zumindest noch einige Regelmäßigkeiten in der Landschaft zu finden – wenn es auch nur ein grasbedeckter Mound gewesen wäre –, irgend etwas, aber keine typische Mietskaserne, die Anachronismen auf Anachronismen häufte.

Also hatte er sich mit einem Einheimischen besprochen, der ihn auf die andere Seite der von Baumkronen überschatteten Straße verwiesen hatte – zu einem Southern-Electricity-Zaun, der Spaziergänger und Historiker ausschloß.

Und Castle Malwood? Es war aus der Sicht ... aber nicht aus dem Sinn.

Einen Weg ähnlich diesem waren gegen Ende Juli des Jahres elfhundert A. D. neun Gefolgsleute und eine unbekannte Anzahl Söldner gekommen ... die Getreuen und Gedungenen der höfischen Jagdgesellschaft.

Da war William Rufus, knapp über vierzig, kleinwüchsig und stämmig, hochrotes Gesicht – gehaßt von der Kirche, weil er sie bei ihrem eigenen Söldnerspiel übertrumpft hatte; gehaßt von seinem jüngeren Bruder Henry, dem der Umstand, daß er noch immer lebte, den Weg zum Thron versperrte. Dann Henry selbst, der Tatsache bewußt, daß bei einem gewaltsamen Griff nach der Krone seine Aussichten auf Erfolg augenblicklich verzweifelt gering waren ... sein älterer Bruder war mit Sybil von Conversano so gut wie verheiratet, bündnismäßig in einer starken Position und nicht mehr lange von England abwesend. Robert Fitzhamon, der vielleicht älteste und engste Freund des Königs. Earl Gilbert de Clare, sein Bruder, Roger, und ihr gemeinsamer Schwager, Walter Tirel von Poix, oder auch »Tyrrell«, wie ihn spätere Historiker nennen sollten. Die Clares waren Freunde des Königs, aber noch engere Freunde Henrys. Walter war, in den Worten des mittelalterlichen Historikers Geoffrey von Gainmar ausgedrückt, ein »Fremder am Hof«.

Da waren da noch die normannischen Barone Gilbert de Laigle, William de Montfichet und William von Breteul, Verwalter des Schatzes und der Kronjuwelen in Winchester.

In der Nacht des ersten August erwachte Rufus durch einen Schrei. Vielleicht hatte er einen Traum gehabt – spätere Chronisten überboten sich darin, von Blut und Sühne und dem heiligen Moment himmlischer Vergeltung zu reden – aber ob er Alpträume hatte oder nicht, er war krank. Er verbrachte den größten Teil der Nacht im Sitzen und blieb am Morgen weit länger im Bett als gewöhnlich.

Irgendwann im Verlauf des Vormittags kam Robert Fitzhamon und berichtete ihm, daß ein Mönch warte, der ihm unbedingt von einem Warntraum berichten wolle.

»Er träumt für Geld«, erwiderte William der Überlieferung nach, »so ist es die Art der Mönche. Sagt ihm, er solle sich trollen ... und gebt ihm hundert Schilling.«

Gegen Mittag fühlte sich der König wieder so wohl, daß er seine Bereitschaft erklärte, »geschäftliche Angelegenheiten« zu besprechen. Am Nachmittag führte er ein längeres Gespräch mit Walter Tirel über auswärtige Angelegenheiten.

Gegen vier Uhr kehrte Rufus' Appetit zurück, und er setzte sich zu einem Mahl zu Tisch und verzehrte es und trank dazu mehr als gewöhnlich.

Als er die Mahlzeit beendet hatte, und der Tag sich einem milden Augustabend mit linden Lüftchen und noch sommerlicher Temperatur zuneigte, ermahnte Robert Fitzhamon den König, an diesem Tag von der Jagd abzusehen. Andere Mitglieder der Gesellschaft warteten laut Geoffrey von Gainmar bereits im Hof und murrten über die Unschlüssigkeit des Königs.

Letzten Endes entschied man sich für die Jagd. Und weil nur noch zwei Stunden ausreichendes Tageslicht zur Verfügung standen, jagten sie in der Umgebung des Schlößchens.

Noch vor sieben Uhr gelangten sie an die Paßstraße nach Canterton Glen. Während die übrigen verschiedene Stellen aufsuchten, die ihnen die Jäger ausgekundschaftet hatten, bezogen Rufus und Walter Tirel (wie William von Malmesbury berichtet) ihre Standorte zu beiden Seiten eines Wäldchens, das später als Stricknage bekanntwerden sollte.

Im königlichen Köcher befanden sich vier Pfeile, die ihm eben von einem Waffenmeister gebracht worden waren. Zwei davon – sie waren von derselben Art – überreichte der König Tirel; es waren »die besten Pfeile für den besten Schuß«.

Dem König war fraglos die beste Schußposition zugestanden worden, und er hatte sie bezogen, den Langbogen gespannt, den Diener neben sich, bevor die Treiber mit ihrer Arbeit begannen und sich in einer gekrümmten Linie vom Norden des Tales her näherten.

Die Sonne versank über Fritham Plain, als ein Hirsch auf eine Lichtung brach und sich für eine Flucht in südlicher Richtung entschied. Der König schoß und traf den Hirsch mit seinem Pfeil, aber der setzte seine hohe Flucht fort. Tirel ließ seinerseits einen Pfeil von der Sehne und sah wie er den Rücken des Tieres (nach Ordericus Vitalis*), aber den weiteren Flug des Pfeiles konnte er nicht verfolgen.

Erst als ihn der Aufschrei des königlichen Jagdgehilfen dazu gebracht hatte, herbeizueilen, mußte er feststellen, daß ein Pfeil von der Art wie seine beiden den König getötet hatte.

Es wurde Anklage erhoben – ob sie auf Mord oder Unachtsamkeit lautete, war in bezug auf die Folgen für Tirel völlig unerheblich – und der Prima-facie-Beweis war überwältigend.

*) Normannischer Geschichtsschreiber 1075 bis nach 1143. Hauptwerk: »Historia ecclesiastica«, 13bändige Geschichte des Klosters von Saint Évroul-en-Ouche und der Normandie, Englands, Süditaliens und des Heiligen Landes. (Anm. d. Übers.)

Wo ein Tötung stattgefunden hatte, konnte es eine weitere geben ... Tote Männer lügen nicht; aber andererseits können sie auch schlecht die Wahrheit sagen. Unter den gegebenen Umständen konnte sich Tirel ausmalen, daß ihm das Leugnen einer Absicht übler bekommen wäre als das Eingeständnis seiner Schuld. So beschloß er rasch, daß es für ihn weit gesünder war, wenn er seine Zweifel und seine Unschuld vom sicheren Hort seines eigenen Landes aus beteuerte.

Er schwang sich aufs Pferd und jagte den Hügelpaß entlang in Richtung Küste, überquerte den Fluß Avon an einer Stelle, die später als Tyrrells Ford bekanntwerden würde, und fand für jene Nacht zum zweiten August eine heilige Zuflucht in Flambards neu erbauter Christchurch-Priorei (vielleicht).

Er war noch immer damit beschäftigt, sich von der Schuld reinzuwaschen, als er dreißig Jahre später auf dem Totenbett lag.

Aber von all jenen Schlüsselfiguren, folgerte Grünsucher, als er seinen Wagenmotor hier im Dunst des Tages im Dunst des zweiten Jahrtausends A. D. drosselte, *hatte Walter Tirel am wenigsten zu gewinnen*. Bei günstigster Betrachtungsweise war er Strohmann bei einem Meuchelmord; im schlimmsten der Todesschütze für Henry.

Wo Eisen einst flog, steht jetzt es als Trutz
Dem Steine vor fremder Gier zum Schutz

Das hier war Canterton Glen; so sicher, als stünde der Name auf der Landkarte; und Canterton Glen war einfach nur die andere Seite der heutigen Paßstraße, der Autostraße M 27. Aber das Tal zu durchqueren war ein anderes Problem.

Grünsucher war nicht mit modernen Abzweigungen vertraut. Früher, als die Straße einfach A 31 geheißen hatte, hätte er die Minsted-Straße nach Malwood erreichen können, indem er auf den Mittelstreifen des zweispurigen Fahrwegs gefahren wäre, gewendet hätte und auf der nach Osten führenden Spur nochmals knapp zweihundert Meter nach Stoney Cross gefahren wäre.

Jetzt würde er möglicherweise noch zehn Meilen bis zur Salisbury-Abfahrt in der Nähe von Ringwood fahren müssen, bevor er die Seiten wechseln konnte.

Er würde sich fast besser stehen, wenn er bis Minstead zurückführe und sich bis Cadnam durchschlüge – dort *mußte* es noch einen Rest der alten Straße geben, in der Nähe von Sir John Barleycorn.

Vor neunhundert Jahren hatte der Fortschritt nur gradlinig stattgefunden. So fuhr er und manövrierte und kam an sein Ziel; und der Sonnenuntergang war fortgeschrittener, als ihn Rufus an jenem Abend noch erlebt hätte, und die ganze Straße war so rot wie vergossenes Blut.

Grünsucher war so damit beschäftigt gewesen, sich die Geschichte in Erinnerung zu rufen und seinen Weg zu finden, daß er eine Weile nicht mehr daran gedacht hatte, was er möglicherweise bei Rufus Stone vorfinden würde.

Das mochte noch einen anderen Grund haben – vorübergehend hatte er nicht daran geglaubt, daß das Ende seiner Jagd so einfach sein würde. Er hatte seinen Kopf also für andere Möglichkeiten offengehalten . . . und dann mit anderen Dingen erfüllt.

So kam es, daß er jetzt, als er die im Abendrot erglühende Lichtung mit den Augen absuchte und keine Familie erblickte, keinen Manning und auch sonst kein Anzeichen von Belebtheit, nicht überrascht war. Vielleicht war es schlecht, aber nur insofern, als er jetzt keine Anhaltspunkte mehr besaß.

Diese Erkenntnis ließ ihn die Umgebung gründlicher in Augenschein nehmen, denn Manning hatte Grünsucher bisher bei all seinen gründlichen Doppelsinnigkeiten noch in keinem Stadium ohne Mitteilung gelassen.

Und da sah er, daß das Tal nicht *ganz* ohne Hinweise war. Auf der Schattenseite eines Feldsteins saß eine Puppe auf dem Boden; eine Puppe, die Satin niemals aus eigenem Antrieb zurückgelassen hätte. Ein an ihr Kleidchen gehefteter Zettel besagte lediglich:

»Noch nicht.«

★

Was noch nicht? War es noch zu früh für die Suche nach ihnen? Für die Konfrontation? Oder für . . . Canterton Glen?

Ein Frösteln überlief Grünsucher; und es hing nicht mit dem Einbrechen der Dunkelheit zusammen. Sein Gedächtnis funktionierte sogar besser, als er es sich gewünscht hätte.

Denn es gab noch eine andere Lesart des Todes ... eine, die mit der phantastischen Vorstellung verbunden war, daß die Eiche, an der Rufus hingestürzt war, an jedem Heiligabend blühte, und daß sich die Wasser des Ocknell Pond an jedem zweiten August von Blut rot färbten; eine geschichtliche Variante, die besonders von den Hexen und Hexern bevorzugt wurde; der Juanita Berlin Glauben geschenkt hatte, die durch Margaret Murray salonfähig gemacht worden war, und die Hugh Ross Williamson mit wissenschaftlichem Aplomb versehen hatte. Sie lautete wie folgt.

Hexen und abergläubische Landbewohner behaupteten, der Tod Rufus' sei die Erfüllung eines Rituals gewesen; er habe gewußt, was ihm bevorstand, und sei bereit gewesen, es auf sich zu nehmen.

Und die »Träume« des Königs und des Geistlichen waren nur Versuche gewesen, dem Fall den Anstrich eines himmlischen Urteilsspruchs zu geben.

In Rufus' Tagen war die dualistische Häresie* weit verbreitet gewesen. Sie war nicht so böse, daß sie in direktem Widerspruch zum christlichen Glauben gestanden hätte. Beide verehrten ausdrücklich das Gute in seiner höchsten Form; aber während das Christentum den Kreuzestod Christi als vollkommenes und wirksames Sühneopfer begriff, das dem Guten zum endgültigen Sieg verholfen hatte, deuteten die Dualisten den kosmischen Prozeß als ewigen Kampf zwischen Gut und Böse, in dem das Opfer routinemäßig wiederholt wurde, um den Triumph des Guten anschaulich zu machen.

Das Opfer war der Teufel, und Rufus war »Teufel« durch seine Position, durch seine roten Haare, durch seinen Ruf, und – an diesem Erntefestmorgen in diesem bedeutungsvollen Jahr elfhundert – durch Ort und Zeit.

* Dualistische Häresie; gnostische Sekten; hauptsächlich die Bogomilen, Katharer, Albigenser und Waldenser. Diese »Sekten« deuteten den Kreuzestod Christi um und begriffen den Christengott Jahwe als »Demiurgen«, dessen Schöpfung minderwertig und nachgeäfft ist. (Anm. d. Übers.)

Das Datum ging weiter zurück, als irgendein normannischer Hof im Streit mit den wichtigsten Festen der Alten Religion im Streit lag; es drehte sich in einem Mai-November-Zyklus, erster Mai, erster August, erster/zweiter November, zweiter Februar; eine Einteilung, die nicht von Jahreszeiten oder Sonnwenden abhing, sondern von den Aktivitäten Des Tieres.

Am November-Sabbat des Jahres eintausendneunundneunzig strömte eine mächtige Flutwelle die Themse hoch, schwemmte Häuser und Dörfer davon; ersäufte Mensch und Tier. Schon sah man das Ende des Jahrhunderts mit abergläubischer Furcht nahen; das Böse wurde im Domesday Book* mit dem Drachen aus dem Meer personifiziert.

Im Mai elfhundert wurde Rufus' Neffe Richard in New Forest** getötet. Am nächsten Sabbat – dem ersten August – erwartete man Rufus' Tod.

Und hier saß Grünsucher, krank und zitternd, am Tag des November-Sabbat, an einen im Mittelalter geheiligten Ort zitiert, und hatte eine Notiz vorgefunden, die »Noch nicht« gelautet hatte.

Ging seine Phantasie mit ihm durch?

Er konnte nicht erkennen, wie Sängerin und Satin in den kosmischen Kontext eingebunden sein sollten; welcher seiner Gegner auf ein derart bizarres Ereignis zurückgreifen würde; wo in dieser Sache das Gute und das Böse stehen mochten.

Aber morgen war der erste November. Und Sängerin hatte gewiß rote Haare.

Er hatte nicht die Kraft, sich vom Fleck zu rühren, und hätte auch nicht gewußt, wohin er gehen sollte.

Er konnte versuchen, Hochbaum zu finden – zumindest kannte er dessen Aufenthaltsort –, aber er wußte nicht sicher, ob

* Domesday Book (»Gerichtstagebuch«). Beschreibung Englands aus dem 11. Jahrhundert. Bestandsaufnahme der Grafschaften (shires) mit Besitzerverzeichnis. (Anm. d. Übers.)

** New Forest (»Neuer Wald«). Eine der dichtest bewaldeten Regionen Englands, südwestlich von Hampshire. Im Domesday Book (siehe vorherige Anmerkung) erwähnt; Jagdgrund westsächsischer Könige; 1079 unter forest laws (Waldgesetzen) durch Wilhelm den Eroberer. Der Tod zweier Söhne Wilhelms in New Forest wurde als himmlische Vergeltung seiner Aneignung des Waldes aufgefaßt. (Anm. d. Übers.)

er für die ganze Geschichte verantwortlich war. Seine Befragung würde Grünsucher zwingen, diesen Ort zu verlassen; aber es mochte das beste sein, wenn er hier bliebe.

Inzwischen schrieb ihm die Dunkelheit vor, was er zu tun hatte – er wäre nicht einmal mehr sicher gewesen, das Schloß zu finden –, und eine größere Finsternis klärte alle Fragen, wo er ruhen sollte.

Er hatte die Puppe, und er hielt seinen Caravan für eine sichere Unterkunft in der Nacht. Aber er fand keinen Trost darin.

★

Dann kam der erste November. Grünsucher wußte nicht, wieviel Zeit zwischen ihm und diesem finsteren Zweck lag . . . der Erfüllung des Planes, den ein anderer mit seiner Familie hatte.

Er konnte sich mit ziemlicher Sicherheit darauf verlassen, daß der Sonnenuntergang das Einleitungssignal für die Zeit der finsteren Taten war. Jetzt wagte er nicht, abzuwarten, bis die Sonne ganz aufgegangen war, obwohl er es leichter gehabt hätte, die Merkmale der Landschaft zu erkennen. Er würde so weit wie möglich fahren, und hoffte, das zunehmende Tageslicht würde ihm die Orientierung erleichtern.

Er stellte den Motor an und startete den Wagen. Langsam fuhr er in nördlicher Richtung, um nichts zu übersehen. Er begegnete auf den engen aufgeschütteten Straßen nach Brook keinem anderen Wagen; kurz vor Bramshaw fuhr er den Bramble Hill hoch, um an die Gabelung nach Downton beziehungsweise Fordingbridge zu gelangen.

Er bog nach links in Richtung Fordingbridge ab und fuhr durch eine Landschaft, deren Kalksteinrippen häufiger zutage traten, als sie im Erdreich verborgen waren.

Zu seiner Rechten, bei Godshill, wandelte sich die Gegend rasch, und Miniaturtäler erstreckten sich vor seinen Augen, die ihn an die Senken der Olivenhaine erinnerten, die er vor Jahren entlang der sonnenreichen ligurischen Straße gesehen hatte.

Fordingbridge war kaum belebt, als er es passierte, aber auch am Mittag würde es kaum belebter sein. Sandleheath wäre ein ärmliches Schauspiel gewesen, selbst wenn er es darauf angelegt hätte, es zu genießen. Damerham lag hinter ihm, ehe er es bemerkte, und die Straße erlaubte ihm nur den Anblick auf einen kleinen Winkel des mittelalterlichen Cranborne.

Bei dem zur Regency-Zeit aus roten Ziegeln erbauten Creech House nahm er die B 3081 in Richtung Cranborne Chase.

Auf der Anhöhe lag ein Hauch Frost, und die Sonne sprühte Feuer und schuf Wunder aus bereiften Ackerfurchen.

Als er in den Rückspiegel sah, erblickte er das Ölgemälde, das mit dem fortschreitenden Tag hinter ihm entstand, aber er hatte nur Gedanken für jene, die nicht bei ihm waren, um den Anblick mit ihm zu genießen.

Sixpenny Handley lag friedhofsstill dort. Auf den Weiden dahinter spürten Kühe ihre Milch, und kapuzentragende Krähen versammelten sich zur Morgenkonferenz.

Ein Arbeitsfrühstück für Vögel, und dann – ein paar Felder weiter – ein Arbeitslunch . . . Die Arbeit eine Vorspiegelung, die Frühstücke eine Realität. Und häufige Abstecher an die Straßenränder, um nachzusehen, welche Kadaver der rasende Autoverkehr hinterlassen hatte.

Grünsucher fuhr bergab zu der buchengesäumten Straße nach Tollard Royal.

Die Bäume waren noch genauso kahl, wie sie es vor einigen wenigen kurzen Wochen gewesen waren; aber jetzt wirkten sie natürlich; und auch das Laub, unordentlich über Wiesen und Felder ausgebreitet, ließ nur noch auf einen gewöhnlichen Herbst schließen.

Etwas war mit Tollard gewesen . . . nicht der Blätterfall; nicht die Menschen . . . ein Fund.

Grünsucher nahm eine Hand vom Steuerrad, durchsuchte den Kram auf dem Armaturenbrett und fand das Stück Polyäthylen-Folie mit dem Aufdruck »2, 4, 5T Conc.«.

Der hier über Nacht hereingebrochene Herbst war künstlich bewerkstelligt worden, und hier war das Indiz, wie man es geschafft hatte . . . Den Windmühlen hoch oben auf dem Hügel anvertraut und mit der Wirksamkeit eines Aerosols über die Bäume im Tal geblasen.

Zum ersten Mal richtete Grünsucher den Blick nach oben.

Die Windmühlen waren fort.

Er hatte nicht die Zeit, über diese Tatsache nachzudenken, weil das Dorf vor ihm lag, und dann die scharfe Kurve an dem Weiher vorbei, die die Straße von den Häusern entfernte und wieder die Hügel hochführte.

Als er dem Dorf den Rücken zukehrte und bergauf fuhr, drehte er ein Fenster hinunter, um zu sehen, ob die Realität unverändert war, oder ob etwa Die Stimme zurückgekehrt war.

Er mochte sich sogar wünschen, Sängerin zu hören.

Außer, sie würde singen: »Noch nicht.«

Und genau das sang sie. »Noch nicht.«

Wieder und wieder.

Er würgte den Motor ab, und die Botschaft war außerhalb seines Kopfes; dessen war er sicher.

Sie gehörte zu den Bäumen und zu einer Vergangenheit, die, obwohl noch nicht lange her, durch Bedeutung und Vielzahl der Ereignisse bereits verblaßt war.

Auf seiner Flucht mit der Frau und den Kindern war er unterwegs auf die Straße gestoßen. Demnach begann der Weg zum Schloß nicht an der Straße – er mußte irgendwo hinter diesen Hügeln liegen, aber nicht außer Rufweite.

Er grub seine Zehen in den Rasen und klomm den Hang empor. Er war schneller bei der Burg angelangt, als er es in seiner Erinnerung bei seinem ersten Besuch geschafft hatte; aber obwohl die Stimme seiner Geliebten noch immer zu hören war, war das Rapunzel-Fenster über der großen Tür leer.

Mit seinem ganzen Körpergewicht lehnte er sich gegen den Türklopfer und stellte fest, daß sich die Tür leicht öffnen ließ. Er eilte die hallende Treppe hoch und untersuchte den ersten Stock und fand ihn menschenleer.

Er trat an ein Fenster im darüberliegenden Stockwerk und hatte einen Ausblick auf den Weg, den er gekommen war; die Szene, die Sängerin betrachtet hatte. Als er den Raum verließ, bemerkte er, daß er die Arme hielt, als trüge er Sängerin im festen Halt seiner Erinnerung; und ein feiner, vertrauter Wohlgeruch stieg ihm in die Nase.

Auch das Zimmer Satins war leer.

Bens Zimmer ebenso; außer . . . Ein Gegenstand lag auf dem Tisch; rechteckig und real.

Grünsucher wußte, bevor er es überprüfte, daß es sich um das Buch handelte, das er ihm gekauft hatte. Es war auf der Seite aufgeschlagen, die Ben vermutlich gelesen hatte.

Dafür, daß das Buch hier lag, konnte es eine Erklärung geben, die er nicht fand – oder es hatte überhaupt keinen Grund –, einen Hinweis darauf, daß ihm die Entführer voraus waren; eine Aufforderung, weiterzusuchen.

Er hatte die Puppe, er hatte das Buch. Aber wo, in Gottes Namen, würde er einen Hinweis auf den Aufenthalt Sängerins finden?

Er benötigte nur ein paar Minuten, bis er wußte, daß Wolf Hochbaum mit allem, das einen Hinweis auf seine Verrücktheit liefern konnte, verschwunden war. Alles außer dem Tonband mit der Endlosschleife, das die Botschaft Sängerins ertönen lassen würde, bis der Strom ausfiele oder die Notwendigkeit entfiele.

Und wenn Hochbaum sein Hauptquartier aufgegeben hatte, wo würde ihn jetzt die Suche nach dem Kontrolleur hinführen?

Wenn er diese Orte zu Beginn unter den jetzigen Umständen vorgefunden hätte, würden sie ihn nicht geschreckt und davon abgehalten haben, seinen Weg unbeirrt fortzusetzen. Aber sie jetzt in ihrer ganzen Alltäglichkeit zu sehen, war grausiger als jede Verrücktheit.

Nicht ganz alltäglich. Er durfte nicht vergessen, daß die Spur für ihn gelegt worden war. Die Puppe beim Rufus Stone, das Buch in Bens altem Zimmer. Die Spur führte irgendwohin, und wenn auch nur im Kreis. Aber ein Kreis hatte kein Ende, und die Spur mußte irgendwo zu Ende sein, um überhaupt einen Sinn zu haben.

Er ging zu der Straße zurück. Mehr als eine Meile mußte er bergauf fahren, bevor er eine Einfahrt zu einer Farm fand, mit deren Hilfe er wenden konnte.

Dann fuhr er mit hoher Geschwindigkeit durch Tollard; der Kopfsteinpflasterstreifen in der Mitte der engen Straße ließ das Lenkrad unter seinen Händen erbeben.

Er verlangsamte die Fahrt in der Kurve, um zu verhindern, daß sein Caravan in ein überhängendes Strohdach fuhr . . . dann hielt er vollends an, weil ihm am Weiher leuchtende Farben in die Augen sprangen.

Der Tauchstuhl war noch vorhanden; der Stuhl selbst unter die trübe Wasseroberfläche gesenkt. Und an dieser Stelle konnte Grünsucher die Farben lokalisieren; ein Treiben, ein Wirbeln regenbogenfarbener Schleier.

Er eilte zu dem Balken, der als Hebel für das Gerät übers Wasser ragte, stützte sein Gewicht darauf und sah den leeren Sitz aus dem Wasser emporsteigen.

Gott sei Dank; es saß niemand darauf; verurteilt und gerichtet. Aber jemand hatte viel Mühe darauf verwandt, Sängerins Kleid um das Holz zu knüpfen.

Einmal mehr watete Grünsucher in den Teich. Er befreite den Stoff. Einmal mehr mühte er sich an Land, die Arme vor sich gekrümmt, und in ihnen hielt er, wovon er träumte.

Inzwischen hatte er sich daran gewöhnt, unterwegs keine Menschen anzutreffen. Aber irgendwo mußten die Leute sein. Auch Sängerin und Satin und Ben und Hochbaum und Manning und die Schlüssel zu diesem erstarrten Chaos – irgendwo mußten sie sein.

★

Dort stand ein Gasthaus.

Grünsucher, der dieselbe Route zurück über die Hügel und zum waldbestandenen Plateau des Kreidefelsens hinaufgefahren war, hatte nach einem Ort Ausschau gehalten, an dem er ein wenig nachdenken konnte; einen Ort, an dem er sich inmitten vieler anderer sicher fühlen und vielleicht eine geflüsterte Botschaft aufschnappen konnte.

Und natürlich war er beim Sir-Walter-Tyrrell-Gasthof knapp nördlich von Canterton gelandet; mit traditionsträchtigem Namen und umsatzträchtiger Jukebox.

Solche Plumpheiten verabscheute er, aber möglicherweise war Plumpheit der Schlüssel zu allem. Man spielte mit ihm auf einer bestimmten Ebene, und vielleicht war die Idee zu diesem Spiel gar nicht so mystisch, wie er sie gerne sähe.

Manning wußte, daß er Geld besaß, weil der Mann selbst Zeuge gewesen war, wie er es verdient hatte . . . Er war sogar Nutznießer gewesen, indem er seine Aktivitäten beobachtet hatte; er war sogar so weit gegangen, ihn einen Talisman zu nennen.

Die Lenkung zum Rufus Stone konnte nur deswegen ausgewählt worden sein, damit er die weitere Notiz fand – und das »noch nicht« konnte einfach nur bedeuten, daß sie noch nicht ganz bereit waren, ihre Forderung zu stellen, und daß er noch ein wenig herumfahren mußte.

Nun, jetzt blieb ihm nur noch übrig, zurückzufahren. Das Lokal war noch nicht geöffnet, und er hatte noch genug Zeit für die Fahrt.

Aus Angst, in einen Hinterhalt zu geraten, nahm er bei Fordingbridge eine andere Abzweigung und fuhr den gemächlich strömenden Avon entlang durch Bickton, Ibsley und Ellingham. Bei Ringwood bog er auf die Autobahn und ließ die Landschaft an sich vorbeisausen, bis er an die Stoney Cross-Picket Post-Abfahrt kam.

Der Stein machte im vollen, direkten Sonnenschein längst nicht den bedrohlichen Eindruck, den ihm der Sonnenuntergang am vergangenen Abend verliehen hatte. Grünsucher verließ den Caravan nicht, weil er es für möglich hielt, daß Beobachter zugegen waren. Er achtete nur auf etwaiges Kommen und Gehen später Wanderer, Herbsturlauber oder Autofahrer und folgte der Geschichte Tirels um die vier Seiten des Monumentes; verfolgte sie mit den Fingern.

Wie hatte John R. Wise, der Waldhistoriker, den Stein noch beschrieben: ». . . eher ein Denkmal des Stils jener englischen Gesellschaft, die sich für ästhetisch hält; deren Geschmack jedoch dem der Postbriefkästen-Designer ähnlich ist, als ein Gedenkstein für den Tod des Roten Königs . . .«

Und dann war Rufus wieder präsent. Es war auch wirklich schwer, an diesem Ort nicht an ihn zu denken; in Gegenwart seines häßlichen Monumentes und der knorrigen alten Eichen, deren Gezweig den Stein umrankte und die Vergangenheit von ihm abzulesen schienen . . . von der sie selbst hätten erzählen können.

Grünsucher betrachtete die Eichen vom Autositz aus. Der Baum, unter dem Rufus angeblich hingestürzt war, zu Tode getroffen, stand längst nicht mehr; aber die übrigen mußten ebenso alt sein. Eine Welt konnte sich in neunhundert Jahren gewaltig geändert haben – oder dem Anschein nach die gleiche geblieben sein. Das hing vom Standpunkt des Betrachters ab. Aber für Eichen bedeutete das alles herzlich wenig.

Grünsucher steuerte den Wagen gemächlich zum Gasthaus zurück. Er dachte immer noch an Wise, dessen eigene, gut dokumentierte und gelehrte Theorie der Kirche sogar noch mehr Schuld an dem Mord zuschrieb als einem Bruder, den es nach einem Königreich gelüstete.

Er parkte den Caravan in einem Buchengehölz in der Nähe des Lokals und suchte nach seinem Beutel, den er gepackt hatte, als er Lepe vor zwei Monaten verlassen hatte. Die Kleidungsstükke waren schon längst nicht mehr darin – seit er den Komfort der Schränke bei seinen Ortsveränderungen besaß – aber die Bücher mußten noch darin sein; und *The New Forest: Its History and Scenery* war darunter.

Ja; Wise legte Fulchered, dem ersten Abt von Shrewsbury, eine äußerst aufschlußreiche Bemerkung in den Mund, die er auf der Kongregation des ersten August im Jahre elfhundert – am Vortag des Meuchelmordes – geäußert haben sollte: »Der Bogen der göttlichen Vergeltung ist gegen die Verderbten gespannt. Der Pfeil, rasch und todbringend, ist schon aus dem Köcher gezogen. Schon bald wird er entsandt werden; aber der Mann der Weisheit wird ihm entgehen.«

Dann war da noch Hugh, Abt von Cluny, mit seinem Traum, in dem William vor Gott befohlen worden war und den Spruch der Verdammnis erhalten hatte ... Und in Lyon, Frankreich, gab es einen jungen Mann, der dem Bischof im Exil, Anselm*, zweimal durch seinen Kaplan mitteilen ließ, William sei tot, während er in Wirklichkeit noch lebte.

Die ganze Sache roch verdächtig nach einem geistlichen Komplott; und da Tirel ein enger Freund des verbannten Anselm war, konnte es durchaus sein, daß er nicht *völlig* frei von

* Anselm von Canterbury, 1033–1109. Seit 1089 Erzbischof von Canterbury. Kämpft im sog. englischen Investiturstreit um Unabhängigkeit der Kirche vom König. Streit mit Wilhelm II., später mit Heinrich I. bringt ihm zweimal Verbannung ein (1097–1100 und 1103–1106). 1107 erreicht A. im Konkordat von London den Verzicht des Königs auf Investitur. (Anm. d. Übers.)

jeder Komplizenschaft war. Man bezahlte sein Geld und traf seine Wahl. Je tiefer man eindrang, desto tiefer war man darin gefangen; das traf auch heutzutage noch zu . . .

Aber wie dem auch sein mochte; Grünsucher würde in diese Kneipe gehen müssen, um seinen Kopf von rein akademischen Erwägungen freizubekommen, denn die Lösung seines privaten Problemes lag in der Gegenwart, und nicht neunhundert Jahre in der Vergangenheit.

Die Bar war gedrängt voll; die Musikbox dröhnte, und der Lärm bildete die denkbar schlechteste Voraussetzung für die abstrakte Denktätigkeit. Aber eine Menschenmenge bot den unbestreitbaren Vorteil, daß man sich in ihr ganz verlieren konnte; und Grünsucher wünschte sich, verlorenzugehen, bis er seinen Auftritt selbst bestimmen konnte.

Er dachte, er könne möglicherweise entdecken, daß seine Pilgerfahrt von Tollard Royal hierhin ein reines Produkt seiner Einbildung war.

Die anwesenden Gäste waren sogar noch eher vom Martini-Typ als jene Pseudos, die ihn schon zu Beginn seines Abenteuers gestört hatten. Ihre Schreie waren schrill wie die der Seevögel, und die Luft war vom Klirren aufeinanderprallender Beschimpfungen und Verleumdungen erfüllt.

Unter ihnen stach der einzige Mann, den er kannte, von den übrigen ab wie ein verletzter Daumen von einer Hand; stand groß und unbeholfen an der Tür und betrachtete die Zapfhähne und Flaschen, als seien sie seine einzigen Vertrauten.

Grünsucher stieß ihn wenig freundschaftlich in die Nieren. »Frank«, sagte er. »Was für ein Jammer, daß Sie so hinter dem Bier her sind.«

★

Es war ohne weiteres möglich, sich mit Frank mittels der Fäuste zu verständigen; und Grünsucher war fast verzweifelt genug, es zu tun. Aber das Ergebnis würde eher die Verwirrung als seinen Informationsstand vergrößern.

Nein; Grünsucher entschied sich für den vernünftigeren Weg. Er sprach durch den Boden eines Bierkruges zu Frank; und da sich Frank bereits dem Zustand des Abgefülltseins näherte, war es nicht sonderlich problematisch, ihn zum Plaudern zu bringen.

Der erste Anblick Grünsuchers hatte in Franks Gesicht ein Kaleidoskop unterschiedlicher Ausdrücke verursacht, deren Skala von Ärger über den Knuff, Verblüffung, Erschrecken und Angst bis zu gespielter Unwissenheit und offensichtlicher Verlegenheit reichte.

»Sie sind weit von zu Hause weg«, sagte Grünsucher. »Haben Sie hier etwas zu erledigen?«

»Ich hörte . . .«

»Was? Was haben Sie gehört?«

»Ich hörte, Sie seien in Gefahr.«

»Na so was; wer könnte Ihnen das gesagt haben? Hier bin ich so sicher wie der nächste Regen. Waren Sie etwa im Begriff, mich zu warnen?«

»Ja. 'türlich wollte ich Sie warnen.«

»Und Sie wußten, wo Sie mich finden würden?«

»Ich . . . Man hat mir gesagt, Sie würden sich hier irgendwo aufhalten. Aber jetzt habe ich Sie ja gesehen, und ich kann wieder verschwinden.«

»Nicht so schnell, Frank. Was ist das für eine Gefahr, von der Sie sprachen?«

»Alles, was ich gehört habe, war . . . daß Sie sich mit den falschen Leuten abgeben.«

»Wie das?«

»Mehr weiß ich nicht. Ich habe nur . . .«

». . . die Botschaft überbracht«, vollendete Grünsucher den Satz für Frank. »Aber wie dem auch sei; Sie wissen mehr als ich. Trinken Sie aus.«

»Zum Beispiel?« Franks Augen waren leicht glasig, aber Grünsucher verließ sich nicht allzusehr darauf. Ein geübter Trinker wie Frank konnte seine Wachsamkeit selbst dann noch beibehalten, wenn er nicht mehr stehen konnte.

»Sie wissen, wo meine Familie ist.«

»Nein; ich schwöre . . .«

»Vorsicht, Frank. Ich werde Ihnen nicht glauben; und wenn Sie bei allem, was Ihnen heilig ist, schwören. Sie *wissen*, wo sie sind.«

»Ich weiß nur, daß sie bei Mr. Manning sind; aber wo der sich aufhält, weiß ich nicht.«

»Ich habe es schon gesagt . . . Sie sind eine hübsche Strecke von zu Hause entfernt; und Sie suchen *nicht* nach mir.«

»Nun ja; sie sind hier in der Umgebung, aber ich habe keine Ahnung, wo genau.«

»Sie trinken ja gar nicht. Vor Ihnen steht ein frischer Krug.«

»Ich möchte nichts mehr trinken.«

»Also gut, wir machen einen kleinen Spaziergang. Hier herum gibt es eine Menge stiller Orte, wenn Sie sich nicht gut fühlen . . .«

»Weshalb sollte ich . . . mich nicht wohl fühlen?«

»Sie werden es, wenn ich erst mit Ihnen fertig bin; ich werde schon herausfinden, was ich wissen will; darauf können Sie sich verlassen.«

»Okay.« Frank schien sich in sein Schicksal zu fügen. »Ich werde es Ihnen zeigen; das ist alles, was ich tun kann. Was sie mit Ihnen vorhaben, und was sie sonst noch planen, weiß ich nicht. Manning steht auf dem Standpunkt, je weniger die Leute wissen, desto weniger können sie erzählen.«

»Und Sie sind vermutlich der lebende Beweis dafür, daß er recht damit hat.«

»Ich sagte Ihnen schon . . .«

»Zeigen Sie mir einfach den Weg, Frank.«

Frank zeigte ihm den Weg; er war ein wenig unsicher auf den Füßen, aber er schaffte es, sich durch die Menge zu quetschen.

»Ich werde . . .« Er blieb am Parkplatz stehen und hob das Kinn in Richtung der Toiletten. »Ich muß dort noch etwas erledigen. Ich werde keinen Trick versuchen.«

Grünsucher betrachtete das Nebengebäude. Es hatte nur einen Eingang, und Frank konnte seiner Bestimmung kaum entgehen, indem er darinnen blieb.

»Tun Sie, was Sie tun müssen«, sagte er. »Ich warte auf Sie.«

Es gab noch etwas, das er im Caravan tun wollte . . . nur ein Verdacht, der, was auch geschehen mochte, eine unleugbare Tatsache zur Genüge beweisen konnte.

Er konnte in den Wagen gehen, während Frank sein Geschäft erledigte, und von dort aus die Tür im Auge behalten.

Er schwang sich auf den Fahrersitz und griff unter das Armaturenbrett. Er fand seinen Beweis und steckte ihn in die Tasche.

Der erleichterte Frank ließ sich noch nicht blicken.

Blitzartig fühlte er, daß er nicht allein im Caravan war. Dann explodierten sein Rücken und Nacken vor Schmerzen, und er schlug mit dem Brustkorb heftig aufs Lenkrad.

Der Schmerz war übelkeiterregend; sein dröhnender Kopf lag auf den Speichen des Lenkrades.

Geh' nur nicht an meine Tasche, betete er.

Der ungesehene Gast schlug erneut mit dem Balken zu, auf dieselbe Stelle. Dämmerung senkte sich über ihn.

★

In seinem Traum hob sich sein Blut zu den Sternen empor, und soweit kannte er den Traum schon. Und während er der Vision mit kühler und abstoßender Unbeteiligtheit folgte, geriet der vertraute Traum in Unordnung; denn die Welt blieb rot.

Er mußte im Sterben liegen; aber es mußte einen Grund dafür geben, daß er betautes Gras unter seinen Händen und an der Brust fühlte.

Er starb ganz gewiß; denn der Schmerz in seinem Kopf und Rücken war zu heftig, um ein Produkt seiner Einbildungskraft zu sein ... und doch hatte sich die Nacht seines Fiebers in einen endenden Tag verwandelt, und das Rot paßte zum übrigen und erfüllte sich mit Schatten.

Er schloß und öffnete die Augen, und schon diese winzige Bewegung erschütterte sein Nervensystem. Die Schatten in seiner größten Nähe waren klein und lebendig.

»Bist du ... allein?« fragte einer von ihnen, und er klang wie Satin.

»Er kommt durch«, sagte der andere; und es war Ben.

Die Hände, die sich an seinen gepeinigten Rückenmuskeln zu schaffen machten, waren fest, aber sanft; und sie mußten ihm wohl gesinnt sein.

Er machte ein Geräusch, das eine gewisse Ähnlichkeit mit Sprechen hatte, und versuchte es erneut. »S ... Sängerin?«

»Ich bin hier«, teilte die Musik mit.

»Gott sei Dank ... ich glaubte schon, ich hätte euch alle verloren. Sind wir unter uns?«

»Nein.« Sängerin war plötzlich weit weniger musikalisch.

»Sind viele bei uns?«

»Genug.«

Grünsucher mußte sich selbst um Verständnis bemühen. Der Grasnarbe fehlte die Elastizität, die oben auf der Klippe geherrscht hatte, die ihn zuletzt in dieser Lage gesehen hatte; oder vielleicht hatte die Wiederholung ihren Tribut von seiner eigenen Spannkraft gefordert. Jedenfalls schien es ihm weit schwieriger, sich umzudrehen und eine Position einzunehmen, die ihm gestattete, sich selbst umzuschauen; und als er es endlich fertiggebracht hatte, bedauerte er, sich so angestrengt zu haben.

Es war Canterton Glen, und es war die Zeit des Sonnenuntergangs. Wie Manning es geschafft hatte, die Schaulustigen zu entfernen, konnte sich Grünsucher nicht erklären; außer, er hatte ein Schild mit der Aufschrift »Straße gesperrt« zweckentfremdet.

Aber es waren Prämienjäger und Landleute zugegen, die Grünsucher als Royalisten Tollards erkannte; die Ghouls von der Klippe; und, neben dem Rufus-Stein, Wolf Hochbaum, klein, verschrumpelt, in Kleidern, die ebenso zerknittert wie er selbst waren ... und auf eine verdrehte Art offenbar nicht unter Kontrolle.

Grünsucher war nicht in der Verfassung, mit Überraschungen fertig zu werden, und er wußte nicht, wieviel von der Sorte er noch würde verkraften müssen.

Die Anwesenheit so vieler Fraktionen in einer angedeuteten Ordnung wies auf ein bevorstehendes Ereignis hin; vielleicht ein Ritual; vielleicht das einzige Ritual, das Grünsucher kannte.

Er kämpfte sich auf die Füße. Er nahm Sängerin in die Arme, hob ihr Gesicht empor, küßte sie voll und lang auf die Lippen; und er kümmerte sich weder um Hochbaum noch um etwas anderes.

Er hatte diesen Kuß ausführen müssen, bevor die Bastarde über ihn kämen.

»Ich liebe dich«, sagte er. »Bitte, bitte denk' immer daran.«

Und Hochbaum, lässig an das Denkmal gelehnt, sah nicht einmal her.

Manning trat auf sie zu, als sei die Würde des Augenblicks in Gefahr. Grünsucher sah seinem Kommen entgegen, machte aber keine Anstalten, Sängerin loszulassen. Er drückte ihren Kopf an seine Brust, um ihr den Anblick des bevorstehenden Schauspiels zu ersparen. In ihrem üppigen, kastanienbraunen Haar fingen sich die letzten Strahlen der sterbenden Sonne. Wenn sie wenigstens eine Brünette wäre ...

Manning blieb ein halbes Dutzend Schritte vor ihnen stehen.

»Nur über meine Leiche«, sagte Grünsucher.

Manning schien verlegen zu sein. »Vielleicht«, erwiderte er, »im Endeffekt.«

Grünsucher konnte sich an dem Mann rächen, aber nur, wenn er bereit war, Sängerin loszulassen; und wie lange würde das gutgehen?

»Sie werden sie nicht anfassen«, sagte er.

»Ich ... ich will es gar nicht.« Mannings Gesicht strahlte plötzlich, als hätte er einen guten Witz gehört. »Sie sind es, den ich will.«

»Ich ... aber ...«

»Mein Talisman. Mein Glücksbringer.«

»Ich verstehe nicht.«

»Das ist auch nicht nötig«, sagte eine neue Stimme, die ihm vom Klang her, aber nicht in der Modulation vertraut war.

Grünsucher bemühte sich, den Sprecher ins Gesichtsfeld zu bekommen, ohne sich viel zu bewegen. Eine Gestalt kreuzte den Pfad der untergehenden Sonne.

»Erklärungen erfordern Zeit, und wir haben keine Zeit«, sagte ein Mann, der wie Thomas Cricket sprach. »Wenn Sie das Mädchen freigeben, werden wir dasselbe tun. Sie hat ihren Zweck erfüllt.«

»Aber ich dachte ... Hochbaum ...«

»Das denken viele Leute, aber Wolf ist ein ziemlich mickriger Vertreter ohne unsere Verstärkung. Er gibt einen brauchbaren Oger ab, wenn wir einen brauchen. Kommen Sie jetzt, Grünsucher; erweisen Sie der Welt einen Gefallen, dann wird sie besser werden.«

»Welchen Gefallen?«

»Nur Ihr Leben.«

Zum ersten Mal verspürte Grünsucher Angst um seine eigene Person. Ebenfalls zum ersten Mal stellte er fest, daß der Griff Sängerins um ihn ebenso fest war, wie der, mit dem er sie umfaßte.

»Nein . . . nein . . .«, sie wimmerte in sein Hemd. »Nehmt . . . mir diesen nicht fort.«

Die Stimme war blutlos; der Situation nicht angemessen. Wie es schien, steckte ihre einzige Energie in ihren Fingern . . . und jetzt kamen Manning und seine Männer und trennten sie voneinander.

»Sängerin«, sagte Grünsucher mit aller Ruhe, die er nur aufbringen konnte, »denk' an die Kinder.«

Und gesegnet seien sie; sie kamen zu ihr und schoben sich wie Krücken unter ihre Arme und hielten sie auf den Füßen, hielten sie aufrecht.

»Ich habe noch einen Trick oder zwei auf Lager«, sagte Grünsucher. »Ihr müßt mich schon festbinden.«

Sie zerrten ihn zu einer der knorrigen Eichen, deren mächtige Krone den Stein und Wolf Hochbaum beschattete. Hochbaum trat zur Seite, als ertrüge er das Gewicht des Schattens nicht.

»Ich habe euch gewarnt«, sagte er zu Grünsucher, und es war beinahe ein Flüstern. »Vier blinde Mäuse.«

»Und bald werden es nur noch drei sein«, sagte Grünsucher. »Aber sie sind Ihnen aus den Händen genommen worden, kleiner Mann. Sie haben jetzt eigene Gedanken.«

»Das kommt Ihnen vielleicht so vor«, unterbrach Cricket. »Vielleicht wären Sie überrascht. Aber ich will nicht, daß Sie aufhören, sich edel vorzukommen.«

»Machen Sie sich um meine Gefühle keine Sorgen. Nennen Sie mir lieber den Grund, aus dem ich . . . erwählt wurde«, sagte Grünsucher. »Das ist es doch, oder? Ein Sieg des Guten; ein Sieg des Bösen . . . so geht es durch die ganze Geschichte. Aber ich bin nicht so gut.«

»Es reicht. Sie nehmen einiges für die Liebe auf sich. Unser Glaube verträgt nicht viel von dieser Sorte. Aber die Natur hat Sie gekennzeichnet. Die Natur hat beschlossen, daß Sie derjenige sind, und uns mit ihren Ereignissen auf Sie hingewiesen. Der Fall der Blätter war der Hinweis auf Ihren Fall. Diese Methode ist so alt wie die Zeit selbst.«

Grünsucher fühlte sich plötzlich besser; wärmer. »Und Sie haben ihr nicht nachgeholfen. Sie; der Mann, der Fortschritt und Maschinen haßt.«

»Mutter Erde ist stark genug; ihre eigenen Kräfte reichen aus.«

Grünsucher lachte. Sein Lachen klang hell durch die Lichtung im Zwielicht. »Dann sind Sie ein Schwindler, und Ihr Herbst war ein Schwindel, und jeder, der Ihnen glaubt, ist ein Narr.«

Er spannte seine Arme an, und seine Ergreifer lockerten vor Überraschung kurz ihren Griff. Es gelang ihm, einen Arm freizubekommen, und er griff in seine Tasche und holte den Beweis hervor ... das Stück Polyäthylen.

Er warf es vor sich ins Gras, so daß die schwindende Sonne seine Falten beschien und es wie ein Stück Glas aufleuchten ließ.

Er brüllte: »Es ist Zweikommavierkommafünf Te ... das ist ein Entlaubungsmittel. Es läßt die Blätter schneller von den Bäumen fallen, als es ein Zauberer fertigbringen könnte ... Ihr Bauern, überprüft euer Laub und überprüft euren Glauben ... Und ich kann euch auch verraten, wie es auf eure Bäume gekommen ist: Es geschah mit Hilfe der Windmühlen, die nicht mehr dort stehen. Es war ein mieser Betrug. Es war ... Ugh.«

Manning hatte Grünsucher die Faust in den Solarplexus gerammt. Sie hatte seine Ansprache abrupt beendet.

Grünsucher hielt durch tränende Augen nach einer Reaktion bei den Zuschauern Ausschau; nach einer Spur von Verstehen, die sich ausweiten mochte.

Die Menge stand unbewegt. Nur seine ... Familie ... zitterte.

Er zog begierig die erste Abendbrise ein. Er hatte noch mehr zu sagen. Der Schmerz, der in alle Teile seines Körpers ausgestrahlt hatte, verebbte; schließlich blieb nur noch ein dumpfes Druckgefühl im Magen übrig.

»Wann habt ihr es beschlossen?« erkundigte er sich.

»Was beschlossen?« fragte Cricket.

»Mich zu opfern.«

»Manning hat Sie ausgesucht.«

»Weshalb brauchte er so lange, um . . . soweit zu kommen?«

»Er überließ mir den Zeitpunkt. Alle unsere Gläubigen müssen Sie sehen und kennen. Die Zeichen müssen richtig stehen.«

»Welche Zeichen? Sie überlassen dem Übernatürlichen nichts, Cricket; Sie verfolgen nur Ihre eigenen Absichten.«

»Es ist eine Methode, es sicher zu machen.«

»Aber es macht aus allem übrigen ein Blendwerk. Weshalb machen Sie so eine umständliche Sache daraus? Warum suchen Sie sich nicht einen abgelegenen Friedhof aus und erledigen die Geschichte mit einem Messer?«

»Schauspiel«, erwiderte Cricket. »Wenn man ein fertiges Arrangement beisammen hat, warum soll man es dann nicht zu Ende bringen? Ich nutze nur die günstige Gelegenheit.«

»Aber was gewinnen Sie damit?«

»Ein weiteres Jahr die Treue der Anhänger.«

»Und Manning? Was gewinnt er?«

»Er wird bezahlt. Das ist alles, was er will. Und der Spaß, das nächste Opfer zur Strecke zu bringen.«

Ein plötzliches Frösteln überlief Grünsucher. »Und Sängerin . . . ist sie immer . . .?«

»Jedesmal«, sagte Manning. »Sie ist jedesmal der Köder. Aber ich glaube, dieses Mal werden wir einen besonderen Abschluß finden.«

Grünsucher war noch damit beschäftigt, das Gehörte zu verdauen. Er kümmerte sich nicht um Mannings Begeisterung oder seine Motive.

Er kümmerte sich nicht einmal um seine eigenen Motive . . . denn die Belohnung, die er sich gewünscht hatte, war für immer unerreichbar für ihn.

»Bringt es nur schnell hinter euch«, sagte er. »Das ist besser für alle Beteiligten. Sie können ihr nicht *für immer* die Erinnerung nehmen; wissen Sie. Es bleibt jedesmal ein wenig mehr haften. Oder besser noch, macht mit ihnen allen Schluß. Herzliches Beileid, Hochbaum. Sie ist *Ihre Frau* . . .«

Cricket lachte. »Hat sie das gesagt? Wolf – ich glaube, du hast ihr ein paar Lieder beigebracht, die ich nicht gehört habe. Nein; Hochbaum hat keine Frau. Er ist zu dieser Art Beziehung nicht fähig. Und jetzt wollen wir weitermachen.«

Mannings Leute hatten sich mit dem Seil selbst während des Gesprächs zu schaffen gemacht. Sie hatten Grünsucher an einen dürren Stamm gebunden, und das Ergebnis war eher funktional als künstlerisch.

Eine Maschine wurde irgendwo hinter ihm angeworfen; es hörte sich an wie ein Zweitaktmotor. Grünsucher wußte nicht zu sagen, um was es sich handelte – bis Manning damit in sein Gesichtsfeld trat.

Es war eine Kreissäge, und die gezähnte Scheibe drehte sich und blitzte in den letzten Strahlen der untergehenden Sonne. Manning fuhr damit vor Grünsuchers Gesicht herum und war sichtlich erfreut, ihn erbleichen zu sehen.

»Wo Eisen einst flog, steht es als Trutz«, sagte er grinsend. »Oder soll ich lieber sagen – fliegt Eisen auch jetzt?«

»Das reicht jetzt«, sagte Cricket. »Der Tag dauert nur noch wenige Sekunden. Wenn die Sonne stirbt, ist auch die Zeit für Grünsucher gekommen.«

Es schien, als hielte die ganze Welt im Zwielicht inne und schaue gebannt auf ein okzidentalisches Mekka.

Aber die Sonne war, bei all der Aufmerksamkeit, die man auf sie verschwendete, in gelassener Stimmung.

Grünsucher bemerkte erstaunt, daß er sie ganz kühl mit anderen Sonnen verglich, die er gesehen hatte – in Barton, am Hatchet Pond, an Orten, wo der Wald ein rauchiges Blau angenommen hatte, ehe er sich margentarot gefärbt hatte. Sie war trüber, als er sie je gesehen hatte. Eine zufällige Bildung von Kumuluswolken färbte sie vollkommen rot; ein Rot, das auch nicht im entferntesten an Feuer erinnerte, sondern nur an Blut.

Sie hätte mit Donner oder Wehklagen untergehen sollen. Aber der einzige hörbare Laut war das Singen und Schwirren des Sägeblattes.

»Zum Baum«, befahl Cricket. »Von hinten.«

Dann war noch ein Wehklagen zu hören; ein einsamer Laut, der plötzlich abbrach und nur um so untröstlicher nachklang. Sängerin.

Die Vibrationen begannen in Grünsuchers Rückgrat. Er zerrte an seinen Fesseln, aber es gelang ihm nicht, sie auch nur zu lokkern; und das Sägeblatt fraß sich unaufhaltsam tiefer und tiefer.

Wie lange würde es dauern, bis es den Baum durchtrennt hatte und sich in Fleisch und Knochen fressen würde? Guter Gott; was sollte er nur tun?

Und dann trat eine Änderung im Geräusch des Motors ein; es wurde höher und höher, bis es ebenfalls einem Todesschrei ähnelte. Metall war auf Metall getroffen.

Grünsucher zerrte erneut am Strick und fühlte, wie eine Windung riß; sie war in das rasende Sägeblatt geraten.

Das Eisen kreischte weiter; er wütete gegen Eisen, und eines von beiden mußte nachgeben. Das Sägeblatt zersprang, und Eisen flog.

Flog, traf und fiel.

Grünsucher stieß sich von dem sich teilenden Stamm ab und katapultierte sich in Richtung Sängerin und der Kinder.

Er breitete die Arme aus und schloß sie alle darin ein und drückte sie zu Boden, denn Eisensplitter flogen über die Lichtung wie ein Messerhagel.

Er spürte kleinere Verletzungen an Rücken und Armen, und dann hatte er das Gefühl, als öffne ein Skalpell seinen Schädel dem Nachtwind.

»Tirels Pfeil«, sagte er, bevor alles ausgelöscht wurde.

In seinem Traum hob sich sein Blut zu den Sternen empor.

★

Grünsucher war es müde, so zu liegen; der Bewußtlosigkeit müde, die an die Stelle des Schlafes getreten war; seines Kopfes müde, der sich anfühlte, als habe er sich ausgedehnt.

Ungeduldig führte er die Hand an den Nacken, und ertastete eine Erhebung, die für eine Schwellung zu groß war.

»Sei vorsichtig«, sagte eine süße weibliche Stimme. »Es ist ein Moosverband . . . das beste, das ich kenne.«

»Sängerin?« Seine Gedanken klärten sich. Sängerin hatte Tode mitangesehen, und das, so hatte Cricket gesagt, würde ihr Koma bei geöffneten Augen wiederherstellen. Und doch sprach sie; und doch hatte sie gehandelt.

»Es ist Sängerin.«

»Aber ich dachte . . .«

»Ich auch . . . und ich war verwundert, es denken zu können. Aber du warst am Leben . . . das machte den Unterschied aus.«

»Und die übrigen?« Grünsucher hatte soviel Blut gesehen, daß es das Licht ausgelöscht hatte, und fliegendes Metall konnte die Erfüllung des Spruches bedeutet haben.

»Ich . . . war ziemlich selbstsüchtig«, gestand Sängerin. »Ich habe die übrigen ihrem Geschick überlassen. Es hat . . . Unfälle gegeben.«

»Wer?«

»Manning, weil er der nächste war. Cricket auch . . . und der arme Wolf. Ich habe beinahe Mitleid mit ihm gehabt, als ich ihn im Schafskleid sah.«

»Sind sie tot?«

»Ja. Die übrigen werden wohl Narben für ihr ganzes Leben davongetragen haben. Ich habe eine Menge Sirenen gehört. Die Unfallwagen müssen gerufen worden sein. Aber sie sind nicht in die Nähe dieses Ortes gekommen.«

»Dieses Ortes?« Zum ersten Mal fiel Grünsucher auf, daß er bisher nicht daran gedacht hatte, wo sie sich befanden. Das Geheimnis wurde bald aufgeklärt. Das Wandbett war ihm sehr vertraut, als er es sich im schwachen Licht der Deckenlampe ansah. »Dieser Ort« war das Wohnmobil.

»Ist es schlimm?« Er deutete auf seinen Hinterkopf.

»Es sieht furchtbar aus, ist aber nicht gefährlich. Ich habe es geschafft, den Splitter zu entfernen.«

»Du scheinst eine Menge zu schaffen. Es muß eine ziemliche Wiedergeburt für dich sein. Weißt du; Cricket hat eine Menge erklärt, als er dachte, ich würde nicht lange genug leben, um es ausplaudern zu können. Wenn du gern ein paar Lücken ausgefüllt haben möchtest, kann ich . . .«

»Nein. Ich möchte, daß alles dort anfängt, wo wir beide angefangen haben. Ich glaube, ich kann es sogar schaffen, dich . . . zu lieben. Aber du kannst mir eine Sache erklären . . . jetzt bleib ruhig liegen!«

Grünsucher hatte in seiner Freude eine Umarmung versucht, aber das war seinem Kopf überhaupt nicht gut bekommen. »Ich erkläre dir alles, was du willst.«

»Tirels Pfeil.«

»Was?«

»Du hast es gesagt, als die Säge zersprang.«

»Das *stimmt ja*. Eine Pfeilspitze . . . all diese Jahre über in dem Baum eingebettet; und der Baum darüber weitergewachsen. Das kann geschehen, weißt du . . .«

»So, also ein Pfeil. Was bedeutet das?«

»Daß am Abend des zweiten August im Jahr elfhundert ein *anderer* Pfeil abgeschossen wurde. Walter Tirels Pfeil fuhr in den Baum – und dieser Schütze des Mittelalters, wer es auch gewesen sein mag, vergewisserte sich, daß er William Rufus getötet hatte, und entfloh der Anklage. Es überführt auch jede Spekulation über Rituale, Dualismus oder anderes der Lüge. Das könnte den gesamten Verlauf der englischen Geschichte verändern . . .«

»Nicht heute abend. Neun Jahrhunderte später ist ein wenig spät, um den Täter einzusperren. Denk morgen darüber nach. Inzwischen sieh zu, daß dein Kopf auf dem Kissen bleibt, wie die Kinder es auch machen . . . sie werden schlafen; egal, was geschehen mag.«

Grünsucher bewegte seinen Kopf ein wenig; eben genug, um die kleinen, roten, ruhevollen Gesichter sehen zu können.

Morgen würde es interessantere Dinge als Geschichte geben, und er beabsichtigte, weit von Canterton Glen, abbröckelnden Riffen und kahlen Buchen fort zu sein.

Ein paar Dinge konnte er nicht ändern; andere änderten sich von selbst; aber in seiner unmittelbaren Nähe bahnten sich Dinge an, die einem ländlichen Guerilla wie ihm guttun würden.

Und während sich Pilze und Fibrine wie alte Freunde gemeinsam und eifrig daranmachten, seinen Kopf zu flicken, schloß er die Augen und begann zu zählen.

Anfangs schien das Tappen seinem Zählen zu folgen. Aber als er merkte, wie Sängerin sich versteifte, hörte er auf zu zählen. Das Tappen ging weiter. Es entfernte sich von der Tür und näherte sich dem Fenster.

»Mr. Singer?«

Burnett!

Was zum Teufel wollte er? War er als Helfer oder als Vollstrecker hier?

Grünsucher bemühte sich, aufzustehen, und wieder schien es ihm, als eile jede Zelle, jedes Quentchen Blut zu der Wunde in seinem Kopf.

»Halt dich *ruhig*«, sagte Sängerin. »Wir werden ihn hereinlassen müssen.«

»Aber was ist, wenn ...« Und wieviel konnte er seinen Schützlingen zumuten? Ein Wort zuviel; eine Geste konnte reichen oder zuviel für sie sein. Er hatte einen Verdacht dem Arzt gegenüber, aber er konnte ihn nicht in Worte fassen ... und ohne Erklärungen gab es kein Argument, den Mann nicht einzulassen.

»Er könnte uns helfen«, sagte Sängerin.

Er kann gekommen sein, um die Sache zu Ende zu bringen, dachte Grünsucher. *Vor dem heutigen Abend schützte uns unsere Unwissenheit; jetzt wissen wir alles ...*

Der Türgriff rappelte. »Mr. Singer ... Es ist alles in Ordnung.«

Nun; was sonst sollte der Mann sagen?

»Ich meine es, wie ich es sage. Sie können mir vertrauen.«

»Ich mache ihm auf«, sagte Sängerin. »Du bist vielleicht nicht froh, Doktor Burnett wiederzusehen, aber ich bin es.«

»Warte ...« Grünsuchers Stimme war zu schwach, um Gehorsam zu bewirken, und sein schlechter Zustand war zu offenkundig, um ihm in allen Dingen zu folgen.

Burnetts Schatten erfüllte den Raum mächtig wie der Tod, als er eintrat, zwischen Grünsucher und dem Licht herging und endlich einen Platz fand, an dem er fast aufrecht stehen konnte.

»Ich habe mich gefragt ...«

»Was?« Der Arzt schien verwundert, daß ein Verwundeter noch so angriffslustig sein konnte. »Was haben Sie sich gefragt?«

»Wo *Sie* bei dem Spiel hingehören.«

Burnett schluckte. »Ich kann mir vorstellen, daß Sie es nicht leicht glauben werden, aber ... ich gehöre nirgendwo hin.«

»Dann sind Sie der einzige, der keinen Platz in diesem Puzzle hat. Sogar Mrs. Abbott ...«

»Ich meine, ich sollte mir Ihre Wunde ansehen.«

»Den *Teufel* werden Sie. Nach allem, was ich weiß, könnten Sie ...«

»Okay. Ich werden Ihnen nicht nahekommen. Es sieht so aus, als hätte Ihre Frau ohnehin das Richtige getan. Einige dieser Moose besitzen phantastische Heileigenschaften.«

»Und Sie halten mich nicht für eine Hexe, weil ich das weiß?« erkundigte sich Sängerin.

Burnett lachte. »Geheimnissen Sie nicht zu viel in diese kleine Episode heute abend hinein.« Er lachte erneut über seine Untertreibung. »Es handelt sich nur um ein ziemlich unwichtiges Ritual. Cricket war in der Hauptsache ein guter Psychologe, sonst kaum etwas. Was er sich zunutze machte, war nichts Übernatürliches – nicht einmal Aberglauben –, es war nur die Faszination eines gelungenen Schauspiels. Der Biß der Ghouls. Sie sollten sich seit Barton mit solchen Dingen auskennen.«

»Sie müssen irgendwo hineinpassen«, behauptete Grünsucher hartnäckig. »Sonst wären Sie jetzt nicht hier.«

»Es ist die *Faszination*, die mich fasziniert. Wissen Sie, wenn es wahrscheinlich ist, daß irgendwo jemand verletzt wird, sollten Sie wirklich nicht fragen, was ein Mediziner dort zu suchen hat.«

»Ich frage mich bei *jedermann*, der zugegen war.«

Der heftige Wortwechsel tat Grünsuchers Kopf überhaupt nicht gut. »Woher haben Sie denn *gewußt*, daß jemand verletzt werden würde?«

»Durch Mrs. Abbott.«

»War sie auch dort?« Sängerin begann, ebenfalls Besorgnis zu empfinden.

»Nein, Gott sei Dank nicht. Sie war dessen nicht würdig, was heute abend geschah. Sie ist nur – nun; sie hat es mir gegenüber selbst gesagt – eine dumme, einsame alte Frau.«

»Aber sie war ein Teil der Falle. Ein Teil der sorgfältig angelegten Spur, die uns hergeführt und fast getötet hat.«

»Sie kannte nur ihren Part, Mr. Singer. Nicht den Anfang, nicht das Ende. Als sie merkte, daß die Dinge – wie sie es nannte – eine häßliche Wendung nahmen, kam sie zu mir.«

»Wann war das?«

»Bei dem Hauseinsturz. Sie merkte, daß Sie ihr Leben für den Besitz Ihrer Familie einsetzten, und da fiel es ihr wie Schuppen von den Augen, und sie sah, daß der Scherz nicht so harmlos war, wie man es ihr eingeredet hatte. Als Manning ihr erzählte, er sei ein alter Freund von Ihnen – als Sie sagten, Mrs. Singer und die Kinder seien bei Freunden –, da mußte sie über die Geschichte nachgrübeln. Das Stückchen mit den rufenden Bäumen bezauberte sie richtig . . . bis ich es mit ein paar anderen Dingen kombinierte, die mir bekannt waren. Zum Beispiel Franks wunderbares Talent, in alles verstrickt zu werden, das nicht ganz stubenrein war. Oder Mannings Psychose, die für einen studierten Arzt nicht offenkundiger hätte sein können, wenn sie an seine Jackettaufschläge geheftet gewesen wäre. Er hatte ein treffsicheres Gespür für Narren, die seine Schmutzarbeit zu erledigen bereit waren, und allein das ließ es lohnend erscheinen, ihn zu beobachten. Es ist nicht schwer, einen solchen Mann, der sich immer in Menschenmengen bewegt, zu verfolgen. Zudem hatte sich Frank in seiner Stammkneipe eingedeckt, bevor er sich auf den Zehn-Meilen-Trip nach Canterton aufmachte, und er lud seine Zechgenossen ein, mit ihm zu gehen. Sie konnten mir genau sagen, wo ich ihn finden würde, als ich sie danach fragte.«

»Was . . .« Grünsucher setzte zu einer mißtrauischen Frage an, mußte feststellen, daß ihm die Kraft dazu fehlte, und stellte statt ihrer eine andere, die, die beinahe versöhnlich wirkte: »Wie ist es dort draußen?«

»Jetzt ist es ruhig. Die Leute von den Behörden sind gekommen und wieder gegangen. Sie haben aus den Zuschauern nicht viel Sinnvolles herausbekommen; und diejenigen, die es ihnen hätten erklären *können*, sind . . .« Burnett schrak davor zurück, das Wort auszusprechen.

»Tot«, sagte Sängerin. »Ich war dort. Es . . . berührte mich nicht. Nicht so, wie es . . . mich früher berührt hat, glaube ich. Ich sage nicht, daß sich jemand den Tod wünscht, aber für zumindest einen von Ihnen war er eine Erlösung.«

»Sprechen Sie von Cricket? War er der gepeinigte Mann?«

»Nein. Wolf Hochbaum. Er war . . . eine blinde Maus.«

Diese Bemerkung, einfach und fast beiläufig ausgesprochen, sagte eine Menge über Sängerins neues Urteilsvermögen aus. Grünsucher wurde an Hochbaums traurige Strophe erinnert, die er gehört hatte, als sie vor so kurzer und doch scheinbar so langer Zeit von seinem Schloß geflohen waren:

»Vier blinde Mäuse,
Schau, wie sie rennen ...«

Sängerin hatte ihm das Lied nicht nur in Erinnerung gerufen, sondern auch in einen verständlichen Zusammenhang gebracht. Die Tage des Wunderbaren waren vorüber.

»Und Manning«, sagte er. »Wer das Schwert ergreift, wird durch das Schwert umkommen. Das Wort hat sich erfüllt. Ich hätte es ihm nicht *gewünscht.* Aber wird die Polizei keine Fragen stellen?«

»Ihr Name ist nicht erwähnt worden ... und nichts, das mit Ihnen im Zusammenhang steht. Ich habe die Ambulanz gerufen, und als sie ankamen, waren alle gegangen, die gehen konnten ... und wahrscheinlich haben sie sich auf dem Nachhauseweg in einer Gaststätte gestärkt.«

»Aber Crickets ... Einfluß.«

»Nicht mehr vorhanden. Der Tod entlarvt einen Hexer als gewöhnlichen Sterblichen. Die Erlebnisse des vergangenen Abends haben die Zuschauer von all seinen Einflüsterungen befreit ... Die Leute werden es für sich selbst erklären. Sie werden es ein wenig ausschmücken, und es wird sich kaum noch von den Erzählungen um Tirels Pfeil unterscheiden. Die Leute wissen es natürlich besser; aber die Wahrheit ist nicht so aufregend.«

»Tirels Pfeil ... Das hat sich gestern abend als falsch *erwiesen.* Es war eine Pfeilspitze, an der die Kreissäge zersprungen ist. Tirel ist entlastet.«

»Wenn Sie Ihren Beweis veröffentlichen können – und das wollen Sie wohl – werden Sie vermutlich noch eine Menge anderer Ereignisse erklären müssen. Es liegt an Ihnen, was Sie für wichtig halten. Aber Sie werden möglicherweise im nachhinein feststellen, daß es dann nicht mehr so einfach ist, sich aus der ... Affäre ... herauszuhalten. Ich dachte, das wäre es, was Sie wollten.«

»Das ist es auch«, erwiderte Grünsucher. »Ich habe die Lektion gut gelernt. Ganz gleich, was man sagt, die Menschen werden immer nur das glauben, was sie glauben wollen.«

»Dann beschwören Sie keine Schwierigkeiten für sich selbst herauf«, sagte der Arzt. »Das ist meine Verordnung. Machen Sie einen neuen Anfang, und sorgen Sie dafür, daß Ihnen niemand mehr auf den Fersen ist. Und . . .«, er stand auf und ging auf die Tür zu, ». . . ich will Sie dabei nicht länger aufhalten. Gute Nacht. Leben Sie wohl.«

»Nicht leben Sie wohl«, sagte Sängerin. »Wir werden noch hierherkommen, um unsere Freunde zu besuchen. Ich glaube, mein Mann hat für eine Weile genug vom Leben im Inland. Was die Strandsuche angeht . . . Nun, ich denke, dieses Spiel läßt sich auch von vier Personen spielen . . .«

»Es ist nicht ganz einfach«, gab Grünsucher zu bedenken. Aber sogar in diesem Augenblick war er nicht ganz sicher, ob er den Strand absuchen, Gelöbnisse ablegen oder die Dinge lieber offenlassen wollte. Außerdem tat ihm der Kopf weh; und so ließ er die Frage ungeklärt, nachdem die Tür wieder zugegangen war; nachdem er die Augen geschlossen hatte, und nachdem die Dämmerung eines ganz neuen Tages angebrochen war.

BUCH 2: BEWAHRER

Kapitel Eins

Die Landstraße von Lyndhurst nach Beaulieu schert sich keinen Deut darum, daß sie eine Hauptverkehrsstraße ist. Sie ist eng, ihre Seitenstreifen sind ungesichert, und sie beschreibt eine Menge Windungen durch Denny, über Matley und bergab bei Pigpen; und auch sonst trägt sie alle Merkmale ihrer ursprünglichen Bestimmung als ruhiger ländlicher Weg für Ochsengespanne.

Das ist in Kürze die Route, der Alleyne Edricson folgte, als er von der Abtei von Beaulieu zum Landsitz seines älteren Bruders bei Minstead reiste, um den Entwurf Conan Doyles in *White Company* auszufüllen. In umgekehrter Reihenfolge stellt es die ungefähre Strecke dar, die William Cobbett ritt, als er den Neuen Wald als den unfruchtbarsten Landstrich ganz Englands bezeichnete.

Als jetzt Grünsucher diese Straße entlangfuhr, fragte er sich, wie Conan Doyles Weg durch geheimnisvolle Wälder, in denen die Beine Strauchelnder gelegentlich über dem Dickicht auftauchten, und Cobbetts Ritt, auf dem er einen einzigen Baum willkommen geheißen hätte, mit derselben Landschaft in Einklang zu bringen waren.

Sicher, es gab Gebiete, in denen die Erlebnisse der beiden früheren Reisenden glaubhaft waren, aber die Einöde war bald von üppigem Wachstum erfüllt, und selbst, als der Wald dem Moor wich, gab es immer noch genug sich wiegende Baumwipfel, um den Horizont malerischer zu gestalten.

Der Quell des Lepe war nicht sehr weit entfernt, und die Szenerie hatte etwas Vertrautes.

Die Bewegung hingegen hatte nichts Vertrautes. Man konnte so viele Ponys auf einer kurzen Fahrt durch den Wald sehen, daß man ihnen nicht mehr Aufmerksamkeit entgegenbrachte als beispielsweise einem Ginsterstrauch. Sie grasten gewöhnlich seitlich dieser Art Straßen und rupften das spärliche Grün, das in den schmalen Erdstreifen zwischen der Teerdecke der Straße und dem Kalkstein gedieh.

Heute dachte Grünsucher nur an die Pferde, weil sie *nicht* dort waren. Statt dessen vernahm er ein dumpfes Rumoren, ein vielstimmiges Gebrüll, und sah ein gelegentliches Aufblitzen von Grün; weit draußen über Matley Plain vollzog sich ein Ritual, das er dem Namen nach kannte, aber noch nie selbst mitangesehen hatte. Ein Viehtreiben.

Es bedeutete, daß der Markt bei der Beaulieu Road Station bevorstand; das versprach ein Erlebnis für ihn und zugleich ein Schauspiel für seine Familie.

Die übrigen beobachteten die Vorgänge in der Ferne mit einiger Verwunderung. Das Vieh und seine Treiber bewegten sich rasch und über eine weite Strecke verteilt, obwohl es sich für die Betrachter bei ihrer Geschwindigkeit und aus dieser Entfernung ausnahm, als kröchen Insekten über eine Zeltplane.

»Die Ponys werden zusammengetrieben«, sagte er. »Ihr seht, wie es gemacht wird. In Kürze zeige ich euch, weshalb.«

»Kannst du es uns nicht *sagen*?« fragte Ben.

Grünsucher überlegte, ob es sinnvoll war, ihre Spannung aufrechtzuerhalten, und verwarf es. Sie mußten einiges darüber wissen, um besser verstehen zu können, was vor sich ging.

»Sie werden verkauft.«

»Warum?« ließ sich Satin mit ihrem zweithäufigsten Wort nach »schön« vernehmen.

»Weil . . .« Und wieder mußte Grünsucher über den Sinn einer Aufklärung entscheiden. Die Beaulieu-Road-Märkte hatten zu verschiedenen Zeiten verschiedene Anlässe gehabt. Bevor alle Leute von innerer Verwirrung erfaßt worden waren, hatten die New-Forest-Ponys einen beachtlichen Ruf als Arbeitspferde genossen; sie waren als Wagenpferde wie geschaffen.

Als später der Lastwagen seinen Siegeszug antrat, war der Pferdemarkt fast ausgestorben. Die einheimischen Züchter waren gezwungen gewesen, sich neue Argumente einfallen zu lassen, weshalb ihre Ware begehrenswert war.

Araber und andere reinrassige Hengste wurden in New Forest eingeführt, in dem Versuch, das Erbgut zu verbessern und eine Rasse zu züchten, die sich für Ausstellungen eignete;

zum Reiten; um sie für allen und jeden nur denkbaren Zweck verwendbar zu machen, der die Pferdezucht zu einem lohnenden Geschäft machte.

Derartige Experimente hätten – wären sie in geschlossenen Räumen ausgeführt worden – die Tierversuchsgegner auf den Plan gerufen. Aber offen unter freiem Himmel ließen sie sich unbemerkt durchführen – und einige der Hybride, die erzeugt wurden, waren besser für die Freak-Show im Zirkus geeignet als für den Stall.

Jetzt gehörte das alles der Vergangenheit an. Der Krieg in den Vierzigern und die Suezkrise in den Fünfzigern hatten einen neuen Bedarf an einer Maschine kreiert, die mit Gras betrieben wurde, und das Resultat war die Veredelung der Rasse gewesen.

Nicht ohne weitere Auswirkungen, denn die Wiesendiät hatte den Gaumen der Ponys verfeinert, was zur Folge hatte, daß die Weiden von New Forest, einst saftvoll und üppig, heute abgefressen und kärglich waren; und der Ginster, einst auf natürliche Art von Pferdegebissen kurzgehalten, ungehindert wucherte, bis er dem Feuer zum Opfer fiel.

Rückschläge kamen vor. Noch immer wurden von Zeit zu Zeit Fohlen mit dem zottigen Fell, dem Bart und sogar Schnauzbart geboren, die ihnen vor vielen Generationen Schutz vor den Dornen des Stechginsters geboten hatten.

Dieselbe Epoche, die den Ponys eine neue Blüte beschert hatte, brachte ihnen auch einen neuen Tod.

Es hatte vorsichtige Andeutungen über Futterverknappung und frühere Wetterschwankungen gegeben. Metzger mischten sich unter das Käuferpublikum, und die Gerüchte waren auch in der Gegenwart nicht völlig verstummt; sogar obwohl der Umsatz neuerdings mehr und mehr von Privatleuten gestützt wurde, die Töchter im pferdenärrischen Alter hatten.

Also erforderte Satins Frage nach dem Warum eine ganz außerordentlich umfassende Antwort ... aber glücklicherweise kamen eben die holprige Brücke über die Eisenbahngeleise und die Gehege an ihren Seiten ins Blickfeld.

»Das ist die Stelle, wo die Ponys hingebracht werden«, erläuterte Grünsucher, in der Hoffnung, diese Feststellung des Offensichtlichen würde ihn der Antwort entheben.

Pkws, Lastwagen und Campingwagen aller Größen und Modelle standen auf jedem freien Fleckchen um die Bahnstation, die Gehege und das Beaulieu Road Hotel.

Die Pizzas und Bauernfrühstücke müssen heute den Vogel abschießen, dachte Grünsucher eben, als Ben einen gewissen Duft wahrnahm und sagte: »Ich hab Hunger.«

Satin griff diesen Einfall sogleich auf: »Ich auch.«

Der Duft stammte von Zwiebeln, und seine Quelle war ein ziemlich ramponierter Caravan, der verkündete: »Hot Dogs, Sandwiches, Tee.«

Sängerin studierte ohne Begeisterung die Preistafel und zeigte auf das Restaurant. »Wären wir nicht dort drinnen besser beraten?«

»An jedem anderen Tag«, erwiderte Grünsucher. »Heute ... ich weiß nicht. Ich könnte es ja versuchen. Brot, Käse und sauer eingelegte Zwiebeln. Torte, Fleischpastete. Pizzas ... kennt ihr Pizzas? Wir könnten Glück haben.«

»›Hot Dogs‹. Hört sich gut an«, entschied Satin.

»Solange es nicht ...« Sängerin sprach aus einem nicht gleich erfindlichen Grund nicht weiter.

»... Hot Horses sind«, ergänzte Ben und bewies damit mehr Einsicht, als Grünsucher lieb sein konnte.

»Bei allen guten Geistern, Ben«, sagte er. »Das hört sich aber wirklich nach einer Horrorstory an. Es ist jedenfalls ganz ausgeschlossen.«

»Wieso?« Der Junge verteidigte seinen Einfall.

»Es gibt Regeln und Gesetze. Solche Dinge sind in England nicht möglich.«

»Da bin ich mir nicht so sicher«, sagte Sängerin unbeeindruckt.

»Ein Käse-Sandwich«, sagte Grünsucher. »Damit können sie nicht viel anstellen.«

»Du willst im Hotel nachsehen?«

Grünsucher faßte den Bar-Eingang ins Auge. Trinker standen bis auf den Vorhof, aber das war das ganze Jahr über so.

Man trank sein Glas leer und schaute durch seinen Boden auf die schmale Spur, die in östlicher Richtung verlief, den Hügel hinauf und auf der anderen Seite wieder hinunter bis an einen Reitstall. An bestimmten Tagen weidete eine Herde langhaariger und langhorniger Hochlandrinder zwischen den vereinzelten Ansammlungen schottischer Kiefern, die über die Ebene verstreut standen, und man hatte vorübergehend Zweifel daran, daß man sich wirklich dort befand, wo man zu sein glaubte. Heute waren keine Rinder zu sehen – ihr Besitzer hielt sie vermutlich von dem augenblicklichen Trubel fern, um eine Stampede zu verhüten.

Von Matley Plain nach Schottland . . . und jetzt gab es eine neue Verschiebung, als die Ponyherde auf der anderen Seite der Eisenbahnbrücke auftauchte, unermüdlich von berittenen Hütern umkreist, die sie ganz nach Wild-West-Manier durch Gejohle und Geschrei weitertrieben.

Die Menge teilte sich, um Platz zu machen, und schon wurden die Ponys in die Umzäunung getrieben; die alten und langsamen; einige wenige, die sogar in dieser Jahreszeit trächtig waren; sie warfen sich immer wieder herum, in einer Art wildäugiger Erkenntnis der Unentrinnbarkeit . . . der sie ja tatsächlich ausgeliefert waren.

Sängerin bemerkte den versunkenen Gesichtsausdruck der Kinder; sah, wie sie sich im Einklang mit jeder Regung der Menge bewegten. Sie waren von der Erregung angesteckt.

»Also, ich meine, wir nehmen lieber Sandwiches«, sagte sie. »Wenn wir jetzt gleich hineingehen, werden wir nichts versäumen.«

Sie schien nicht sehr glücklich über die Entwicklung, und Grünsucher beeilte sich, die Situation zu retten. »Du kannst hierbleiben. Ich sehe nach, was sie drinnen anzubieten haben. Ben; Satin . . . geht nicht fort.«

Grünsucher mußte sich den Eintritt in die Bar erkämpfen, da er sich gegen die Strömung bewegte; die übrigen Burschen kamen heraus, um den Abschluß des Viehtreibens mitanzusehen. Aber endlich hatte er es geschafft, und der Weg zu Speisen und Getränken stand ihm offen.

Die Arme voller Pasteten, Torten und einer Pizza, die er und Sängerin teilen konnten, falls sie mochte, fand er, daß er sich einen Schluck an der Bar verdient hatte.

Er nahm sein Glas mit ans Fenster und sah dem Ende des Treibens zu.

Ben und Satin waren ein Stück weitergegangen und lehnten zusammen mit anderen Kindern an den Querstangen des Geheges. Sängerin hielt sich ein paar Schritte entfernt auf – genug, um ihnen das Gefühl der Freiheit zu vermitteln, aber doch nahe genug, um ein Auge auf sie zu haben.

Er nahm die übrige Szene auf. Pferdeboxen, in denen Tiere gebracht worden waren oder abtransportiert werden sollten, waren reichlich vorhanden. Die unterschiedlichen Wagentypen dienten alle erkennbaren Zwecken ... und der Zweck des Molochs mit den Belüftungs-Lamellen auf dem Dach, und diese Sprache, die nicht genau französisch war (vielleicht flämisch), die auf der linken Seite des Platzes gesprochen wurde, verschlug Grünsucher den Appetit auf die Sachen, die er gekauft hatte. Die Belgier hatten ihre eigene Verwendung für die Pferde ... Er sah, wie Satin ein paar Worte mit einem anderen kleinen Mädchen am Zaun wechselte; sah, wie sie sich mit verzogenem Gesicht abwandte und zu Sängerin lief und sich an ihren Rock klammerte.

Verdammt. Er verschwendete hier die Zeit mit Fragen der Pferde-Ethik, während seine Schützlinge Schwierigkeiten mit fremden Leuten hatten. Vielleicht war Satin noch nicht in der Lage, mit Gleichaltrigen zu verkehren; und sei es selbst für kurze Gespräche. Kinder konnten grausam sein ...

Er ließ sein Glas halbvoll auf dem Tisch stehen und ging, die unterschiedlichen Eßgelüste zu befriedigen.

Ben hatte sich den übrigen zugesellt. Satin, in Tränen, hielt sich fest an ihre baumwollene Zuflucht gedrückt.

»Was ist passiert? Ich sah dich reden ... war jemand böse zu dir?«

»Nicht böse«, bemerkte Ben. »Vielleicht ein bißchen böse ... böse und gemein.«

»Gemein?« Grünsucher erwartete etwas, das sich mit seinen eigenen Vermutungen decken würde, aber es handelte sich um etwas ganz anderes. Ben nahm ihn bei der Hand und führte ihn dorthin, wo er eben mit Satin gestanden hatte.

Ein stämmiges, kleines graues Pony, das offensichtlich trächtig war, schnupperte an dem Gras unter den Balken des Zaunes.

»Sie wird ein Baby bekommen«, erklärte Ben.

Grünsucher war sich nicht sicher, ob es angebracht war, wenn er lächelte. »Ich . . . Das sehe ich.«

»Man wird es ihr abnehmen.«

»Aber . . .« Grünsucher dachte sofort an Abtreibung, ». . . es ist noch nicht einmal geboren.«

»Es wird auch nie geboren«, sagte Satin mit weinerlicher Stimme dicht hinter ihm.

Grünsucher sah sich hilfesuchend nach Sängerin um. »Ich weiß nicht, ob ich das alles richtig verstehe«, sagte er.

»Vielleicht ist es nur ein Gerücht«, erwiderte Sängerin. »Du hast es eben selbst gesagt . . . Kinder denken sich oft die haarsträubendsten Geschichten aus.«

»Es ist *kein* Gerücht«, sagte Ben verärgert. »Die Menschen anderswo *essen* ungeborene Fohlen. Es ist ein Festessen für sie.«

»Mein Gott.« Grünsucher hatte schon wieder einen Fehler gemacht . . . er hatte eine unerfreuliche Tatsache des Lebens zurückbehalten, nur, damit sie den Kindern von anderer Seite in einer noch widerwärtigeren Form beigebracht wurde. »Ich kann das kaum glauben.«

Aber er konnte es sogar sehr leicht glauben. Und dort war der Moloch, der nur darauf wartete, mit Leichen gefüttert zu werden.

Satin schluchzte erneut.

Grünsucher schaute traurig auf das Essen in seiner Hand und legte es irgendwo ab. Im Augenblick würde niemand essen wollen, und wenn der Appetit wiederkam, würde er sich immer noch Gedanken darüber machen können.

»Wenn du alle diese . . . dicken Ponys kaufen würdest«, sagte Ben, »könnten sie ihre Fohlen behalten.«

»Ben, ich . . . ich habe nicht soviel Geld.«

»Dann . . .« Ben kämpfte sichtbar schmerzlich mit der wirtschaftlichen Realität, ». . . vielleicht eines. Es würde ganz bestimmt nicht viel kosten. Wir könnten wenigstens *ein* Baby retten.«

Trotz ihrer Unkenntnis biologischer Vorgänge wußten sie, daß es erwachsene und junge Ponys gab, weil sie überall dort herumgelaufen waren, wo sie in den letzten Wochen gewesen waren; die Fohlen auf unsicheren spindeldürren Beinen, mit gesprenkelten Fellen und übergroßen, hollywoodlangen und rührenden Augenwimpern.

Satin betrachtete die geschwollenen Flanken des kleinen Grauchens und stellte sich das winzige Geschöpf darin vor. »Bitte . . . nur eines.«

»Also gut; ich will es versuchen.« Mehr konnte Grünsucher in seiner Unerfahrenheit auf dem Markt nicht versprechen; vor allem wußte er nicht, wie diese speziellen Delikatessen gehandelt wurden.

Seine Unwissenheit wurde bald beendet. Dieser Teil des Geschäftes kam zuerst, obwohl sich jedermann wünschte, daß er bald vorüber wäre, und die verurteilten Mütter in ihre Büßerzellen auf Rädern geführt würden – so daß sie aus den Augen und damit aus dem Sinn kämen.

Das Gebot kletterte rasch in die Höhe; so rasch, daß es Grünsucher den Atem nahm und die letzte Hoffnung raubte. Als über zweihundert Pfund geboten wurden, spürte er Sängerin an seiner Seite.

Sie drückte seinen Arm und sagte: »Es ist zuviel. Zuviel Geld, zuviel Erwartung.«

»Wenn ich es hätte . . .« Aber er wußte zu genau, daß diese Summe – von den Scheinen in seiner Tasche abgezogen – ihm so gut wie nichts mehr übriglassen würde. »Wie kann ich . . .?«

»Es sind Kinder«, erwiderte sie. »Sie haben die Geschichte in die Welt gesetzt. Der Preis ist natürlich so hoch, weil der Käufer in Wirklichkeit *zwei* Ponys ersteht. Er wird die Mutter nicht töten, bevor sie das Junge geboren hat . . . und wenn er eines der beiden tötet, dann hat er nicht mehr den Gegenwert für sein Geld, oder?«

Es war ein heroischer Versuch, der sich fast wie die Wahrheit anhörte; aber – Grünsucher bemerkte es, die anderen würden sich vielleicht täuschen lassen – die Bieter sprachen mit ausländischer Zunge. Es waren Belgier. Jetzt war er sich dessen sicher.

Dennoch – er konnte die Dinge nicht so einfach auf sich beruhen lassen. Die Kinder mochten beschwichtigt sein; er war es nicht. Trotz aller angenehmen Worte *wußte* er, daß es sich anders verhielt. Und die Kinder vor der Wirklichkeit zu schützen, war nur eine andere Art, sich selbst zu schützen.

»Ich würde jetzt lieber wieder fortgehen«, sagte Sängerin. »Dieses ganze Gerede hat mir die Laune verdorben.«

Sie nahm Satin bei der Hand und machte sich auf den Weg in Richtung des Caravan.

Das Mädchen hatte sich fast wieder beruhigt; es überdachte die verschiedenen Möglichkeiten und fragte sich, ob sie es wagen konnte, an die angenehmere zu glauben.

Ben blieb einen halben Schritt zurück und sprach so leise, daß Grünsucher sich zu ihm hinunterbeugen mußte, um ihn zu verstehen. »Ich habe mich nicht täuschen lassen, Grünsucher. Ich meine; ich weiß, daß Sängerin nur versucht, uns Kummer zu ersparen; und ich weiß auch, daß zweihundert Pfund ... nun ... also; wir brauchen das Geld, und wir müßten *alle* leiden, wenn wir es nicht mehr hätten ...«

»Es ist alles, was wir haben«, bestätigte Grünsucher, »und wir brauchen es für Essen und Notwendiges. Aber du brauchst nicht nur zu *glauben*, was Sängerin gesagt hat. Wir wissen schließlich alle, daß es tatsächlich so sein kann.«

»Ich wollte mich nur vergewissern«, sagte Ben. »Ich möchte nicht das Gefühl haben, wegzulaufen.«

Grünsucher blieb stehen. »Du kannst dich den Damen anschließen«, sagte er. »Ich *werde* mich vergewissern.«

Ich habe nur keine Ahnung, wie, dachte er, als er zusah, wie Ben ein paar Schritte lief, bis er Sängerin und Satin eingeholt hatte.

Sängerin drehte sich zu Grünsucher um und sah ihn fragend an.

»Ich komme gleich nach«, sagte er.

Dann machte auch er kehrt. Und ging zu dem Moloch zurück.

Der Mann, der das Pony erstanden hatte, kletterte in die Fahrerkabine seines Wagens. Sein Handel war beendet.

Grünsucher kramte das bißchen Französisch zusammen, das er kannte. *»Excusez-moi?«*

Der Mann setzte sich hin, schlug die Tür zu und starrte durch das Fenster zu Grünsucher hinab.

»Fahren Sie nach Southampton?« fragte Grünsucher.

»Keine An'alter«, erwiderte der Mann.

»Neinnein. Ich kenne nur den Weg nicht genau. Ich möchte in meinem Caravan hinter Ihnen *herfahren.*«

»Können nischt folgen. Isch fahre schnell. Langer Weg.«

»Welchen Weg nehmen Sie? Durch Lyndhurst?«

»Lynd'urst, Ashurst, Totton. Gerade Strecke. Nischt schwer für Sie, zu finden selbst.«

»Haben Sie Pferde darin?« Grünsucher wies auf den hinteren Teil des Lasters.

Der Mann grinste. »Nein, Eiscreme.«

Grünsucher grinste zurück. »Dumme Frage. Sie wären sonst nicht hergekommen, nicht wahr? Sind sie – kommen sie auf eine große Farm? Gestüt; Weideland . . . in Belgien? Wollen Sie eine Menge New-Forest-Ponys züchten?«

Der Mann grinste noch mehr. »Kein Farm. Größtes Restaurant in Liège.« Er sagte das nur, um das Lächeln aus Grünsuchers Gesicht verschwinden zu sehen; aber er hatte keinen Erfolg.

»Hoffentlich kommen Sie gut an«, sagte Grünsucher, ohne mit der Wimper zu zucken. »Bon voyage!«

Der Moloch erzitterte und erwachte mit einem hydraulischen Zischen zum Leben.

Während der Belgier damit beschäftigt war, seinen Wagen auf die Straße zu manövrieren, eilte Grünsucher zu seinem Caravan und setzte ihn so unvermittelt in Bewegung, daß seine Schützlinge in die Sitze zurückgepreßt wurden; und war schon über die Eisenbahnbrücke gefahren, die sie auch bei ihrer Ankunft passiert hatten.

»Nicht so schnell«, sagte Sängerin, »sonst bauen wir noch einen Unfall.«

»Ein Maschinenschaden genügt«, erwiderte Grünsucher. »Und ich weiß auch schon wo.«

Die Landstraße von Lyndhurst nach Beaulieu schert sich keinen Deut darum, daß sie eine Hauptverkehrsstraße ist. Sie ist eng, ihre Seitenstreifen sind ungesichert, und sie führt krumm wie ein Hundebein durch Denny . . .

Als Grünsucher den Caravan zum Halten brachte, geschah dies nicht auffallend weit vom Straßenrand entfernt, aber trotzdem ließ es nur noch Platz für die einzelne Durchfahrt nicht zu breiter Wagen.

Alle größeren Fahrzeuge mußten das Risiko auf sich nehmen, in den Graben zu fahren – oder abwarten, bis er den Caravan aus dem Weg geschafft hatte.

Grünsucher ging zum Vorderteil seines Wagens und klappte die Kühlerhaube auf.

Sängerin kam zu ihm. »Die Falle scheint aufgestellt zu sein«, sagte sie. »Würdest du mir bitte erklären, was du vorhast? In diesem Caravan ist nicht genug Platz für drei dicke Pferde und uns, wie du weißt. Ich sage das nur für den Fall, daß du einen Raubüberfall planst . . .«

»Dort, wo ich sie unterbringen will, ist genug Platz«, erwiderte Grünsucher und gab keine weiteren Erklärungen ab.

»Aber was du vorhast, ist nicht . . . legal.«

»Es ist moralisch. Ich kann damit leben; aber nicht damit, daß ich nichts unternehme. Und jetzt geh' zur Seite; dort kommt unser ausländischer Freund.«

Der Moloch kam groß und mächtig heran und schob sich vor den Himmel, als der Fahrer ihn eine Handbreit hinter ihrem Caravan zum Halten brachte.

Er steckte den Kopf aus dem Fahrerhaus. »Was ist los?«

»Eine Panne«, erwiderte Grünsucher. »Ich bin mit meinem Latein am Ende.«

»Latein?« Der Belgier hatte sich von der Redensart bluffen lassen.

»Ich kann den Fehler nicht finden.«

»Sie 'alten mich auf.«

»Tut mir leid, *mon ami*, aber ich halte im Augenblick jeden auf, der des Wegs kommt. Wenn ich genug Muskeln hätte, würde ich den Wagen zur Seite schieben. Aber ohne Kontrolle über den Caravan würde ich unweigerlich im Graben landen. Können Sie mir vielleicht helfen?«

Der Fahrer zog seinen Kopf wieder ins Kabineninnere zurück – vielleicht, um eine flämische Schimpftirade loszuwerden, die ihn erleichtern sollte.

Grünsucher nutzte die Gelegenheit, Ben zu instruieren. »Geh zur Rückseite des Lastwagens. Sieh zu, ob du die Tür öffnen kannst.«

»Ben . . .«, begann Sängerin im protestierenden Ton und biß sich auf die Lippen. Wenn sie dem Jungen verbot, es zu tun, würde sie in seinen Augen jeden Befreiungsversuch zunichte machen. Wenn die Ponys ihrem grausamen Geschick zugeführt würden, wäre sie die Schuldige.

Und dann war es zu spät; der Junge war schon gegangen; er nutzte die Deckung der beiden Wagen, um nicht von dem Fahrer gesehen zu werden, der seinen Sitz verlassen hatte und sich anschickte, den Tourer zu untersuchen.

Grünsucher unterbrach Zuführungen und wartete. In Kürze würde er an die Anschlüsse kommen, sie wenn nötig sinnlos mit Sandpapier bearbeiten.

»Er ist einfach stehengeblieben«, sagte er. »Wir sind gefahren – und der Motor setzte aus. Die Kontakte müssen miteinander verbacken sein. So etwas kommt manchmal vor. Wir sind eine Menge damit gefahren.«

»Wollen Sie, daß isch anschiebe, oder *no*?« Der Belgier mußte eine Fähre erreichen.

»Also, mir wäre es lieber, wenn ich die Maschine wieder zum Laufen kriegen würde.«

»Sie reparieren an Straßenseite. Die anderen Wagen müssen vorbeifahren können.«

Grünsucher sah Bens Gesicht am Seitenfenster des Caravans auftauchen. Der Junge schien mit den Tränen zu kämpfen. Er flüsterte: »Ein Schloß.«

Vielleicht wäre es jetzt das vernünftigste, aufzugeben. Das ganze Abenteuer hatte etwas Verzweifeltes an sich. Daß die Tür verschlossen war, hätte man sich denken können. Abschließen war oberstes Gebot.

»Das ist ein *malheur*«, sagte er. »Wir haben den Wagen erst kürzlich gekauft; gestern; *il y a deux jours*. Kein Werkzeug. Wir sind hereingelegt worden.«

Der Belgier schnob in unverhohlener Verachtung durch die Nase und spie aus, um es noch deutlicher zu machen. »Ihr elendes Inglisch. Sie legen mich 'erein die ganze Zeit. Isch schiebe. Ihre Familie 'ilft.«

»Meine Frau ist . . . schwanger«, sagte Grünsucher ergeben. »Aber okay . . . sie wird schieben.«

»*Non*!« Die heftige Reaktion des Mannes auf sein Nachgeben überraschte Grünsucher. Er hatte gehofft, eine Verzögerung zu schaffen, die ihm – wenn ein Wunder geschah – erlaubte, sich eine Möglichkeit auszudenken, sein Vorhaben doch noch auszuführen. Aber seine Andeutung des Zustandes, in dem sich Sängerin befand, schien einen psychologischen Auslöser bei dem Mann berührt zu haben.

»Non, non.« Der Mann drehte sich um und ging entschlossen zur Rückseite des Molochs. »Nicht schieben. Isch ziehe. Isch 'abe ein Seil.«

Grünsucher und seine Angehörigen gingen verwundert hinter ihm her und wollten nicht an ihr unverhofftes Glück glauben. Der Mann kramte in seiner Tasche und förderte endlich einen Schlüssel zutage.

Er steckte ihn ins Schloß und drehte ihn um.

Als er das Schloß ausgehängt hatte, fiel der Riegel hinab, und die Türflügel waren nicht länger gesichert.

Aber ehe der Mann sie öffnen konnte, warf sich etwas von innen mit Wucht dagegen und stieß ihn heftig zur Seite. Er versuchte verzweifelt, sich am Handgriff festzuhalten oder auf dem Trittbrett Fuß zu fassen, aber es gelang ihm nicht, und er landete auf der Straße.

Das kleine Graufellchen stand vorübergehend schwankend auf der Ladeklappe ... und sprang. Es knickte ein, als es auf dem Pflaster ankam, blieb aber auf den Beinen und galoppierte über das sumpfige Land davon.

Der Fahrer des Molochs setzte sich auf den Grünstreifen, und es gelang ihm beinahe, trotz allem würdevoll auszusehen. *»Merde!«*

»Ich ... Es tut mir leid.« Grünsucher schaffte es nur mit Mühe, ein ernstes Gesicht zu bewahren.

»Es tut Ihnen leid. Es ist Ihre verdammte Schuld.«

»Also wirklich; ich sehe nicht ...«

»Gehen Sie mir aus dem Weg, sonst 'auen sie alle ab.«

Aber es war zu spät; das Unheil ließ sich nicht mehr aufhalten. Die beiden anderen Ponys im Wagen – langsam im Verstehen und langsam auf den Füßen – hatten endlich die Botschaft des plötzlichen Einbruchs von Tageslicht erhalten und kämpften sich ins Freie. Bevor der Belgier ihnen den Weg verbauen konnte, waren sie auf und davon; ihre Hufe drohten, auf dem

Asphalt der Straße auszugleiten; aber als sie den Torfboden darunter spürten, verfielen sie sehr rasch in eine schnelle Gangart.

»Ich werde Ihnen helfen, sie einzufangen«, bot Grünsucher an.

»Kommt nicht in Frage«, erwiderte der Mann. »Isch bin Lastwagenfahrer; kein Cowboy.«

»Wir könnten alle helfen, aber . . .«

Der Belgier fiel ihm ins Wort. »Isch weiß. Ihre Frau; sie ist trächtig.«

Zum ersten Mal sah er sich Sängerin genauer an. »Sie sieht aber nicht so aus.«

»Es ist noch früh«, erklärte Grünsucher. »Aber wir wollen doch nicht riskieren, uns an den Ungeborenen zu versündigen, oder?«

Weder bei Menschen, noch bei Pferden, dachte er. Und als der Mann nichts erwiderte und ihm nicht in die Augen sehen zu wollen schien, merkte er, daß der andere eine ähnliche Gedankenassoziation gehabt haben mußte.

»Isch nehme an, Ihr Caravan fährt jetzt wieder«, sagte der Belgier.

»Wir werden hierbleiben und Ihnen helfen.«

»Gehen Sie zur 'ölle«, sagte der Mann, und der gutmütige Ton in seiner Stimme zeigte, daß er den Fluch nicht ernst meinte. Die Botschaft über die Ungeborenen schien ihn erreicht zu haben.

Als er die Türen des jetzt leeren fahrbaren Stalles wieder verriegelte, schaffte er es sogar, fast ein Lächeln in sein Gesicht zu zaubern.

»Aber Sie werden einen Geldverlust haben.« Grünsucher empfand verspätete Gewissensbisse.

»Es ist nicht mein Geld. Isch werde für fahren bezahlt . . . Isch fahre, sie zahlen. Das ist alles. Es ge'ört zum Risiko. Nicht viele Fahrer kennen Straßen so gut wie isch. Und vielleicht isch treffe das nächste Mal Sie *nicht* . . .«

Die beiden Männer stiegen in ihre Fahrerkabinen, und es herrschte fast so etwas wie Harmonie zwischen ihnen.

Als der Caravan eine Meile weiter anhielt, um den Moloch vorbeizulassen, geschah dies so rasch, daß Grünsucher das

Gesicht hinter dem Kabinenfenster nicht erkennen konnte. Aber die *entente* war sicherlich *cordiale*, denn ein lautes Hupsignal schmetterte über die Straße.

»Ihre Frau; sie ist trächtig«, sagte Ben, und sie alle lachten.

»Manchmal . . .«, begann Sängerin, und überlegte es sich anders. Weshalb sollte sie die Siegesstimmung trüben?

Als der Moloch außer Sichtweite war und somit keine Gefahr mehr bestand, daß sein Bubenstück ans Tageslicht käme, hätte Grünsucher wieder in südöstlicher Richtung fahren können, an den letzten Hinweisen auf einen Pferdemarkt vorbei (ohne ein Wort zu sagen) und weiter ans Ufer von Lepe.

Aber im Augenblick – nur im Augenblick – konnte er sich nicht mit dieser Vorstellung anfreunden. Sein Vorhaben war durch seinen Erfolg als Mini-Guerilla bedeutungslos geworden – wäre es auch dann gewesen, wenn er nicht hätte verhindern können, daß die Ponys ihrer Bestimmung zugeführt wurden.

Er genoß sein neues Ansehen. Die Kinder kniffen ihn in den Arm, zerwühlten ihm die Haare, patschten ihm in den Nacken – wobei sie, wie man zugeben muß, seinen Moosverband ehrten – kurz, sie taten wirklich alles, um jemandes Aufmerksamkeit abzulenken, dessen Augen eigentlich auf die Fahrbahn hätten gerichtet sein müssen.

Sogar Sängerin lächelte ihn warm an, als er es wagte, ihr einen Seitenblick zuzuwerfen.

Er konnte jetzt mit ihnen fahren, wohin er wollte; und so war es unvermeidlich, daß er dem Pfeil zum Opfer fiel – dem Pfeil, eher vom Stupido als vom Cupido abgeschossen – eher mediävistisch als metaphorisch.

Er wendete den Wagen und fuhr zum zentralen Wald zurück – und zumindest Sängerin bemerkte einen Temperaturabfall. Aber sie sprach sich nicht gegen die neue Fahrtrichtung aus.

Wenn die Bewegung etwas beweisen soll, dachte sie, *können wir ebensogut hierbleiben.* Aber da war noch ihre Gewohnheit, Grünsucher die Initiative zu überlassen, und das zuweilen erschütterte Vertrauen, daß er das Richtige zur richtigen Zeit tun würde.

Die Kinder, denen derartige Bedenken fremd waren, waren nur zu schnell bereit, den Erwachsenen die Entscheidung zu überlassen; und sie waren zufrieden, mit den Erwachsenen zu gehen, wohin auch immer sie gehen mochten.

Dr. Burnett hatte behauptet, die Menschen neigten dazu, zu rationalisieren, kompensieren und zu übertreiben – er hatte gesagt, sie brächten spontan Folklore hervor, die nicht nur der Überlieferung, sondern auch der Versicherung diene, daß die Ereignisse um einen unwägbaren Teil von der Realität abgerückt seien; mehr aus dem Stoff des Mythos. Das mochte sich als Schutz für diejenigen erweisen, die leiden würden, wenn sie den jeweiligen Fall allzu gründlich untersuchten; aber es hatte überhaupt keinen Nutzen, wenn man – Folklore oder nicht Folklore – den Vorfall im Kopf hatte, im Herzen; ganz und gar nicht zu leugnen.

Vergessen Sie alles, was in Canterton geschehen ist, hatte der Arzt zu Grünsucher gesagt. Aber es gab auch eine andere psychologische Schule, die behauptete, daß man nicht hoffen konnte, die Wirkung zu verstehen, wenn man sich nicht selbst die Ursache eingestand.

Es war eine gute Ausrede für mangelnde Entschlußfähigkeit. Aber es hatte keinen Bezug zur Wahrheit.

Grünsuchers Verwirrung resultierte teilweise aus dem Zeit- und teilweise aus dem Phasenverschiebungseffekt. Plötzlich, vor so kurzer Zeit, daß er sich immer noch mächtig auf die Hinterbeine stellte, um es zu beweisen – in diesem Monat, in diesem Jahr – war etwas geschehen, das neun Jahrhunderte Geschichte und Glauben verändert hatte; dreißig Generationen überlieferter Erzählungen.

Und Burnett hatte gesagt: »Vergessen Sie es.«

Wie?

»Wie?« sagte Grünsucher laut.

»Wie . . . was?« erkundigt sich Sängerin rasch.

»Wie kann ich nur . . . Oh! Ich habe nur plötzlich einen Stich im Kopf gespürt.«

Und du warst nicht der einzige, dachte Sängerin. *Aber wenn du es mir nicht sagen willst, werde ich dich nicht fragen.* Laut sagte sie: »Möchtest du, daß ich nach deiner Verletzung sehe? Eigentlich darf man diesen Verband nicht anrühren.«

»Es ist schon in Ordnung. Ich denke, ich muß mit gewissen Beeinträchtigungen meines Wohlbefindens rechnen.«

Ich denke, das muß ich ebenfalls, dachte Sängerin. *Wenn ich ihm mein Leben verdanke, sollte ich ihm nicht den Lohn in Form von Zweifeln zahlen. Es ist nur so, daß ich . . .* Und so war es; genauso.

Zu lange war sie unfähig gewesen, jemanden zu trauen, und jetzt waren ihre Erwartungen zu hoch geschraubt. Wenn sich ein Mann an einem Ort als Held erwiesen hatte; war es dann fair, ihm zu sagen, daß man sich wünschte, diesen Ort rasch wieder zu verlassen?

Sie verdächtigte ihn der Erhabenheit – er verdächtigte sie der Ergebenheit; und beide irrten. Wie beide herausfinden sollten.

★

Der November präsentierte sich mit ungewöhnlicher Härte. Er brachte Nächte mit sich, die so lange dauerten, daß sich Grünsucher fragte, ob es überhaupt noch Tag werden würde; Perioden, in denen blauer Dunst über New Forest hing; kein Lüftlein Akkorde auf den braun werdenden Farnen spielte, und der Tag die Büsche und Bäume zu unheimlichen schwärzlichen Klumpen verschmolz.

Das Wetter blieb mild, aber es gab keine Gewähr, daß es so bleiben würde, und die Frage mußte gestellt werden.

»Wollt ihr lieber in ein festes Haus ziehen?« versuchte Grünsucher eines Morgens, als sie alle um den Wohnwagentisch beim Frühstück saßen, die Stimmung zu ergründen. »Es wird um einiges kälter werden. Ich möchte wissen, ob ihr diese Kabine gegen eine Menge hübscher Zimmer eintauschen möchtet. Es ist schon eine Weile her, seit wir dieses Vergnügen hatten.«

Er bemühte sich redlich, es verlockend klingen zu lassen, obwohl er glücklicher gewesen wäre, wenn der jetzige Zustand beibehalten würde. Der Paraffin-Heizofen reichte aus, um die Kälte draußen zu halten, und die batteriegespeiste Lampe hielt die Dunkelheit draußen.

Gewiß waren Paraffin und Batterien nicht eben billig, aber das traf auch auf Mieten zu.

In New Forest war es schwer, eine anständige Verpflegung aufzutreiben – die Gaststätten waren auf Touristen eingestellt und verlangten entsprechende Preise, die erheblich über dem lagen, das sich Grünsucher leisten konnte; seine Geldrolle war in einem ständigen Schrumpfungsprozeß begriffen, der nur kurz durch ein gelegentliches Handgeld für einen Tag Arbeit in einem Sägewerk aufgehalten wurde.

Die Alternativen lauteten demnach, entweder alles beim alten zu lassen, oder sich eine Art Winterquartier an der Küste zu suchen, das ihnen wenigstens bis Mai ein Dach über dem Kopf bieten würde. Aber das würde bedeuten, daß sie New Forest ganz verlassen mußten – und wenn sie erst einmal aus dem Wald heraus waren, würde es später um so schwerer sein, seine Familie wieder hineinzubringen . . .

»Uns gefällt es hier.« Auch Ben hatte bei dieser Aussage hauptsächlich die Zukunft im Auge gehabt und Grünsucher so gerettet. Ein Haus bedeutete so etwas wie eine Stadt, und eine Stadt bedeutete die Gefahr einer planvollen Erziehung für ihn und Satin. Er hatte im allgemeinen nichts dagegen, etwas zu lernen; wohl aber gegen die systematische Form des Lernens.

Für Grünsucher und Sängerin war der Zwischenfall auf der Beaulieu-Road ausgestanden; er war gewissermaßen archiviert und der Erinnerung einverleibt; aber Ben erinnerte sich an die Kinder, die ihm und Satin die Geschichte mit den Ponys erzählt hatten – und er erinnerte sich auch daran, daß diese Geschichte einen gewissen Reiz ausgeübt hatte. Er glaubte aber nicht, daß er und seine Schwester (denn dafür hielt er Satin jetzt) bereit waren, sich Kindern zuzugesellen, deren Art zu reden und sich zu geben so sehr verschieden von ihrer eigenen war.

Er wollte, daß Satin ihn unterstützte, und sie sagte – aus ihren eigenen Erinnerungen und Erwägungen heraus: »Ein Haus ist schrecklich. Einmal war ich in einer großen, feuchten Zelle, und ein anderes Mal fanden uns die bösen Männer und nahmen uns mit sich fort. Hier können wir einander immer sehen. Bitte, laß nicht zu, daß wieder Mauern zwischen uns sind.«

Grünsuchers Konzept kam das mehr entgegen, als er zu hoffen gewagt hatte. Trotzdem fühlte er sich schuldig, daß er Freude darüber verspürte.

»Was ist mir dir, Sängerin?«

»Spielt es denn eine Rolle, was ich denke? Ich scheine in der Minderheit zu sein.«

»Unsinn.« Grünsucher warf großmütig mit vorgespiegelter Munterkeit um sich. »Du bist die älteste anwesende Dame, und ich habe meine Stimme noch nicht abgegeben. Wir dürfen uns von den Kindern nichts vorschreiben lassen.«

Sängerin sah forschend in die Gesichter der Kinder, weil sie ihr eigenes nicht sehen konnte und ihr der Ausdruck im Gesicht Grünsuchers nicht glaubwürdig schien.

Ben fühlte sich offensichtlich unbehaglich, und aus der Art zu schließen, wie er den Arm unbewußt um Satin gelegt hatte, fühlte er dieses Unbehagen für sie beide.

Satin äußerte ihre Meinung vielleicht eher impulsiv als überlegt, aber die Gründe, die sie anführte, basierten auf Erfahrungen, die sie selbst gemacht hatte ... und Sängerin war noch immer ein wenig zu unerfahren in bezug auf Menschen, um sie in wünschenswertem Umfang durchschauen zu können.

»Ich meine, wir sollten *wirklich* bleiben, wo wir sind«, sagte sie schließlich. »Mir ist es eigentlich so oder so recht, aber die Kinder ... nun, sie haben unangenehme Erlebnisse in Häusern hinter sich.«

»Dann bleibt mir wohl keine andere ...«

»Unter einer Bedingung.«

»Und zwar?«

»Wenn es zu kalt wird, gehen wir in ein Haus. Und wann es soweit ist, bestimme ich.«

Grünsuchers Gefühle waren in einem hübschen Durcheinander. Er war im Verlauf des Gesprächs froh gewesen; hatte sich schuldig gefühlt; war erleichtert und ängstlich gewesen; und jetzt war er aus einem unerfindlichen Grund dem gelassenen Zugeständnis Sängerins gegenüber mißtrauisch.

»Selbstverständlich«, sagte er. »Du bist ihre ... Nun; laß es uns offiziell machen; auch, wenn es nicht der üblichen Sitte entspricht. Du bist ihre Mutter.«

»Mutter.« Sängerin wiederholte das Wort; und es klang, als wäre es ihr eine zu schwere Bürde.

»Mutter.« Ben nahm den Arm von Satins Schulter und rückte näher zu Sängerin. »Ich würde dich gern ›Mutter‹ nennen.«

»Ich weiß nicht recht ...« Sängerin atmete schwer; fast klang es wie ein Seufzen.

»Mutter. Das *muß* einfach stimmen«, sagte Satin. »Ich bin für eine Mutter aufgespart worden.« Und sie begann, Sängerin mit Küssen zu bedecken, bis die ganze Idylle unter Gelächter auseinanderbrach.

Sängerin entschuldigte sich kurz darauf und sagte, daß sie ein wenig allein sein möchte. Sie hatten die Nacht in einer Ecke des hügeligen Wagenparks von Lyndhurst verbracht, und jetzt ging sie über den welligen Boden zu den Waschräumen in der Nähe der Einfahrt.

»Mutter wird weinen«, sagte Satin. »Ich möchte mit ihr gehen.«

»Nein.« Grünsucher wußte, daß Sängerin auch andere Gründe gehabt haben mochte. »Sogar Mütter müssen manchmal allein sein, um mit sich selber ins reine zu kommen.«

»Also gut.« Satin schien genug Einsicht zu besitzen, um es zu akzeptieren. »Dann möchte ich dich etwas fragen. Warum sollen wir dich immer ›Grünsucher‹ nennen ... warum können wir nicht ›Vater‹ zu dir sagen?«

»Mit mir ist es ein wenig anders. Ihr beiden und Sängerin wart beisammen, solange ihr euch erinnern könnt. Ich komme erst viel später in diese Erinnerung mit hinein. Ich bin ein Außenseiter.«

»Aber wenn du Mutter *heiraten* würdest ...«

»Das wäre möglich. Aber ich kann nicht einfach sagen: ›Wir werden heiraten.‹ Sängerin – Mutter – muß es *wollen.*«

»*Natürlich* will sie es.« Satin konnte sich einfach nicht vorstellen, daß diese Regelung auf Schwierigkeiten stoßen könnte.

»Wenn sie bei Verstand ist ...«, begann Ben und biß sich auf die Zunge, als er das warnende Aufblitzen in den Augen Grünsuchers sah. Er wäre beinahe bereit gewesen, das graue Pony dafür herzugeben, wenn er auf diese Weise das Gesagte hätte rückgängig machen können. In der Vorstellung Satins waren die wenigen Wochen, die sie schon beisammen waren, mit der verblassenden Vergangenheit eins geworden, aber Ben war sich immer einer zurückliegenden Zeit bewußt gewesen, in der Sängerin gesungen hatte und sich nicht bewußt gewesen war, was ihr Gesang bedeutet hatte. »Ich wollte sagen ...«, fuhr er jämmerlich stotternd fort, »... ich meine, wenn es vernünftig ist.«

Satin nahm seine Schwierigkeiten nicht wahr, und als er es wieder wagte, Grünsucher in die Augen zu schauen, hatte das Aufblitzen eine humorvolle Note angenommen, und er fühlte sich sehr erleichtert. Der *faux pas* war wiedergutgemacht, und er war dankbar, daß Sängerin nicht zugegen gewesen war, weil es sie verletzt haben könnte.

»Ich . . . *denke wirklich* . . . Ich werde zum Informationsbüro 'rübergehen«, sagte Grünsucher und hob das Kinn in Richtung des Trailers mit dem Emblem der Forestry Commission, das sie über den ausgedehnten Parkplatz hinweg anblinkte. »Es dauert nicht länger als eine Minute. Ihr beiden bleibt hier, denn ich möchte nicht, daß Sängerin wiederkommt und einen leeren Caravan vorfindet; später wollen wir uns ein wenig in diesem Teil von New Forest umschauen. Ich werde versuchen, ein paar gute Plätze ausfindig zu machen, die wir besuchen können.«

Es war nicht ganz die Unwahrheit. Aber was sich die Kinder unter »guten Plätzen« vorstellten, entsprach möglicherweise nicht genau dem, was er im Sinn hatte.

Eine Zeitlang beobachteten sie das Kommen und Gehen – neue Autos, Vorjahrsmodelle, Landrover; sogar ein Kombiwagen, auf dessen Ladefläche ein stolzes und glückliches Schaf inmitteln einer Schäferhundemeute einherstolzierte. Sie sahen Grünsucher den Trailer verlassen und zum Community Center hinübergehen, das zugleich als öffentliche Bibliothek fungierte.

Dann erblickten sie Sängerin, die sich zwischen den Wagen hindurch zurück zum Caravan schlängelte.

»Mutter hat lange geweint«, sagte Satin.

»Wenn es das war«, erwiderte Ben.

★

Grünsucher schwenkte den Tourer von der Straße herunter zwischen wucherndes Brombeergestrüpp, dessen Früchte schon halb verdorben waren, und sagte: »Tut mir leid, daß wir die Ernte verpaßt haben.«

»Ernte?« fragte Satin.

»Das hier ist Thorney Hill, die Brombeergegend von New Forest. Es gibt massenhaft Büsche bei Emery Down und einige bei Oakland South, aber nirgendwo sind sie so konzentriert zu finden wie hier, wenn sie reif sind. Aber jetzt gibt es nur dicke, saftige Beeren, die euch überall vollkleckern, aber faul und schimmelig sind.«

»Weshalb sind wir dann hergekommen?« fragte Sängerin.

»Weil es hier noch mehr zu sehen gibt – unabhängig von der Saison.«

Ben war schon aus dem Caravan gestiegen. Er hüpfte auf den Rasen, sprang über den Graben und kam japsend wie ein Hund zurück. »Du hast von Ranken gesprochen«, sagte er. »Wo sind sie?«

»Es liegt an den Wellingtons«, sagte Grünsucher. »Gut, daß ich euch Wellingtons besorgt habe. Obwohl für euch wohl Sieben-Meilen-Stiefel besser wären.«

»Gehen wir weit?« Sängerin bildete sich ein, auf Satins Gesicht eine leichte Anspannung gesehen zu haben, als die Vorstellung von Entfernung aufgetaucht war.

»Wir machen nur einen Rundgang; aber ich verspreche, daß niemand müde wird. Ich kann euch abwechselnd tragen; oder ich kann euch alle zugleich tragen.«

»Bist du sicher?«

»Sängerin . . . wenn wir nicht gehen, werden wir nicht dorthin kommen. Und ich verspreche dir noch etwas: wenn du erst dort bist, wirst du sehr froh sein, daß du gekommen bist.«

»Ich bin überzeugt«, sagte Ben; für den Fall, daß seine Unterstützung des Planes erforderlich war.

Grünsucher bahnte ihnen einen Pfad durch die Brombeer- und Schlehdornsträucher voraus und räumte gelegentlich eigenhändig Ranken beiseite, die Füße oder Gesichter bedrohten.

Bald hatten sie die wild überwucherte Region hinter sich gelassen, in der Schlehen und Brombeeren ineinander verfilzt waren und um ihren Anteil an Licht kämpften, und vor ihnen lag das Hochmoor; bewachsen mit Heidekraut und bräunlichem Farn. Der Horizont lag zum Greifen nahe und deutete auf den bevorstehenden Sonnenuntergang hin.

Noch ein paar Schritte, und das Buschland fiel ab; die Farne verschwanden allmählich und überließen das Feld dem Heidekraut und vereinzelten schottischen Kiefern.

In der Ferne erblickten sie eine schimmernde Wasserfläche; Dutzende silbriger Schneckenspuren führten in diese Richtung und verwandelten die Ebene in ein Mosaik.

»Wir sind gleich an dem Teich«, sagte Grünsucher.

»Das reimt sich«, sagte Satin unüberhörbar begeistert, daß sie es gemerkt hatte.

»Wenn du glaubst, das ist schon Poesie, dann . . . halt dich nur fest.« Grünsucher hob sie hoch und setzte sie sich auf die Schultern.

Er hörte, wie jemand scharf die Luft einsog; aber es kamen keine Worte, und er selbst äußerte sich ebenfalls nicht.

Sängerin war eben erst dabei, zu lernen, sich zu sorgen; und sich zu sehr sorgen war erst der Anfang davon, sich eben genug zu sorgen.

Dann sagte er aber doch, um sie zu beruhigen: »In meiner Familie hat es eine Ziege gegeben. Meine Füße sind sicher; ich bin noch nie gefallen . . . außer in Liebe.«

»Berühmte letzte Worte«, sagte Sängerin und fragte sich, wo sie das in dieser Zeit aufgeschnappt hatte, in der sie noch berühmte erste Worte erlernen mußte. Immerhin nahm sie erleichtert zur Kenntnis, daß ihr Seufzer nicht ungehört von Grünsucher verhallt war.

Sie gingen den Abhang hinab, bahnten sich ihren Weg über die Ebene, setzten ihre Stiefel ins Heidekraut, um Halt zu finden, und traten mit heimlicher Freude in Wasserrinnsale.

Vor dem Himmel hing eine leichte Wolkendecke, und das an manchen Stellen durchbrechende Licht des späten Tages ließ ihn wie Asche mit noch glühenden Kohlenstückchen aussehen. Weit im Westen schien die untergehende Sonne die Wolken bis auf kleine Schäfchenwolken abzuknabbern, aber das Zwielicht setzte sich trotzdem zunehmend durch. Wenn der Himmel noch aufklarte, geschah es zu langsam, um den schwindenden Tag zurückzuhalten.

Das Heideland war nun in tiefes Purpur getaucht, und alle Konturen verschwammen, als sei die Welt eher von Dämonen zerfasert.

Ein Busch, der sich in der Abendbrise regte, wurde plötzlich zu einem Pony; grau in grau.

Die Bäche wirkten eher wie Pfade als wie Wasserläufe; Grashalme bogen sich geschmeidig in Flußrichtung, und das Heidekraut blühte unverdrossen unter dem fließenden Glas.

Sängerin bückte sich, griff in einen Bach und holte ein tropfendes Geschmeide aus ihm. »Ich hätte nie gedacht, daß ich einmal Blumen pflücken würde, die im Wasser gedeihen.«

»Auf einmal willst du nicht mehr wissen, was du gelesen hast«, sagte Grünsucher. »Da gab es eine Lady ... Juliette de Bairacli Levy. Sie lebte im Norden von New Forest, in der Nähe von Godshill, vor ungefähr vierzig Jahren ... sie war nicht eigentlich eine Hexe, beherrschte aber zuviel Magie, um zu den normalen Bürgerinnen gerechnet werden zu können. Sie schrieb, sie sei in tiefen Tümpeln geschwommen, in denen man, wenn man das Gesicht unter Wasser hielt, die Pflanzen bestaunen konnte, die dort wuchsen, als wäre es unter freiem Himmel. Das war für mich eine zauberhafte Vision, von der ich nie geglaubt hätte, daß ich sie auch einmal *in natura* erleben würde; denn die Teiche von New Forest waren aus den verschiedensten Ursachen entweder ausgetrocknet, verschlammt oder sonstwie verschwunden. Und jetzt ...«, er sah auf seine Füße, »... stehe ich knöcheltief in diesem Zauber.«

»*Waden*tief«, korrigierte ihn Ben.

Satin zappelte auf Grünsuchers Schultern. »Jetzt will *ich* aber tief sein«, sagte sie.

Grünsucher ließ sie bis an seine Hüfte gleiten, schwang sie in weitem Bogen in den Bach und hob sie wieder empor.

»Du«, sagte er, »hast die beste Aussicht von allen. Ben und Sängerin und ich können nur immer auf ein Stückchen Weg sehen, damit wir sicher unsere großen Füße absetzen können. Wie hübsch es sein muß, nur zu schweben und schauen ... wie du und Juliette de Bairacli Levy.«

Er blickte zu ihr hoch, um zu sehen, ob sie ihn anschaute. Aber ihr Blick war auf einen Punkt weit vorn gerichtet; der Ausdruck ihres kleinen Gesichts war gespannt. »Was sind das für Vögel?«

Er richtete seine Aufmerksamkeit auf den See. Was zuvor eine schimmernde, aber langweilige Spiegelscherbe gewesen war, die wie zufällig ins Hochmoor gelangt war, hatte jetzt Eigenheiten bekommen ... Ufer, deren schamloses Grün selbst in der heranriechenden Dämmerung noch prunkte ... und Bewohner.

Eine Schwadron Brandenten, die plötzlich die Annäherung der Menschen bemerkten, obwohl sie noch einige hundert Meter vom See entfernt waren, stoben in die Luft; schwenkten in Richtung Burley ab; beschrieben einen Halbkreis zurück, und ließen sich auf einem anderen Teil der Wasserfläche nieder, verborgen im Wellenschlag.

Fünf weit größere Vögel, in diesem Licht schwarz, aber in Wirklichkeit wohl eher dunkelbraun, stellten sich auf die Füße, verließen in derselben fließenden Bewegung das Ufer; und auf dem Wasser verloren sie all ihre Plumpheit.

»Sind das Schwäne?« erkundigte sich Ben.

Grünsucher faßte die überirdisch weißen Federringe ins Auge, die sich dort befanden, wo der Hals in den Kopf überging, und wie Clown-Augen aussahen. Aber sie reichten aus, die Tiere zuzuordnen.

»Es sind kanadische Wildgänse. Man könnte leicht glauben, sie seien selten; aber sie sind es in Wirklichkeit nicht. Sie sparen sich nur für seltene Gelegenheiten auf . . . Das war mein Versprechen. Ich wußte nicht, *was* es sein würde; aber ich wußte, es würde etwas Besonderes sein . . . denn das ist das Versprechen von New Forest. Immer wieder zeigt einem dieses Land seine Geheimnisse, und man könnte glauben, man sei sein einziger Vertrauter . . . aber es zeigt seine Schätze *jedem*, der es darauf anlegt.«

Und wann, dachte er bei sich, ohne es auszusprechen, *wird es sein Versprechen mir gegenüber einlösen?*

»Blumen, die unter Wasser gedeihen; Sträucher, die im Dunklen leuchten; Enten, die in Schwadronen auftreten; und Gänse mit Bühnenschminke . . . Ich würde sagen, es war gut, daß wir hergekommen sind«, sagte Sängerin. »Und nicht einen Moment zu früh.«

Jetzt, da die Dunkelheit um sie zunahm, fühlte sie sich berechtigt, die Sache zu beenden. »Müssen wir denselben Weg zurück nehmen?«

»Nein. Zurück geht es viel leichter«, versicherte ihr Grünsucher.

Die orangefarbene Ecke des Himmels war an derselben Stelle geblieben; aber Splitter davon waren ins Heideland gefallen, um die Wasserläufe zu markieren; und hinter ihnen versprach ein grauer und gerader Streifen das Vorhandensein einer Straße.

Sie erreichten sie ohne Anstrengung und schlugen einen zwar bequemeren, aber auch weniger aufregenden Marsch zu dem Hügel an, von dem aus sie aufgebrochen waren.

Der Tag flammte noch einmal kurz auf und war vergangen. Und als wäre das Aufleuchten ein Signal gewesen, begann ein feiner Regen ihre Gesichter zu benetzen.

Ben ließ in seinem Kopf die letzte halbe Stunde Revue passieren. Der Schalter, der die Nacht übers Land gebracht hatte, konnte gewiß nicht auch die Visionen vom Heideland ausknipsen. Menschen hatten die Pflicht, sich zu erinnern, und man sollte es ihnen sagen.

»Also . . . mir hat es gefallen«, sagte er mit Nachdruck. »Ich werde mich noch lange daran erinnern.«

Er tastete nach der Hand Grünsuchers, mit der er Satins Fuß stützte, und drückte seine Finger.

»Mir auch«, sagte Satin von einem unbestimmten Punkt hoch über ihm.

»Erfülle unsere Augen, Grünsucher«, sagte Sängerin, »und du erfüllst unsere Herzen.«

Es klang bei weitem großartiger, als sie es geplant hatte. Sie fragte sich, ob Grünsucher auch sein eigenes Herz füllen konnte, oder ob sie es für ihn tun konnte; nach der Methode, die sie sich während ihres Rückzuges in Lyndhurst ausgedacht hatte; und ob es nicht wichtiger für ihn war, seinen Kopf zu füllen, als all diese anderen Erwägungen.

★

Es hatte eine ziemliche Ähnlichkeit.

Der Text auf dem Plakat lautete:

> GESUCHT
> wegen Verhör
> – dann kam das Portrait –
> im Zusammenhang mit
> illegalen Transaktionen.

Grünsucher, durch Bens Ausruf von seinen morgendlichen leichten Ausbesserungen am Caravan herbeigerufen, konnte es nicht begreifen.

»Illegale Transaktionen?« Er hatte gar keine Transaktionen ausgeführt, außer im weitesten Sinne des Wortes. Die Flucht von Hochbaums Schloß – Entführung? Wer lebte denn noch, der Klage erheben konnte? Der Kauf des Tourers? Gut, vielleicht hatte er es versäumt, die erforderlichen Anzeigen über die Einzelheiten des Fahrtenbuchs zu machen, aber das war kaum kriminell. Die Affäre mit Canterton Glen? Das konnte man wohl kaum eine Transaktion nennen ... und in jedem Fall hatte er Burnetts Versicherung, daß er – soweit er betroffen war – es getrost vergessen konnte.

Die Sache mit den befreiten Ponys – das war möglicherweise nicht ganz stubenrein gewesen, aber er konnte sich wirklich nicht vorstellen, welches Gesetz er dadurch gebrochen hatte. Außerdem war der wirkliche Akt der Befreiung eher ein Zufall als alles andere gewesen; und niemand außer denjenigen, die ihn im Augenblick begleiteten, wußte, daß er es je geplant hatte.

Was übrig blieb, war ... ein vollständiges Geheimnis. Das Rätsel konnte nur gelöst werden, indem er sich stellte, um sich verhören zu lassen ... aber vielleicht würde ihm dann die Initiative aus der Hand genommen. Falls die Polizei etwa glaubte ...

Er betrachtete das Plakat genauer und suchte nach einem Stempel der Polizei. Der Namenszug unter der Bekanntmachung war unleserlich. Der Urhebervermerk lautete: »Das Gericht von Swainmote.«

Und das war die Königliche Forstmeisterei*.

Ein Vergehen gegen die Wald-Gesetze?

Ben sagte: »Ich dachte, sie wollten dich so bald wie möglich sehen.«

* New Forest stand laut Magna Carta und der Forest charter (1217) unter besonderen Forest laws (Waldgesetze). Der chief officer hielt Gericht am höchsten Gerichtshof. Das geringere Gericht swanimote (hier Swainmote) wird noch heute in der Halle des Königlichen Forstmeisters (Verderers's hall) im Haus der Königin (Queen's house) bei Lyndhurst abgehalten, obwohl die Macht der Gerichtshöfe 1640 durch den Act for the Limitation of Forests beschnitten wurde. (Anm. d. Übers.)

»Ja . . . eh . . . ich danke dir. Hat jemand sonst . . .?«

»Noch nicht.«

»Vielleicht sollten wir es herunternehmen.«

»Das hätte keinen Sinn. Die Wälder sind voll davon.«

»Also; ich . . . Ich weiß einfach nicht, was sie meinen. Oder werden heutzutage Todesurteile wegen Abfällen gefällt?«

»Du weißt, wovon ich rede, Ben. Du willst dich nur nicht daran erinnern.«

»Was wirst du tun?«

»Das einzige, das ich bestimmt tun *kann*. Es bis an die Quelle zurückverfolgen. Es ist ziemlich störend, wenn man überall, wo man vorbeikommt, sein Gesicht sieht. Und dann könnte es sich noch irgendein Prämienjäger merken und mich in einer reichlich unbequemen Weise vor den Richter schleppen; und das würde keinem von uns guttun. Ich bin nicht der Meinung, daß mein Kopf noch eine Erschütterung vertragen kann . . . gerade jetzt.«

Prämienjäger . . . Bestimmt griff Manning nicht aus dem Grab nach ihm. Aber nicht seine ganze Crew konnte bei Canterton ausgelöscht worden sein – nur ihr Anführer.

»Mein Gott . . .« Die nicht eben geringe Möglichkeit einer blutigen Vendetta nahm dem Geheimnis seinen ganzen Spaß. »Ich muß es sofort tun.«

Grünsucher griff nach dem Plakat, schob die Finger unter das Papier, dort, wo keine Heftklammern waren, und zog. Das Plakat löste sich, indem es sechs Fragmente hinterließ, die an dem geteerten Pfahl hängen blieben. »Da ist dein Abfall«, sagte er bitter.

»Weshalb machst du dir diese Mühe?« fragte Ben.

»Man hat versäumt, meinen Namen daraufzuschreiben. Ich nehme das Poster mit, damit der Forstmeister weiß, wer ich bin.«

Grünsucher setzte den Tourer in Bewegung, während Ben das Plakat ausbreitete und Sängerin und Satin, so gut er konnte, erklärte, wohin die Fahrt ging und weshalb.

Am Queen's House in Lyndhurst stellte Grünsucher fest, daß der Gebäudeteil, der das Königliche Forstmeisterei-Gericht beherbergte, geschlossen war. Als er in der Forstkommission in einem anderen Trakt nachfragte, verwies man ihn in das Büro des Forstmeisters, das man erreichen konnte, wenn man durch Swan Green zurückfuhr, und dann in die Northerwood Inclosure hinauf nach Emery Down.

Das Büro sah wie ein Schulraum aus, und war sinnigerweise, wie Grünsucher fand, aus Holz errichtet. Der Mann, der ihn eintreten sah, zeigte sich nicht überrascht. »Ah«, sagte er. »Gut.«

»Sie . . . kennen mich?« fragte Grünsucher verwirrt.

»Ich *er*kenne Sie. Sie sind der Mann auf unserem Plakat. Wir haben Ihren Namen nicht.«

»Dann . . . Woher wissen Sie dann, daß ich es war, der getan hat, was ich getan haben soll?«

Der Mann lächelte. »Ich bedaure, daß wir zu einer derart verzweifelten Maßnahme greifen mußten. Ohne den Namen . . .«

»Was ich nicht begreife, ist, wie Sie *irgend etwas* über mich wissen können.«

»Ihr Fahrzeug. Die Nummer wurde notiert.«

»Wann?«

»Als uns die Übertretung angezeigt wurde.«

»Welche Übertretung? Welche illegale Transaktion?«

»Ich habe den Eindruck, daß bereits alles gesagt ist, das gesagt werden kann, Mr. . . .; Sie wissen, daß es weit einfacher für uns wäre, wenn wir Ihren Namen hätten.«

»Grünsucher. Nennen Sie mich einfach Grünsucher. Wenn Sie den Caravan schon kennen, was hat Sie daran gehindert, auch den Rest herauszubekommen?«

»Das Fahrzeug war unter dem Namen eines jungen Mannes in Verwood eingetragen; und der hält sich jetzt in Kanada auf. Er ist offenbar nicht der Mann, den wir suchen. Natürlich geht Sie das alles nichts an, Mr. Grünsucher. Grünsucher. Ein ungewöhnlicher Namen. Ist er vielleicht jüdisch?«

»Was ist mit dem Bild?«

»Sie sind gesehen worden, Mr. Grünsucher. Die Kamera kann heutzutage die meisten Dinge fotografieren. Aber Sie haben meine Frage nicht beantwortet.«

»Es ist ein christlicher Name. Und ein vornehmer. Ich selbst habe ihn mir ausgesucht. Ich war Strandsucher; aber jetzt suche ich den grünen Wald ab, nach einem lebenden . . .«

Und das war das Zugeständnis, das er in dieser Umgebung – wo man eine Lizenz benötigte, wenn man Pilze auszugraben, Torf schneiden, oder sein Vieh weiden wollte – nicht hätte machen sollen.

»Und das geht jedenfalls *uns* nichts an.« Der Mann mußte seine Gedanken gelesen haben. »Nein; Grünsucher reicht uns völlig, wenn Sie nichts dagegen einzuwenden haben, daß Sie unter diesem Namen aufgerufen werden.«

»Wenn ich weiß, weswegen ich aufgerufen werde ...«

»Morgen, Mr. Grünsucher, im Gericht der Königlichen Forstmeisterei. Es ist von größter Wichtigkeit für unseren demokratischen Prozeß, daß Ihre Reaktion auf die Anklage spontan und unbeeinflußt erfolgt. Wir verlassen uns mehr auf den natürlichen Sinn für Gerechtigkeit als auf zahllose Bücher, und wir halten viel von Eindrücken.«

»Also ... könnten Sie mir sagen, wer diese Klage erhoben hat?«

»Nicht namentlich. Es sind Versuche der Einschüchterung denkbar.«

»Nun; schauen Sie ...« Und Grünsucher erkannte, daß ihn die Dringlichkeit in seiner Stimme dem Mann nur in der erwähnten Richtung verdächtig machte. »Es ist nicht meine Art, anderen zu drohen. Wenn Sie mir den Namen nicht nennen wollen – ich bestehe natürlich nicht darauf –, könnten Sie mir wenigstens sagen, welche ... Funktion sein Inhaber hat.«

»Er ist ein Bürgerlicher*.«

»Ich habe auch nicht erwartet, daß er königlichen Geblütes ist.«

»Verzeihung. Ich dachte, Sie wüßten mehr über New Forest. Bürgerliche besitzen einen besonderen Status und haben spezielle Rechte. Wir hören immer auf sie.«

»Und was ist mit mir? Habe ich irgendwelche Rechte? Brauche ich einen Anwalt?«

»Wie Sie wünschen – aber Ihr Ankläger wird sich nicht vertreten lassen. Es wird – buchstäblich – sein Wort gegen das

* Hier steht im Original »Commoner«, was »Gemeiner« oder »Bürgerlicher«, aber auch Mitglied des (Londoner) Stadtrates oder Unterhausabgeordneter bedeuten kann. (Anm. d. Übers.)

Ihre stehen; und das sollte jemandem, der sich so gut ausdrükken kann wie Sie, keine Schwierigkeiten bereiten. Wie ich schon sagte, hier herrscht das Recht einfacher Menschen. Wir haben herausgefunden, daß sich die Wahrheit immer weiter entfernt, je klüger wir es anstellen. Ich sehe Sie dann . . . vor Gericht.«

Und damit mußte sich Grünsucher zufriedengeben.

★

Das Gericht versammelte sich – entsprechend der Statuten – um elf Uhr am Morgen.

Grünsucher, der nicht viel Kenntnis über Prozesse besaß, war schon seit halb zehn in Lyndhurst; er war in dieselbe Bucht des Parkplatzes gefahren, auf der er wenige Tage zuvor gestanden hatte, ohne recht zu wissen, wohin er von dort aus fahren sollte.

Er hatte Sängerin das Gespräch am Vortag in knappen Worten wiedergegeben, in der Hoffnung, daß ihr ein paar Gedanken zu diesem Thema einfielen; aber er hatte sie überraschend wenig entgegenkommend gefunden.

»Wenn du in Schwierigkeiten gerätst«, hatte sie gesagt, »dann geraten wir alle in Schwierigkeiten.«

»Aber ich habe keinen blassen Schimmer, was ich getan haben könnte; und sie wollen es mir nicht sagen. Ich weiß nicht, was am natürlichen Rechtsempfinden soviel besser als an schriftlich niedergelegten Gesetzen sein soll. Mir kommt es so vor, als sei es eine gute Sache für den Ankläger; aber gar nicht gut für den Angeklagten. Ich weiß nicht, was ich verbrochen habe; wie könnte ich meine Unschuld beweisen?«

»Sie werden dir *sagen*, was du getan hast; und deine Antwort wird erweisen, ob du unschuldig oder . . . schuldig bist.«

»Was *habe* ich getan?«

»Frag nicht *mich*, Grünsucher. Aber was es auch sein mag; wir alle haben es mit dir gemeinsam verbrochen – dessen kannst du sicher sein.«

»Sie wollen mich. Nicht, daß ich nicht erleichtert wäre, daß sie nicht auch euch haben wollen – bitte, versteh mich nicht falsch. Aber . . . ach; was geschieht, geschieht eben.«

Und er war wieder in seine Grübelei versunken.

Von den Kindern konnte er keine Einsichten gleich welcher Art erwarten – und vielleicht verlangte er auch ein wenig zu viel von Sängerin, die schließlich immer noch im Stadium des Aufnehmens und Verarbeitens war. Aber auch, wenn sie keine fertigen Antworten lieferte, konnte sie ihm zumindest eine Art Mitgefühl zeigen. Ihre Gleichgültigkeit verwirrte ihn, denn sie bedeutete, daß sie ihm etwas vorwarf – vielleicht nicht etwas von der Art wie der Bürgerliche; aber etwas, das sie eher dem Ankläger als dem Angeklagten geneigt machte.

Das war die Wendung, die seine Gedanken wieder nahmen, als er beobachtete, wie die Zeiger der Uhr am aus roten Ziegeln gemauerten Kirchturm in Sprüngen der festgesetzten Stunde zueilten.

»Wenn es dir nichts ausmacht«, sagte Sängerin, »würde ich gern hierbleiben.«

»Also, es ist nicht . . .« Grünsucher brach den Satz abrupt ab, voll Bedauern, daß er ihn angefangen hatte. »Es . . . ist nicht so, als könntest du etwas tun, wenn du dort wärst.«

»Ich . . . Es tut mir leid, Grünsucher. Aber ich bin immer noch ein wenig empfindlich in bezug auf Befragungen – und zwar besonders, wenn Menschen daran beteiligt sind, an denen mir etwas liegt.«

Sie küßte ihn leicht und unerwartet auf die Lippen. »Ich mache mir in dieser Angelegenheit keine Sorgen. Und dir wird nichts geschehen. Wenn ich auch nur einen Augenblick lang das Gefühl hätte, daß dir jemand etwas anhängen möchte, würde ich keine Sekunde daran denken, fernzubleiben. Ich möchte, daß du mir das einfach glaubst. Ich sage nicht, daß die Kinder nicht . . .«

»Ich gehe mit«, sagte Ben bestimmt.

»Ich bleibe hier«, sagte Satin mit derselben Festigkeit.

Grünsucher lachte. »Ich denke, das bringt alles ins rechte Lot. Die Frauen bleiben zu Hause, während die Männer in den Kampf ziehen. So sollte es auch sein. Wir werden euch Beute mitbringen.«

»Seht nur zu, daß ihr selbst wiederkommt.«

»Es ist nur eine Redensart. ›Dem Sieger die Beute!‹«

»Mir gefällt das nicht. ›Beute‹ läßt mich daran denken, wie die Dinge behandelt werden – und das ist nicht die Art, wie man sie behandeln sollte. Ich habe diesen Gedanken nicht gern.«

Grünsucher erwiderte Sängerins Kuß und weitete ihn gleich zu einer Umarmung aus. Und dann mußte er mit Satin genauso verfahren.

Es war zehn Minuten vor elf Uhr, als er mit Ben aus dem Tourer trat und zuversichtlich den Hügel hoch zum Gericht der Forstmeisterei marschierte.

Der Gerichtssaal kombinierte die mißglückte Schlagsahne eines reichlich modernen *décors* mit der Unbehaglichkeit authentischer Tudor-Bänke mit schmalen Sitzen und hohen Rückenlehnen.

Leute wandelten, Leute plauderten, Leute winkten; und in Grünsucher begann der Verdacht zu keimen, daß die ganze Angelegenheit eine Verschwörung darstellte, bei der er und Ben die einzigen nicht Eingeweihten waren.

Er erblickte kein bekanntes Gesicht, bis eine Seitentür aufging und der Gentleman von gestern hervortrat – von zwei Weidelandbesitzern in grünen Jacken eskortiert – und auf seinen Platz als Oberster Forstmeister mitten auf eine Bank kletterte, die dem Gericht zugewandt war.

Das Geschiebe im Parterre des Gerichtssaales teilte sich in zwei Parteien auf, deren eine sich dem Königlichen Forstmeister auf seinem Podium zugesellte, und deren andere sich über die Weite des Raumes verteilte und der Dinge harrte, die da kommen sollten.

Ein dritter Weidelandbesitzer bestieg den baufällig wirkenden Zeugenstand und rief:

> HÖRT! HÖRT! HÖRT!
> Alle diejenigen Personen, die
> eine Anklage oder einen Fall oder
> eine Sache an diesem Gericht von
> Swainmote haben, sollen vortreten
> und sollen angehört werden . . .
> GOTT SCHÜTZE DIE KÖNIGIN!

Danach übernahm die Demokratie. Eine mittelalte Dame, die sich sehr gut ausdrücken konnte, lenkte die Aufmerksamkeit des Gerichts auf den Umstand, daß ein Einwohner ihres Dorfes einige Monate lang zum Bauen bestimmte Bruchsteine auf den Rasen seines Vorgartens gestapelt hatte. Sie beklagte sich nicht etwa über die Bruchsteine, wie sie sagte. Sie wollte nur die Versicherung hören, daß allen Einwohnern des Dorfes dasselbe Recht zustand.

Es dauerte eine Weile, bis Grünsucher erkannte, daß sie sich dem Gericht gegenüber einer sorgfältig abgewogenen Mischung aus Ironie und Vertraulichkeit bediente – und daß der Königliche Forstmeister, weit davon entfernt, mit dem Hammer auf den Tisch zu klopfen und an die Würde des Gerichts zu erinnern, tatsächlich die ganze Verhandlung hindurch lächelte. In der Tat eine seltsame Rechtsprechung.

Der nächste Fall war einfacher. Die Bürgervereinigung – der es gestattet war, wucherndes Gestrüpp zwischen Oktober und März abzubrennen – wünschte eine Verlängerung dieser Frist bis Mitte April, weil man spürte, daß es einen nassen Winter geben würde.

Aus den mitfühlenden Seufzern, den gen Himmel geschlagenen Augen und dem Getuschel hinter vorgehaltener Hand ging hervor, daß dieser Antrag regelmäßig gestellt wurde. Ein Sprecher der Forstkommission erhob sich und legte dar, daß eine verlängerte Brennerlaubnis zu Terminüberschneidungen mit ihrem Aussaatkalender führen mußte. Er sprach in der langsamen, schlichten Art eines Mannes, der mit derartigen Erörterungen vertraut war.

In diesem Fall, führte der Bürgerliche dagegen ins Feld, würde die Krone vielleicht einer Vergrößerung des Gebietes zustimmen, das zuvor für die Urbarmachung freigegeben worden war.

Wieso das eine aus dem anderen hervorgehen sollte, wurde Grünsucher nicht klar. Aber für die Forstkommission war der Gedanke offenbar nicht abwegig. Die Ausdehnung war unter Berücksichtigung sämtlicher relevanter Faktoren festgesetzt worden, wie der Sprecher sagte, und er fragte sich, wie die Bürgerlichen – da sie ohnehin große Schwierigkeiten hatten, das

Gestrüpp innerhalb der gesetzten Frist abzubrennen, wie sie selbst zugaben – die zusätzliche Zeit finden wollten, noch mehr Land als das freigegebene urbar zu machen. Die Forstbeamten in ihrer Weisheit würden zu entscheiden haben, welcher Seite eher das Wohl von New Forest am Herzen lag.

Was die Forstmeister diesmal bestimmen würden, hing davon ab, wie sie sich bei der letzten Gelegenheit entschieden hatten. Grünsucher wußte aus dem, was er gelesen hatte, daß die klassischen Verwalter eine enge und mühselige Straße zu beschreiten hatten und kaum Dankbarkeit erwarten konnten.

Allein, indem sie vermittelten, verscherzten sie sich die Sympathien der Bürgerlichen – und falls sie die Bürgerlichen bei einer Gelegenheit *gegen* die Krone unterstützten, mußten sie mit dem Vorwurf der Befangenheit, der Fehlinterpretation oder der mangelnden Weitsicht rechnen.

Das mag dem bi- oder multilateralen Prinzip der Demokratie Genüge tun, dachte er, *aber in bezug auf die Gegebenheiten ist auch die größte zu erwartende Gerechtigkeit nur eine Annäherung.*

Er war eben mit den unterschiedlichsten Möglichkeiten beschäftigt, als er fühlte, wie sich Ben an seiner Seite versteifte. Er bemerkte, daß ihn der Junge anschaute, und war augenblicklich verwirrt.

»Es ist soweit«, sagte Ben.

»Mr. Grünsucher?« Der Oberste Forstmeister erforderte seine Aufmerksamkeit.

Zum ersten Mal erblickte Grünsucher den Mann, der den Stand der Anklage bezogen hatte. Er hatte nicht die richtige Figur für den Anzug, den er trug; aber es mochte sich auch so verhalten, daß umgekehrt der Anzug nicht den richtigen Zuschnitt für seine Figur hatte. Beide gemeinsam erweckten jedenfalls nicht den Eindruck, als seien sie füreinander geschaffen.

»Dies«, sagte der Königliche Forstmeister, »ist Mr. Purkess. Er ist der Gentleman, der gegen Sie Klage erhebt.«

Purkess? Der Name war ihm nicht völlig unbekannt; aber in der momentanen Aufregung wollte ihm nicht einfallen, woher er ihn kannte. »Danke, Sir. Ich fürchte, ich . . .«

». . . und ich bin Sir Edmund Brasse. Wir möchten auf keinen Fall, daß Ihnen Nachteile aus Ihrer Unkenntnis der hiesigen

Gepflogenheiten erwachsen. Mr. Purkess wird seine Anklage vorbringen, und dann können Sie antworten; entweder durch Gegenfragen oder durch eine Feststellung. – Bitte, fahren Sie fort, Mr. Purkess.«

Purkess . . .

Die Darstellung des Bürgerlichen war beinahe unmerklich von seinem beherrschenden Sinn für Gelegenheiten geprägt.

Grünsucher fiel der Ausdruck »Pony vor dem Fohlen« auf; sonst bekam er nicht allzuviel mit. Er rutschte ein bißchen näher auf den Redner zu und spürte einen leichten Druck an der Seite, als Ben ihm nachrückte.

». . . für mich'n 'aufen Geld wert«, sagte Purkess eben. »Arbeit von zwei Jahren oder mehr.«

Sir Edmund mußte Grünsuchers Schwierigkeiten gefühlt . . . oder geteilt haben. »Mr. Purkess erklärt, daß Sie ihn um einen Teil seines Lebensunterhaltes beraubt haben«, sagte er. »Er spricht von einem Zwischenfall, der mit einigen Stuten vor dem Fohlen zu tun hatte – verstehen Sie diesen Ausdruck? Sie waren trächtig.«

Eine Lachsalve rollte durch den Gerichtsaal und erstarb.

»Ich verstehe, was gemeint ist, Sir«, sagte Grünsucher. »Was geschehen ist, war, daß die Ponys aus dem Lastwagen entkamen, der sie auf den Kontinent befördern sollte, wo man sie schlachten wollte. An erster Stelle war es diese ihre Bestimmung, die mich mit Abscheu erfüllte, als ich von ihr hörte. An zweiter Stelle – wenn die Ponys noch frei und wohlauf sind –, kann ich nicht verstehen, wie Mr. Purkess behaupten kann, daß er beraubt worden ist.«

»Sie 'aben den Scheck einbehalten«, sagte Purkess. »Das ist es, was Sie getan 'aben.«

Sir Edmund wandte sich an Grünsucher. »Da gibt es eine Sache, die Sie in bezug auf die New-Forest-Ponys wissen sollten: Sie besitzen ihre eigenen Gebiete. Wenn man sie in einer ihnen unbekannten Umgebung aussetzt, sind sie wie Schiffe ohne Steuer. Sie verlieren jeden Richtungssinn und alle Zutraulichkeit. Es wäre eine höllische Arbeit, wenn man diese Stuten jetzt noch finden wollte. Tatsächlich kann man nicht ganz ausschließen, daß sie in einem trügerischen Sumpf untergegangen oder im unbekannten Terrain verlorengegangen sind.«

Grünsucher hörte ein scharfes Einatmen, und er wußte, daß Ben diese Andeutung verstanden hatte. Er mußte jetzt etwas sagen, das seine Vorgehensweise in einem günstigeren Licht erscheinen ließ; und sei es auch nur, um den Jungen zu beruhigen.

»Man hat meiner Familie und mir erklärt«, sagte er, »daß der wirkliche Kaufanreiz bei diesen . . . trächtigen Ponys in ihren ungeborenen Fohlen bestand; daß diese bedauernswerten Ungeborenen auf dem Kontinent als kulinarische Leckerbissen gelten. Wir konnten nicht . . . zusehen, wie so etwas geschah, ohne nicht wenigstens einen Versuch zu unternehmen, es zu verhindern.«

»Und glauben Sie, daß diese Bestimmung dem Verkäufer der Ponys unbekannt war?« fragte Sir Edmund.

»Nein. Ich bin ziemlich sicher, daß er gewußt hat, was mit den Tieren geschehen würde.«

»Aber Sie gestehen jedem Besitzer das Recht zu, mit seinem Besitz anzustellen, was immer er möchte.«

»Solange es nicht gegen grundlegende Gesetze menschlichen Anstands . . .«

»Was 'at menschlicher Anstand mit Pferden zu tun?« fragte Purkess. »Ein Mann muß von was leben; er muß seine Familie versorgen, so gut er kann.«

»Haben Sie Mr. Purkess irgendein Angebot für diese Tiere gemacht?«

»Ich . . . hatte nicht genug Geld, um ihren Kaufpreis zahlen zu können. Ich habe daran gedacht. Meine . . . Kinder waren über das Schicksal der Ponys sehr erregt.«

»Hmmm.« Neben Sir Edmunds Ellbogen lag etwas, das wie ein Zettel aussah. »Es scheint eine gewisse Unklarheit darüber zu herrschen, ob Ihre Befreiungsaktion geplant war, oder ob sie sich durch einen günstigen Umstand ergab.«

Verdammt, dachte Grünsucher. Sie hatten ihm die Grundlage zu jeder Verteidigungsmöglichkeit entzogen, die direkt in die Herzen zielen würde, und ihr Augenmerk statt dessen auf seine Vernunft gerichtet. Nachdem er seine Gefühle zugegeben hatte, konnte er seine Absichten kaum noch leugnen.

»Es geschah per Zufall«, sagte er, »aber das war nur die Art, wie es vonstatten ging. Wenn es mir gelungen wäre, die Tür des Lastwagens zu entriegeln und die Ponys freizulassen, würde ich es getan haben.«

»Demnach hatten Sie eine Wagenpanne, und die Gelegenheit ergab sich, als der Lastwagenfahrer ging, um ein Seil zu holen, um Ihnen zu helfen.«

»So war es in etwa.«

»Dann sollte ich Sie vielleicht nicht zu nachdrücklich fragen, was es mit Ihrer ›Panne‹ auf sich hatte.«

»Ich gebe zu, daß es eine Vortäuschung war. Mein Plan funktionierte; aber nicht so, wie ich es mir vorgestellt hatte.«

»Ungeachtet dessen, war das Ergebnis das gleiche.«

»Nun; ja . . .«

»Kostet mich ne Menge«, sagte Purkess. »Der Scheck wurde einge'alten.«

»Ich . . . Ich könnte Sie vielleicht bezahlen«, bot Grünsucher an.

»Dann würden die Tiere Ihnen gehören«, sagte Sir Edmund. »Haben Sie denn die Voraussetzungen, für sie zu sorgen?«

»Nein, aber ich könnte . . .«

»Das sind Versprechungen ohne allzuviel Hintergrund, Mr. Grünsucher. Sie sind ebenso undurchführbar wie die Lösung, die Sie inszeniert haben.«

»Ich hielt die Praxis für inhuman. Wollen Sie erklären, daß das Gericht sie gutheißt?«

»Mr. Grünsucher; das Gericht kann nicht befragt werden . . . und Sie scheinen völlig zu vergessen, daß dem Bürgerlichen das Recht zusteht, mit seinen Tieren anzustellen, was immer er für richtig hält.«

»Sie waren für die anderen«, sagte Mr. Purkess.

Sir Edmund fuhr fort, bevor Grünsucher fragen konnte, von welchen »anderen« der Mann sprach. »Mr. Grünsucher . . . einmal berücksichtigt, daß Sie und Ihre Familie Besucher sind und keine Anwohner. Wir Königlichen Forstmeister sind keineswegs verpflichtet, Erklärungen dieser Art abzugeben; weder Ihnen noch sonst jemandem gegenüber; aber ich halte es in diesem Fall für ein Gebot der allgemeinen Höflichkeit, zu sagen – und ich hoffe, Sie erwidern diese Höflichkeit, indem Sie mir glauben, was ich sage –, der Bürgerliche lebt, in schlichten Worten ausgedrückt, von der Hand in den Mund. Sie und ich, wir haben, als Männer, die in der Welt stehen, gehört, wie der Ausdruck ›zum größeren Nutzen‹ mißbraucht wurde, um alle möglichen Arten von Unrecht zu heiligen: aber, glauben Sie mir, auf einer kleinen Farm bedeutet er genau das, was er besagt.

Wenn Mr. Purkess etwas verkauft, bekommt er das Geld, das er braucht, um seinen restlichen Besitz zu ernähren und für dessen Unterkunft zu sorgen; das erlaubt ihm nicht, sich zu genau anzuschauen, was geschieht, *nachdem* das gekaufte Tier seinen Wagen verlassen hat. In diesem vorliegenden Fall ist das trächtige Pony sozusagen ein geschenkter Gaul gewesen, und sentimentale Erwägungen haben vor der Wirklichkeit der täglichen Lebensbedürfnisse keine Daseinsberechtigung.

Wir leben in einer unzulänglichen Welt, Mr. Grünsucher – man kann sich höchstens wünschen, daß es anders wäre – und die Moral aus dieser Geschichte lautet, daß uninformierte Außenseiter, die Gutes tun wollen, die Menschen, die wir hier vertreten, in den Bankrott treiben können.

Es verhält sich nicht so, daß wir diejenigen, denen unsere Gesellschaft so sehr zusagt, daß sie sich darum bemühen, von uns aufgenommen zu werden, nicht willkommen hießen oder sogar umarmten. Aber sie müssen unsere Wirklichkeit *erkennen,* Mr. Grünsucher; und Sie, fürchte ich, haben nicht . . .«

Sir Edmund lehnte sich wieder zurück, und ein Gemurmel vereinzelter Zustimmung setzte ein, bevor an verschiedenen Stellen geklatscht wurde, um seiner beredten Darlegung der allgemeinen Ansichten zu applaudieren.

Wenn Grünsucher ein Gegenargument gehabt hätte – was nicht der Fall war –, wäre es dennoch Zeitverschwendung gewesen, gegen diese Woge der Einigkeit anzukämpfen.

Sir Edmund und seine Kollegen zogen sich zur Beratung zurück.

Grünsucher sah sich nach Purkess um und stellte fest, daß der Mann irgendwo in der Menge untergetaucht war, glücklich über seine kurzlebige Berühmtheit.

Erst, als er den Mann nirgendwo ausfindig machen konnte, war Grünsucher wieder bereit, dem Namen des Anklägers die gebührende Aufmerksamkeit zuzuwenden. *Purkess*. Ein Purkess war es gewesen . . .

»Mr. Grünsucher.« Sir Edmund platzte wieder einmal in seine Gedanken hinein. »Üblicherweise teilen wir unsere Entscheidung erst zu einem späteren Zeitpunkt mit; aber in Anbetracht der flüchtigen Natur Ihrer persönlichen Zitierung haben wir beschlossen, Sie mit der Art vertraut zu machen, wie das Gericht in Ihrem Fall zur Urteilsfindung gelangt ist.

Sie bekommen keine Geldbuße auferlegt, weil wir nicht dem einen Mann das Leben erleichtern können, indem wir es einem anderen erschweren; das wäre gegen die Idee des natürlichen Rechtsempfindens.

Aber für den Fall, daß der Radikale, der in Ihnen steckt, immer noch glauben sollte, daß er in der New-Forest-Region den Streiter für Gerechtigkeit spielen kann, beantragen wir, daß all diese Plakate aushängen bleiben, die an Ihr Vergehen erinnern sollen.

Auf diese Art glauben wir, erreichen zu können, daß Ihnen im Falle weiterer beabsichtigter Handstreiche so wenig Hilfe zuteil wird, daß es klug von Ihnen wäre, jeden derartigen Gedanken fallenzulassen. Sollten wir feststellen, daß wir uns geirrt haben, sollten Sie uns nochmals vorgeführt werden – in einer öffentlichen Sitzung oder in einer geschlossenen –, verspreche ich Ihnen, daß wir nicht mehr so nachsichtig sein werden.

Das ist die einzige Beschränkung ihrer Unternehmungen, die wir Ihnen auferlegen. Wir ersuchen Sie, unseren Entschluß in dem Geist aufzufassen, in dem wir ihn gefaßt haben. Genießen Sie unser New Forest ruhig, aber versuchen Sie sich nicht als sein Neuerer. Sie können jetzt gehen.«

Und Grünsucher ging; Ben an der Hand, und viele Blicke folgten ihm.

Purkess, dachte er. Der Kohlenbrenner, der den toten Rufus nach Winchester getragen hatte, war ein Purkess gewesen. Eine große und langlebige Familie, wie es schien; und ein fast unmögliches Zusammentreffen.

Es sei denn, man zählte es den übrigen seltsamen Zufällen zu. Der Forstmeister hatte hohe Gefühle ausgedrückt – und eine ganze Menge mehr; besonders in seiner Schlußansprache. »Genießen Sie unser New Forest ruhig; aber versuchen Sie sich nicht als sein Neuerer.« Es konnte bedeutungslos sein; oder es war eine sorgfältig mit Worten verhüllte Warnung. Was es auch sein mochte, New Forest würde von jetzt an jeden seiner Schritte überwachen.

Sie hätten ihn ebensogut verbannen können.

Grünsucher ging den Abhang hinab durch die Stadt und zu dem Parkplatz; sein Kopf schwirrte; und Ben mußte ihn am Ärmel festhalten, damit er stehenblieb.

Er sah den Jungen erstaunt an und machte sich nur langsam bewußt, daß er einen Grund haben mußte, ihn zurückzuhalten.

»Was werden wir den anderen sagen?« fragte Ben.

»Nun, die Wahrheit«, erwiderte Grünsucher, überrascht, daß der Junge darüber nachdachte.

»Daß du ein Gesetzloser bist.«

»Was? Sei nicht dumm.« Aber Grünsucher mußte zugeben, daß Ben eine Implikation des Urteilsspruches aufgefallen war, die ihm entgangen war.

»Das ist es, was dich erwartet . . . wenn dein Bild an jedem Baum hängt. Es ist nicht mehr leicht für dich, in Frieden irgendwohin zu gehen; egal, wohin.«

Dieser Gesichtspunkt war fundamental – wenn er sogar einem Knaben auffiel. Grünsucher hatte es sich eigentlich versagen wollen, ihn weiter darüber auszufragen; aber dann tat er es doch. »Willst du damit sagen, daß du nicht länger mit einem . . . Gesetzlosen zusammenbleiben willst?«

Bens Augen verdunkelten sich. »Ich habe an *dich* gedacht«, sagte er bebend. »An dich und . . . Sängerin. Sie und Satin haben diese Plakate noch nicht richtig gesehen, weil wir sie so schnell wieder fortgenommen haben. Aber wir können es ja nicht immer so machen. Ich . . . Ich habe mir Sorgen um Sängerin gemacht.«

Das wäre meine Pflicht gewesen, dachte Grünsucher. *Aus dem Mund eines kleinen Jungen* . . . Laut sagte er: »Ich verstehe, was du meinst. Es tut mir leid. Vielleicht habe ich eben so geredet, weil ich mich wie ein Krimineller *fühle.*«

»Wir *alle* haben es getan, Grünsucher. Und *du* hast es für *uns* getan. Also warum sollten wir nicht mehr . . . Warum sollten wir nicht bei dir bleiben?«

»Ich habe es nicht wirklich geglaubt. Ich selbst würde nicht im Traum daran denken, euch zu verlassen, wenn ihr mich nicht . . . alle fortjagt.«

»Dann müssen wir uns jetzt überlegen, wie wir es den anderen erklären.«

Plötzlich machte Grünsucher die Situation Spaß; einem Sechsjährigen zuzuhören, der das Denken für ihn übernommen hatte. Und dann erinnerte er sich daran, daß der Junge nur deswegen so zu überlegen gelernt hatte, weil der Verrückte im Roten Schloß *sein* Denken für *sich* mißbraucht hatte.

Nicht, daß Bens Denken deswegen irrational oder sogar gefährlich wäre. Grünsucher mußte nur aufhören, sich darüber zu wundern, daß der Junge nicht naiv war.

Grünsuchers Lächeln verging rasch wieder, aber er hielt sich nicht damit auf, zu erklären, weshalb. »Was schlägst du also vor?«

»Sie hängen bestimmt nicht für immer dort«, sagte Ben. »Ich meine, die Plakate. Wenn wir ... uns aus jedem Ärger heraushalten, werden die Königlichen Forstmeister sie wieder abnehmen.«

Wenn wir uns aus Ärger heraushalten, dachte Grünsucher, *das ist genau das, was jemand erreichen will.* Aber konnte er diesen Verdacht Ben begreiflich machen? *Durfte* er Ben überhaupt damit belasten, da er ihn auffordern, auf jeden Fall auffordern mußte, diese Möglichkeit vor den anderen geheimzuhalten?

Es würde eine Spaltung schaffen; eine Angelegenheit, mit der er und Ben vertraut waren, während Sängerin und Satin keine Ahnung davon hatten. Ihre Vierergemeinschaft würde nicht viele solcher Arrangements verkraften können. Und doch ...

»Ich glaube, jemand will, daß wir New Forest verlassen«, sagte er.

»Warum tun wir es dann nicht?« Ben kam sofort auf den Punkt.

»Weil ... Nun, du hast mich doch über den Pfeil reden gehört – erinnerst du dich? Der Pfeil, von dem man glaubt, daß er benutzt wurde, William Rufus zu töten.«

»Der, von dem du geglaubt hast, daß er in den Baumstamm eingewachsen war, und der dich vor der Säge gerettet hat?«

»Genau. Ich glaube, es gibt jemanden, der verhindern will, daß ich mehr über diese Sache herausfinde.«

»Dr. Burnett hat gesagt, du solltest dich nicht mehr darum kümmern.«

Und Sir Edmund Brasse hatte dasselbe gesagt – mit vielen Worten – wenn man sie so auslegen wollte. Aber wo war die Verbindung zwischen Burnett und den Forstmeistern – und diesem Abenteuer mit den Ponys, von dem der Arzt bestimmt nichts wissen konnte?

Wenn Grünsucher einmal anfing zu erklären, würde er die komplette Theorie in Worte fassen müssen; jedenfalls soweit sie schon in seinem Kopf war. Darüber hinaus mußte er es, um dieses ungewöhnliche Kind zu überzeugen, einsichtig und sogar zwingend darstellen.

»Mir ist aufgefallen, daß der Name des Bürgerlichen, der die Klage gegen mich erhoben hat, Purkess war. Dieser Name ist im Zusammenhang mit William Rufus überliefert worden. Ein Kohlenbrenner mit diesem Namen hat damals den Leichnam des Königs gefunden und nach Winchester gebracht. Und ich glaube, er – und Gott weiß, wie viele Leute noch – möchten, daß ich die Geschichte so bestehenlasse, wie sie bekannt ist.«

»Aber was hätte das nach all dieser Zeit zu bedeuten? Selbst, wenn sich herausstellen würde, daß ein anderer den tödlichen Schuß abgegeben hat; was für einen Unterschied würde das heute machen?«

Grünsucher hatte sich mit genau dieser Frage schon einmal beschäftigt – damals, bevor ihn der Schlag gegen die Schläfe erwischte. »Es kann sein, daß es noch immer Leute gibt, die ihren Lebensunterhalt mit der alten Version verdienen – zum Beispiel das Gasthaus; vielleicht der Inhaber der Schmiede, von der man behauptet, daß der geflohene Mörder in ihr sein Pferd beschlagen ließ . . . die Familie, deren Namen untrennbar mit diesem wichtigen Stück Geschichte verbunden ist.«

»Aber ein Gasthaus ist ein Gasthaus. Sie könnten ihren Namen in *Zum Roten Löwen* ändern, und es wäre trotzdem noch das einzige Haus zwischen Stoney Cross und Brook, in dem man etwas zu trinken bekommt. Und die Schmiede . . . sie ist nicht so wichtig, weil Tirel Rufus erschoß, sondern weil Tirel auf seinem Weg nach Poole und von dort aus in die Normandie bei ihr angehalten hat; so hast du es uns erzählt. Das ist nicht bezweifelt worden. So ist es auch mit der Familie Purkess – sie erscheinen erst in der Geschichte, als der König schon tot ist.«

»Also . . .« Aber natürlich hatte der Kopf des Mannes auf den Schultern des Jungen recht. »Das sind ja auch nur Beispiele. Tatsache ist jedenfalls, daß dieser Purkess mich vor Gericht geschleppt hat, um mich aufzuhalten.«

»Er hat dich vor Gericht geschleppt, weil du seine Ponys freigelassen hast. Vielleicht ist den Tieren wirklich etwas geschehen – und das alles, weil wir versucht haben, ihnen etwas Gutes zu tun. Das ist es, was *mich* traurig macht, Grünsucher . . . und nicht ein Spiel mit Namen und Dinge, die vor neunhundert Jahren geschehen sind.

Ich konnte bis jetzt nicht richtig verstehen, weshalb du in New Forest bleiben wolltest; aber jetzt spielt es keine Rolle mehr, weil ich meine eigenen Gründe haben. Ich möchte diese Ponys finden. Aber wenn diese ganzen Plakate – diese ständigen Erinnerungen daran, daß auf deinen Kopf ein Preis ausgesetzt ist – Sängerin bekümmern, dann weiß ich nicht, ob ich die Chance habe, die Tiere zu finden. Deswegen finde ich es wichtig, daß wir genau überlegen müssen, wie wir es Sängerin und Satin erklären.«

Der Junge war scharfsinnig; erschreckend scharfsinnig. Er war in der Lage, Grünsuchers Motive vom Tisch zu fegen und sie durch seine eigenen zu ersetzen. Grünsucher sollte sich möglicherweise besser vorsehen, wieviel er ihm erzählte.

»Natürlich werden wir die Ponys suchen«, sagte er. »Ich habe auch nicht vor, es Purkess so leicht zu machen.«

Jede Entschuldigung war besser als gar keine. Aber sogar dieses kleine Täuschungsmanöver wurde durchschaut.

»Ich weiß, was dir wichtig ist, Grünsucher«, erwiderte Ben, »weil du es mir selbst gesagt hast. Ich habe nichts dagegen einzuwenden . . . aber auf der anderen Seite wäre es mir nicht recht, wenn ich mich entscheiden müßte, wem ich in Zukunft meine Loyalität schenke. Aber es würde mir nicht schwerfallen. Wenn ich sehen sollte, daß Sängerin leidet – sei es nun wegen deiner *oder* meiner Gründe – werde ich alle Geheimnisse ausplaudern. Das ist keine Drohung . . . und wenn du es dafür hältst, weißt du nicht viel über die Liebe.«

Das war eine Andeutung, die Grünsucher übelgenommen hätte, wenn er von ihr nicht überrumpelt worden wäre. »Ich ... Ich denke genauso«, sagte er. »Keine Geheimnisse. Wir erzählen ihnen alles über die Plakate. Und über die Pferde.«

Sie setzten ihren Weg schweigend fort. Grünsucher fragte sich, ob er den richtigen Leuten vertraut hatte, oder ob er überhaupt jemandem trauen durfte. Ben dachte über Lyndhurst nach; über die Leute dort und ihre Gespräche.

Da hörte Grünsucher einen älteren Dorfbewohner zu einem anderen sagen: »Das Gericht der Forstmeisterei? Seltsam ... es ist doch kein Montag.«

Aber er sagte nichts. Noch nicht.

★

Und dann waren sie wieder auf der Straße nach Beaulieu; Matley zur Linken und Denny zur Rechten, und suchten den Schauplatz des Verbrechens auf.

Grünsucher, diesmal weit von der Absicht entfernt, die enge Straße zu blockieren, war gezwungen, ein erhebliches Stück über die Stelle, an der die Ponys entkommen waren, hinaus zu fahren, bis der Seitenstreifen fest genug war, den Caravan zu tragen, ohne daß er bis zur Achse eingesunken wäre.

Sie hatten Sängerin und Satin eine Version der Verhandlung erzählt, in der die Rhetorik des Königlichen Forstmeisters ebenso fehlte wie die subtileren Implikationen des Urteils.

Sängerin hatte sich erstaunlich wenig zu der Affäre geäußert, und Satin hatte sich ausschließlich für die Möglichkeit interessiert, daß sie den Pferden mit ihrer Befreiung mehr Schaden als Gutes zugefügt haben konnten.

Als Grünsucher angekündigt hatte, daß sie sich jetzt auf die Suche nach den Ponys machen würden, hatte ihm Sängerin einen Kaffee in die Hand gedrückt und sich entschuldigt, daß sie erst noch einige Einkäufe tätigen müsse. Satins Angebot, sie zu begleiten, hatte sie dankend abgelehnt; Grünsucher, der ahnte, was in ihr vorging, hatte dem Mädchen seinerseits vorgeschlagen, ihm und Ben Gesellschaft zu leisten.

Wenn Sängerin den Wunsch hatte, aus eigener Kraft mit den Dingen ins reine zu kommen, war das ein gutes Zeichen; und die Gegenwart des Kindes, das zusätzlich ihre Aufmerksamkeit für sich in Anspruch nahm, würde ihr neu gefundenes inneres Gleichgewicht vielleicht gestört haben.

Aus psychologischer Sicht, dachte er, hatte er das richtige getan . . . endlich einmal.

Sängerin war zurück, bevor er den Kaffee ausgetrunken hatte, beladen mit Speck und Kartoffeln.

Und erst, als er all die guten Sachen sah, merkte er, wie hungrig er war . . . in der Tat war er doppelt hungrig, weil ihm die bevorstehende Gerichtsverhandlung am Morgen den Appetit für sein übliches Frühstück genommen hatte.

Sie hatten also ein außerfahrplanmäßiges zweites Frühstück eingenommen, bevor sie zu der Nachforschung aufgebrochen waren, und als sie an der Straße nach Beaulieu angehalten hatten, war Satin schläfrig und nicht in der Verfassung, eine größere Strecke zu Fuß zu gehen.

Das hatte zur Folge, daß Sängerin bei ihr im Wagen blieb, während die beiden Männer – ein großer und ein kleiner – ihre Suche nach den Ponys begannen.

Seit dem Zwischenfall waren schon mehr als vierzehn Tage vergangen, und Grünsucher machte sich keine große Hoffnung, die Flüchtlinge aufzustöbern. Außerdem wußte er nicht einmal genau, wonach er Ausschau halten mußte . . . denn möglicherweise würden sie es mit *sechs* Tieren zu tun haben. Und wie sollten sie es anstellen, mit ihnen fertig zu werden?

»Wenn wir Mr. Purkess nur sagen können, wo sie sind, ist das schon etwas wert«, sagte Ben. »Dann weiß er wenigstens, daß sie noch leben.«

Aber Grünsucher schwebte etwas anderes vor. »Und wie treten wir mit Mr. Purkess in Verbindung? Ich habe nicht daran gedacht, mir seine Adresse zu merken.«

»Das Gericht hat bestimmt seine Adresse.«

»Das bedeutet zwei Telefonate statt eines . . . und eine Verzögerung.«

»Wenn wir sie überhaupt finden«, sagte Ben, »und sie nach so vielen Tagen noch in dieser Gegend sind, werden sie in ein paar

Stunden auch nicht viel weiter ziehen. Und zwei Telefonate sind ein geringer Preis, wenn man bedenkt, daß wir für den Kauf ein paar hundert Pfund hätten bezahlen müssen.«

So begannen sie ihre Suche, Grünsucher ohne Hoffnung oder Begeisterung, Ben mit der Verbissenheit eines Sechsjährigen, die nur dann nachließ, wenn sich seine Beine in Erinnerung brachten.

Ponys gab es in Mengen, auch Fohlen; einige mit zottigen Fellen, andere glatthaarig, aber alle sahen um einiges älter als vierzehn Tage aus.

Grünsucher hatte keine allzu genaue Vorstellung mehr von den Tieren, um die es ging, aber Ben konnte sich noch sehr deutlich an die kleine graue Stute erinnern . . . und so nahm es denn nicht wunder, daß er es auch war, der sie erblickte.

Es war unverkennbar das Graufellchen, das sie suchten, noch immer rund wie ein Faß und in guter Hoffnung.

Nahebei grasten zwei andere Ponys, deren Seiten sich auf ähnliche Weise wölbten, und diese Konstellation machte es sehr wahrscheinlich, daß es sich um die Gruppe handelte, die sie suchten.

»Wir werden nicht versuchen, sie einzufangen«, bestimmte Grünsucher, »weil wir sie so vielleicht vertreiben würden. Wir werden ein Telefon suchen . . . und wenn wir keinen Eintrag unter ›Königlicher Forstmeister‹ finden, rufen wir einfach Sir Edmund Brasse persönlich an.«

Während sie sich auf den Weg durch das Matley-Moorgebiet zurück machten, mußte sich Grünsucher über die Leichtigkeit wundern, mit der sie die Ponys gefunden hatten. Sie schienen sich nicht weit vom Ort ihrer Befreiung entfernt zu haben. Daraus folgte, daß sich jemand nicht besonders viel Mühe gegeben hatte, sie wirklich zu suchen.

Auf der anderen Seite war es natürlich leicht möglich, daß der belgische Fahrer keine besondere Hilfe bei der Suche gewesen war . . . Grünsucher konnte sich keinen besonders klaren Wortaustausch zwischen dem schweigsamen Purkess und dem Mann von jenseits des Wassers vorstellen.

Vielleicht hatte Purkess überhaupt nichts erfahren, bis die Nachricht von der Bank kam, daß der Scheck einbehalten worden war; und dann hatte er sich überlegt, daß es für eine unmittelbare Wiedergutmachung des Verlustes zu spät war.

Aber welche Gründe auch immer dahinterstecken mochten – Grünsucher war jetzt in der Lage, den kleinen Tierhalter mit seinen Tieren wiederzuvereinigen; und das mußte etwas wert sein.

Sie fanden einen Telefonapparat an einer so abgelegenen Straßenkreuzung, daß er der Aufmerksamkeit sogar der meisten motorisierten Vandalen entgangen war, und das Verzeichnis war noch kaum abgegriffen und hing unversehrt an der Kette. Zuerst sah Grünsucher unter »Purkess« nach, aber der Name war zu häufig, und die Einträge gaben keine Auskünfte über die Inhaber und ihre Berufe. Dann fuhr er bei seiner Suche – weil er die Seiten zufällig so aufschlug – mit »Brasse, Sir Edmund Villiers« fort.

Der Mann, der den Hörer abnahm, war vermutlich ein Diener; er verlangte, Name und Anliegen des Anrufers zu erfahren.

»Mein Name ist Grünsucher«, sagte Grünsucher, »versuchen Sie zunächst, ob das ausreicht.«

Offenbar reichte es aus. Die nächste Stimme, die er hörte, erklang volltönend, vom Portwein rauh und gespannt durch den Draht.

»Mr. Grünsucher.«

»Sir Edmund. Ich bitte Sie, mir zu verzeihen, daß ich Sie so einfach anrufe. Ich möchte nur wissen, ob Sie mir sagen können, wie ich Mr. Purkess erreichen kann. Sie wissen schon ... heute morgen.«

»In welcher Angelegenheit möchten Sie mit Mr. Purkess sprechen, Mr. Grünsucher?«

»Ich habe seine Ponys gefunden.«

»Und Sie sind sicher, daß es sich um die seinen handelt?«

»Sie sind dieselben, die ... den Lastwagen verließen, dessen bin ich sicher.«

»Und wo sind sie?«

»Nahe der Stelle, wo sie entkamen. Ich habe mir gedacht, wenn ...«

»Mr. Grünsucher, lassen Sie mich eines klarstellen ... Sind Sie jetzt an ihrem Fluchtort?«

»Ja, aber ...«

»Und ich dachte, ich hätte mich deutlich ausgedrückt – das Gericht hat Ihnen diese Art ... Eskapaden *untersagt.*«

»Ich habe nur versucht, den Schaden zu beheben.«

»Ein für Sie ziemlich gefährlicher Versuch, fürchte ich.«

»Aber Mr. Purkess wäre sicher froh, zu erfahren, daß seine Tiere gesund und munter sind, und wo sie sich befinden. Wenn Sie mir nur sagen würden, wo ich *ihn* erreichen kann ...«

»Nein, Mr. Grünsucher. Er wird Ihnen nicht danken, und ich danke Ihnen auch nicht. Wenn Sie nur eine unmißverständliche Sprache verstehen – machen Sie sich so schnell wie möglich aus dem Staub. Ich werde Purkess persönlich unterrichten.«

»Frag ihn«, sagte Ben plötzlich eindringlich, »Frag ihn, weshalb ...«

Aber am anderen Ende wurde bereits aufgelegt.

»... weshalb nicht Montag«, schloß Ben enttäuscht.

Grünsucher hatte keine Vergebung erhofft; aber eine derart brüske Abfertigung hatte er auch nicht erwartet. »Weshalb nicht Montag?« echote er. Und dann sagte er noch einmal. »Warum denn *nicht* Montag, Ben? Was meinst du damit?«

»Das Gericht der Königlichen Forstmeister. Ich habe Leute darüber reden gehört. Es sei komisch, sagten sie. Gewöhnlich würde nur an einem Montag Gericht gehalten.«

»Und heute ist ...«, Grünsucher war sich fast ganz sicher, »... mindestens Donnerstag. Wir haben ihn gestern in seinem Büro angetroffen ... und an einem Sonntag wird er wohl kaum gearbeitet haben.«

An diese Überlegung schloß sich ein noch erstaunlicherer Einfall an. Er rief sich seinen allerersten Verdacht einer Verschwörung im Gerichtssaal ins Gedächtnis, den er wegen des glaubwürdigen Verlaufs der weiteren Verhandlungen rasch wieder fallengelassen hatte.

Er grübelte noch darüber nach, als Ben einen weiteren Punkt aussprach: »Also, das ist meine Entschuldigung dafür, daß ich vom Weg abweiche, wie sieht *deine* aus?«

Aber Grünsucher mußte nicht allzu lange über einen Grund nachdenken, weshalb er ihn mit zurück nach New Forest nehmen würde.

Die nächste Überraschung erwartete sie am Caravan – zwei Männer in paramilitärischen Uniformen. Einer saß am Steuer, der andere hatte Sängerin ein Messer an die Kehle gesetzt.

★

Jemand schob Grünsucher einen Stuhl in die Kniekehlen, und er setzte sich. Das rauhe Vorwärtsgestoßenwerden war vorbei, aber er wußte immer noch nicht, was anlag. Zumindest hatten ihm die Ergreifer den Kopf auf den Schultern gelassen, was seinem hartnäckigen Optimismus einen Hinweis darauf bot, daß sie mit einem gewissen Maß an Überlegung vorgingen.

Finger und Daumen machten sich an dem Pflaster an seiner rechten Schläfe zu schaffen, fanden einen Ansatzpunkt, und rissen das Pflaster brutal ab.

Er sah Licht, aber seine Augen tränten zu sehr durch die unsanfte Prozedur, um ihm den sofortigen Gebrauch seiner wiedergewonnenen Sehkraft zu erlauben.

»Grünsucher«, ließ sich eine Stimme vernehmen. »Ich grüße Sie. Also bestehen Sie darauf, den ländlichen Guerilla zu spielen.«

Sängerin, Ben und Satin waren nirgends zu sehen. Sie waren wahrscheinlich zurückgelassen worden, als seine Entführer ihn aus dem Caravan gezerrt und eine Meile oder mehr über den holprigen Boden gestoßen hatten.

»Wo ist meine Familie?« fragte er.

»Gesund und munter und nur ein Stück die Straße hinunter. Wir wollten nur Sie haben, aber wir mußten zu überzeugenden Mitteln greifen.«

Der Sprecher gehörte nicht zu seinen beiden Ergreifern, und er erkannte ihn nicht. Er trug den gleichen Tarnanzug.

»Wer seid ihr . . . die Freiheitsfront von New Forest?«

Der Mann lachte. »Das ist fast gut, wissen Sie. Vielleicht übernehmen wir diese Bezeichnung. Zum Beispiel, wenn wir uns in einer luxuriöseren Umgebung bewegen.«

»Aber im Augenblick . . .« Grünsucher begann allmählich, ihre gegenwärtige Umgebung wahrzunehmen, die man nur bescheiden, wenn nicht sogar schäbig nennen konnte. Der Raum war klein und hatte eine niedrige Decke, aber nicht nach Landhausart.

Die Fenster saßen in verrosteten Eisenrahmen und besaßen keine sichtbare Öffnungsvorrichtung. Nicht, daß es einen Unterschied gemacht hätte, denn das Glas fehlte ohnehin an mehreren Stellen.

Das *décor* war eine Mixtur, eine zufällige Mischung aus Schlachtschiff-Grau und dem hierzulande üblichen *crème*. Das Ganze machte einen vorgefertigten Eindruck.

Und was Grünsucher hinter den Fensterrahmen im Tageslicht sehen konnte, paßte zu diesem Bild – ein Gemeindeland oder -rasen, den Gegebenheiten von New Forest entsprechend, durch regelmäßig rechteckige Betonflächen unterbrochen, vermutlich Fundamente anderer vorgefertigter Gebäude, die inzwischen wohl abgerissen worden waren.

Aus dem üppig aus dem Beton wuchernden Brombeergesträuch zu schließen, lag der Abbruch schon einige Zeit zurück.

Der Raum, in dem sie sich befanden, war durchgehend, mit Aussicht vorne und hinten hinaus. Grünsucher wandte den Kopf, um sich gründlicher umzusehen . . . und wußte auf einmal, wo er sich befand, wenn er auch nicht zu sagen gewußt hätte, wieso.

Das wellige Hochmoor erstreckte sich bis zum Horizont, stellenweise braun, an anderen Stellen grün. In der Ferne schimmerte ein kleiner See im Sonnenlicht unter dem blauen Himmel.

Links vom See lief das graue Band einer Straße durch das Heideland und verschwand weiter fort im Waldrand. In der Ferne stand auf dieser Straße ein Caravan, der ihm vertraut war.

Thorney Hill. Das Haupt-Brombeergebiet von New Forest hatte er es genannt. Er hatte nicht erwartet, es so bald wiederzusehen . . . und unter so seltsamen Umständen. Wenn nicht alle Anzeichen trogen, folgte ihm jemand sehr, sehr dicht auf den Fersen, und die Identität dieses Unbekannten war möglicherweise das wichtigste Geheimnis überhaupt.

Er stellte seine Frage neu. »Wie nennen Sie sich selbst?«

Es gab nicht viel, das den Anführer von seinen ebenfalls in Kampfanzüge gekleideten Genossen unterschieden hätte, es sei denn, er hätte eine besondere Ausstrahlung. Aber davon war bisher nichts zu spüren gewesen.

»Nun gut, wenn Sie mir nicht sagen wollen, *was* Sie sind, können Sie mir wenigstens verraten, *wer* Sie sind.«

»Ranulf. Ranulf de Aquis.«

Der Mann hätte Grünsucher nicht mehr beeindrucken können, wenn er gesagt hätte, er sei Karl der Dritte. Ranulf de Aquis ... Allein der Name war von Geheimnissen umwittert. Grünsucher hatte sich gefragt: Wenn es nicht Tirel gewesen war, der William Rufus getötet hatte, wer dann?

Und hier – dem Titel nach, wenn auch nicht persönlich – war dieser Mann. Zeitgenössische Autoren hatten sich davor gehütet, den Meuchelmörder namentlich zu bezeichnen. Die angelsächsischen Chronisten, die Jahr für Jahr gewissenhaft alle Steuern und Ernten aufgezeichnet hatten, wußten über Rufus nur zu berichten: »Er wurde auf der Jagd von einem seiner Männer durch einen Pfeil getötet.«

Allein Gerrald von Wales, Kirchenmann und Satiriker, der aus der sicheren Distanz von etwa fünfzig Jahren sein Werk *De Instructione Prinzipum* schrieb, hatte einen Hinweis auf Ranulf de Aquis geliefert.

»Man sieht Ihnen Ihre Jahre nicht an«, sagte Grünsucher. »Wie lange ist es her ... achteinhalb Jahrhunderte ... seit Gerald Sie den Massen bekannt machte?«

»Massen?« Ranulf lächelte. »Reden Sie von Menschenmengen oder Gesellschaftsformen?«

Grünsucher hatte gehofft, der Mann würde überrascht sein, daß er den genannten Namen einordnen konnte. Vielleicht so überrascht, daß er etwas ausplaudern würde, das Grünsucher bei seiner Suche nach der Wahrheit helfen konnte.

Aber Ranulf erwies sich als ganz unbefangen. »Gottseidank, daß Sie eine Ahnung haben. Die meisten Menschen sagen, wenn ich mich vorstelle: ›Ranulf de *wer*?‹«

»Sie meinen, die Leute finden sich eher mit Unwissenheit ab, als damit, betrogen zu werden?«

»Ich meine, daß sie wegen des einen das andere gar nicht erst vermuten.«

»Aber ich vermute es. Mein eigentliches Problem ist, daß ich den Sinn nicht erkenne. Rufus ist gut und tot. Welches ist Ihr *raison d'être?*«

»Vielleicht möchte ich nur klarstellen, wo es geschehen ist.«

»Und das wäre?«

»In New Forest. Es war der Forest, der Rufus beseitigt hat, nicht irgendein normannischer Stutzer.«

»Dann fangen Sie ein wenig spät an, für Gerechtigkeit zu kämpfen.«

»Ebenso spät wie Sie.«

Der Wortwechsel hatte Grünsucher um keinen Schritt weitergebracht, er war wieder dort, wo er angefangen hatte, einem Mann gegenüber, der mehr über ihn und seine Aktivitäten wußte, als er je einem Menschen anvertraut hatte.

»Soll ich glauben, daß wir einander helfen können?«

»Nein.«

»Dann halten Sie mich für ein Hindernis.«

»Nein.«

»Also ... was ist es?«

»Kümmern Sie sich einfach nicht darum, Grünsucher. Gehen Sie dorthin zurück, wo Sie hergekommen sind.«

»Und ich soll Sie nicht dabei stören, die Geschichte zu fälschen, ist es das? Ich soll auf mein Recht verzichten.«

»Welches Recht? Sie sind ein Stück Treibgut, das in New Forest angeschwemmt wurde. Bilden Sie sich nicht ein, daß Sie etwas ändern könnten.«

Und da war es wieder, das Wort »ändern«. Die ständig wiederholte Botschaft, die unaufhörliche Ermahnung.

»Ich lasse nicht von meinem Versuch der Veränderung ab. Ich bin für Authentizität ... und wenn Sie einen Namen wie Ranulf de Aquis annehmen, muß das auch in Ihrem Interesse liegen.«

»Ich nehme diesen Namen an, weil ich Ihnen voraus bin, Grünsucher ... so weit voraus, daß ich Ihre Ohren zum Klingen bringen könnte, indem ich nur ein paar Worte normannisches Französisch von mir gäbe. Also, geben Sie schon auf.«

»Und deswegen haben Sie mich hierher nach Thorney Hill gebracht, um mir das zu sagen – ›geben Sie schon auf‹.«

»Genau. Und wenn Sie wissen, wo Sie sich augenblicklich befinden, um so besser. Dann dürften Sie keine Schwierigkeiten haben, allein nach Hause zu finden.«

»Dann sagen Sie mir noch das eine – welche Art von Jagd veranstaltet ein so professioneller Zeitwanderer wie Sie hier, wo keine Beute zu finden ist?« Noch während er fragte, kam Grünsucher ein plötzlicher Gedanke. »Vielleicht waren Sie mit Manning zusammen.«

»Mit wem?«

»Ich hatte auch nicht erwartet, daß Sie es zugeben würden, Manning. Er war mir mit seinen Genossen eine Weile auf den Fersen. Es liegt nahe, anzunehmen, daß Sie von ihm so viel über mich erfahren haben.«

»Ich habe von Canterton gehört, aber ich kenne nicht die Namen aller Beteiligten. Ich muß Sie bitten, mir zu glauben, daß ich mit Ihrem Manning nichts zu tun habe. Nicht, daß es einen Unterschied machen würde. Ich bin in der glücklichen Lage, daß es mir gleichgültig sein kann, ob Sie eine solche Verbindung annehmen oder nicht.«

»Ein Söldner ohne Krieg. Ist das eine glückliche Lage?«

»Wir verschwenden nur Worte, Grünsucher. Ich habe Ihnen gesagt, was zu sagen war. Jetzt verschwinden Sie.«

De Aquis nahm den Stuhl so schnell wieder fort, wie er ihn hingeschoben hatte. Grünsucher mußte darum kämpfen, auf die Füße zu kommen, oder zu Boden zu fallen, und er erwählte das erstere; und sei es auch nur, um seine Würde zu wahren.

»Dann kann ich also gehen.«

»Gute Reise.«

»Sie geben mir keine Drohung mit auf den Weg?«

»Nicht Ihnen selbst. Tatsächlich sind Sie zu unwichtig, um bedroht zu werden.«

»Ich werde meine Suche nicht aufgeben.«

»Bedauerlich.«

»Aber ich danke Ihnen, daß Sie mir die Chance lassen.«

»Dann erinnern Sie sich daran, wer sie Ihnen ließ.«

Die Gefolgsleute machten die Tür weit auf, und das letzte Licht des schwindenden Tages schuf ein Mosaikmuster auf dem rissigen Boden.

Unter den hohen Eichen entlang der Straße nach Bransgore war es schon Nacht; eine Nacht, die Schrecken für Grünsucher barg, der einen weiten Weg zu seinen Schützlingen hatte.

Er hatte das Fertighaus widerspruchslos verlassen, weil das Gespräch offensichtlich beendet gewesen war.

Was seine Erregung verursacht hatte, als sein Ergreifer sich identifizierte, lag ihm jetzt als übelkeiterregende Enttäuschung im Magen.

Der Mann hatte ihm alles gesagt . . . oder vielleicht nicht? Grünsucher suchte verzweifelt nach Gründen für Zuversicht. Ranulf de Aquis verbarg etwas vor ihm; dessen war er jetzt sicher. In Wirklichkeit war es nicht allzuviel. Aber wenn man so begierig wie Grünsucher darauf bedacht war, selbst einen Knochen abzunagen, wäre es für ihn ein Festschmaus gewesen.

★

Sein Empfang im Caravan war kaum herzlich zu nennen. Im schlimmsten Fall hatte er erwartet, daß Sängerin durch die Heimsuchung erschüttert und verschüchtert war. Im besten, daß es eine tränenreiche und gefühlvolle Wiedervereinigung gäbe.

Wie sich herausstellte, gab es weder das eine noch das andere; und auch keine Kombination von beidem. Sängerin war wütend – es war das erste Mal, seit er sich erinnern konnte, daß er sie so sah – und die Kinder waren vor ihrem Zorn verstummt.

Er erfaßte nicht sofort die Ursache; aber plötzlich befanden sie sich mittendrin; und Sängerin schüttete das ganze Ausmaß ihrer Entrüstung über ihn aus; um es milde auszudrücken.

»Du liebst nicht mich«, sagte sie kalt und akzentuiert. »Du liebst die Vorstellung, ein Held zu sein. Als du mich aus Hochbaums Gefängnis befreit hast, erschien ich dir als begehrenswerter Preis. Sobald du mich errungen hattest, hast du angefangen, nach neuen Preisen Ausschau zu halten. Das gleiche gilt für die Kinder. Wenn das wirklich alles ist, was du anzubieten hast, wünschte ich bei Gott, du hättest uns dort gelassen. Dunkelheit ist bei weitem dem ruhmvollen blendenden Licht vorzuziehen, das du anzubieten hast.«

»Ich ... Ich weiß nicht, wovon du sprichst. Ich habe getan, was ich getan habe, weil ich es wollte. Ich habe dich dort gesehen, und ... Nun, du hast mich *angerührt* ...«

»Das nehme ich dir nicht ab. Wie schade, daß ich dich nicht anrühre, wenn ich *bei dir bin.*«

»Aber du tust es ... Du ... Ich habe dich gefragt, ob du mich heiraten willst.«

»Und was glaubst du, weshalb ich ›nein‹ gesagt habe?«

»Wegen Hochbaum. Weil du geglaubt hast ...«

»*Nach* Hochbaum.«

»Ich ... Ich ...« Und Grünsuchers Gedächtnis ließ ihn sogar im Stich, als er versuchte, sich an seinen zweiten Antrag zu erinnern; obwohl er sicher war, ihn ausgesprochen zu haben. Oder nicht?

»Nein ... du bist dir nicht einmal sicher, ob du mich ein zweites Mal gefragt hast. Nun, ich kann deinem Gedächtnis auf die Sprünge helfen. Du hast mich nochmal gefragt.«

»Und du hast wieder ›nein‹ gesagt. Obwohl dir nichts mehr im Weg lag.«

»*Mir* hat nichts mehr im Weg gelegen. Aber dir. Der in die Ferne gerichtete Blick in deinen Augen. Deine Worte mochten an mich gerichtet sein; deine Gedanken waren es nicht.«

»Das ist Unsinn. Wenn ich an etwas anderes gedacht hätte, würde ich dich nicht gefragt haben.«

»Es ist kein Unsinn, Grünsucher. Du vergißt, daß ich diese Straße schon einmal gewandert bin. Ein zweites Mal entgehen mir die Anzeichen nicht ... besonders, wenn ich eben auf diese Anzeichen achte.«

»Das ist ein unfairer Vergleich. Ich habe dich nie über das Leben befragt, das du vor Hochbaum geführt hast, weil ich keine alten Wunden berühren wollte. Deshalb kannst du nicht erwarten, daß ich weiß, was du durchgemacht hast.«

»Der Vergleich ist absolut fair. Du wußtest genau, daß ich einiges durchgemacht hatte; und die Einzelheiten sind völlig belanglos. Dein Auftauchen hätte bewirken müssen, daß ich es nicht noch einmal durchmachen mußte ... Du mußtest weder Namen noch Orte kennen. Es war Schmerz; blendender, betäubender Schmerz – und du sagst, du hättest es nicht wissen können.«

»*Natürlich* habe ich es gewußt. Eben deshalb habe ich mein bestes versucht ... sanft zu dir zu sein. Ich habe dir keine *Forderungen* gestellt ...«

»Soll ich dir dankbar sein, daß du kein zweiter Hochbaum warst? Ich bin nur deswegen mit dir gegangen, weil du mich überredet hast, daß es richtig sei. Die bloße Tatsache, daß ich bei dir bin, ist Beweis genug für meine Dankbarkeit.«

»Wenn ich nicht überzeugend gewesen wäre, würdest du nicht mitgegangen sein.«

»Nein.«

»Und doch bist du hier. Wie kannst du sagen, daß ich nicht überzeugend war?«

»Grünsucher ... alles war in Ordnung, als wir aufbrachen. Alles, was du getan oder gesagt hast, hatte Bezug zu mir oder den Kindern. Wir waren dein Brennpunkt. Wir waren der wichtigere Aspekt bei deinen Treffen mit Manning und Thomas Cricket und den übrigen. Aber du hast dich verändert ...«

»Ich bin verdammt nochmal derselbe geblieben.«

»Nun, vielleicht bist du das wirklich. Was ich sagen wollte, ist, daß sich der Brennpunkt deines Interesses verändert hat.«

»Laß mich das mit meinen Worten wiederholen ... solange du dich als Mittelpunkt meiner Aufmerksamkeit gefühlt hast, warst du glücklich; aber in dem Augenblick, als du merktest, daß ich auch noch andere Interessen habe, hast du ... bist du zu der Schlußfolgerung gekommen, die du eben ausgesprochen hast. Ich hätte weder Gedanken, noch Interessen oder Fragen im Kopf haben dürfen – wenn es nach dir ginge –, die nichts mit dir zu tun haben ...«

»Ganz so ist es nicht. Aber im allgemeinen stimmt es.«

»Es ist genauso. Alles übrige lehnst du ab, wenn du es nicht selbst willst ...«

»Werde erwachsen, Grünsucher. Ich habe einmal geglaubt, du wärst ein Held; und jetzt mehrt sich die Anzahl derjenigen, die dich einen Narren nennen. Wenn es für so viele Menschen offensichtlich ist; weshalb kannst du selbst es dann nicht sehen?«

»Sie wollen nicht, daß ich den Preis erringe.«

»Sie wollen nicht, daß du ihn *verlierst.* Natürlich haben sie sich alle in bezug auf das geirrt, wonach du wirklich gestrebt hast . . .«

»Kannst du denn nicht erkennen, Sängerin, daß du von mir dasselbe verlangst; den gleichen Nichts-sehen-nichts-hören-nichts-wissen-Kokon, den zu verlassen ich dir geholfen habe?«

Grünsucher machte auf dem Absatz kehrt. Wenn die Worte diesen niedrigen Level erreicht hatten, war es an der Zeit, zu schweigen.

Auch darauf gibt es eine Antwort, dachte Sängerin. Aber sie sprach es nicht aus. Schweigen konnte für beide Seiten hilfreich sein.

★

Wieder auf dem grauen Band der Straße, suchte er den Hang, den er vor so kurzer Zeit verlassen hatte, mit den Augen nach Lebenszeichen ab. Selbst Männer mit Messern, dachte er, konnten ihn nicht so sehr verwunden, wie es Frauen mit ihren Zungen vermochten.

Aber in der in Dämmerung versinkenden Landschaft regte und bewegte sich nichts.

Hinter ihm ging die Tür des Tourers auf, und eine kleine Gestalt trat auf die Straße hinaus.

Er begann zu gehen – er legte keinen gesteigerten Wert auf Unterhaltung – und Ben mußte laufen, um ihn einzuholen.

»Ich glaube, es war mein Fehler«, sagte er, indem er Grünsuchers Ellbogen berührte.

»Wie kommst du darauf?«

Und dann kam die Stimme des Jungen wie ein Echo aus der Vergangenheit: »Wenn ich sehen sollte, daß Sängerin leidet – sei es nun wegen deiner *oder* meiner Gründe –, werde ich alle Geheimnisse ausplaudern.«

»In welcher Hinsicht«, sagte Grünsucher gepreßt, »war es dein Fehler?«

»Ich habe dir gesagt, daß ich meine Loyalität nicht teilen würde.«

»Also hast du Sängerin erzählt, weshalb ich in New Forest bleiben wollte. Vielleicht hast du ihr sogar gesagt, daß ich unter . . . diesem Urteil stehe.«

»Ich habe ihr gar nichts erzählen müssen. Das Messer an ihrer Kehle hat völlig ausgereicht, ihr zu zeigen, daß du wieder auf deinen alten Pfaden warst . . . vielleicht bist du vergeßlich. Ich sagte, wenn ich sehen sollte, daß Sängerin leidet . . .«

»Schon gut. Du hast sie also leiden gesehen. Es wäre besser, du würdest mir endlich sagen, *was* du genau gesagt hast.«

»Ich . . . Ich habe versucht, dich über Liebe aufzuklären, Grünsucher. Vielleicht verstehe ich nicht viel von dem, was aus meinem Kopf kommt, aber . . . mir scheint . . . das keine Idee, kein Prinzip es wert ist, den Blick zu sehen, den Sängerin in den Augen hatte, als die Klinge an ihrer Kehle war. Ich habe keinen solchen Blick mehr gesehen, seit du die Säge am Rücken gehabt hast. Das *kann* keine Sache wert sein.«

Ein Auto kam über den Hügel auf sie zugefahren und badete sie im Scheinwerferlicht. Grünsucher legte dem Jungen die Hand auf die Schulter und drängte ihn zum Straßenrand . . . und plötzlich fühlte er, wie sich eine Hand auf seine legte.

»Ich glaube an dich«, sagte Ben. »Ich glaube dir, daß du eine Idee, die sich in deinem Kopf festgesetzt hat, nicht so leicht abschütteln kannst.«

»Hmmm.« Grünsuchers Grunzen war nur eine Verlegenheitslösung, um nichts sagen zu müssen. Er *wußte* nicht, was er hätte sagen sollen; und er spürte, daß er sich der Führung durch den Jungen überlassen hatte.

»Ich *kann* dir gegenüber loyal sein, Grünsucher. Ich meine, nur, weil ich Sängerin . . . Mutter . . . nicht leiden sehen kann, muß ich doch nicht gegen dich sein. Denn wir wollen sie doch *beide* nicht leiden sehen; oder?«

Wenn Grünsucher jetzt sagen würde: »So ist es«, wäre es das Ende seiner Suche. Und wenn er sagen würde: »Ich kann sie leiden sehen«, wäre es das Ende seines Lebens.

»Wessen Vorschlag war es, daß du kommen und mir das sagen solltest?« fragte er schließlich

»Sängerin wollte nicht, daß du glaubtest, du . . . hättest niemanden. Sie forderte mich auf, dir zu folgen.«

»Aber nach allem, was sie gesagt hat . . .«

»Sie hat gesagt, was sie gesagt hat. Was sie gesagt hat, ist nicht, was sie gedacht hat. Und was sie gedacht hat, ist nicht, was sie fühlte. Drei Stimmen. Das ist viel; soweit begreife ich es. Bitte, komm jetzt mit zurück.«

Als sie wieder in den Caravan kamen, war das Licht noch an, und Sängerin weinte. Ein schwaches Lächeln breitete sich auf ihrem Gesicht aus, als sie Grünsucher hinter dem Jungen eintreten sah.

»Es tut mir leid, daß ich dich . . . genötigt habe. Du mußt es wissen, du *bedeutest* mir . . .«

Kein Mann hat die Kraft, den Tränen einer Frau zu widerstehen. Aber um seinen Seelenfrieden zu wahren – und um der Zukunft zuliebe –, mußte er seine *vollständige* Kapitulation anbieten.

»Ich glaube, daß ich jetzt genauer weiß, was dir wichtig ist«, sagte er, »und es tut mir leid, daß man es mir erst so genau erklären mußte. Ich . . . Ich wünsche mir verzweifelt, daß du mein Leben mit mir teilst. Nicht nur meine Stunden und Tage, sondern auch die Gedanken in meinem gespaltenen Kopf. Ich möchte, daß sich unsere Interessen vereinigen.

Es werden uns noch viele Irrtümer unterlaufen – viele Mißverständnisse –, solange wir uns noch im Stadium des gegenseitigen Kennenlernens befinden. Schau . . . ich *muß* dir jetzt einfach erklären, was in meinem Kopf vorgeht, sonst verfolgt es mich ständig.

Alle möglichen Leute – unterschiedliche Leute – versuchen zu verhindern, daß ich dieser Pfeilschußaffäre auf den Grund gehe. Das könnte bedeuten, daß es eine äußerste Grenze für das gibt, das ich herausfinden kann, und wieviel Gutes ich damit anrichten könnte, daß ich es herausfinde. Diese Sache mit den messerbewehrten Männern war unerfreulich; und ich durchschaue sie bei weitem nicht ganz. Aber ich habe Gründe zu der Annahme, daß es in Wahrheit nur eine Gebärde war; und daß uns diese Männer künftig in Frieden lassen, weil . . . weil ich so dicht daran bin, die ganze Sache abzublasen.

Wenn ich nur noch einen Tag hätte – nur, um die Details in meinem Kopf zu sortieren –, dann könnten wir gehen, wohin du willst. Die ganze Welt stünde uns offen. Und wir könnten ... heiraten. Wenn du mich noch willst.«

Es ist ein letzter Versuch; dafür müßte sie Verständnis haben, dachte er.

Von einem leichten Anheben des Kinns abgesehen, änderte Sängerin ihren Gesichtsausdruck nicht.

»Einen Tag«, sagte sie.

Wenigstens sah es aus, als hätte sie zu weinen aufgehört. Grünsucher war dafür dankbar.

★

Nur noch einen Tag; und er mußte ihn voll nutzen ...

Die übrigen hatten in Christchurch eingekauft und waren zum Morgenkaffee und zu unbestimmten Vergnügungen den Stour hoch nach Tuckton Kahn gefahren, während er das Hauptschiff der Abtei entlangschritt, die Steinmauern betrachtete und über geschnitzte Grotesken am Kirchengestühl strich.

Ein Ranulf hatte dieses Bauwerk in den wenig erforschten Jahren des elften Jahrhunderts begonnen.

Ranulf Flambard*; Architekt, Konstrukteur und Kanzler; und auf keinem Gebiet geschickter als in der Methode, wie er sich zwischen William Rufus und den kritikwütigen Bischöfen Vermögen erschwindelte.

Er hatte Domesday-Besitztümer am Rand von New Forest, in der Nähe von Romsey; er hatte Posten in Christchurch; er besaß gute und handfeste Motive im Dschungel der damaligen Zeit.

Aber die Geschichte machte ihn zum Bischof von Durham, als die Verfolgung kam. Flambard war ein Freund Rufus' gewesen, soweit er es mit seinen eigenen Zielen vereinbaren konnte. Aber Flambard war auch ein Überlebenstyp; ein Manipulierer; und in den ersten Jahren der Herrschaft Henrys hatte er *diesem* Herrscher ebenso nahe gestanden.

* Ranulf Flambard spielte vermutlich eine wichtige Rolle in der Kompilierung des Domesday-Book. Vorsteher der Kanzlei, Verwahrer des Großen Siegels und Schatzmeister. Von Henry I. in den Tower geworfen, entkam er vermutlich durch Freundeshilfe in die Normandie und wurde nach dem Sieg von Tinchebrai 1106 von Henry begnadigt. 1128 gestorben. (Anm. des Übersetzers.)

Auf eine Art Geheimauftrag in der Normandie, wie die Dokumente belegen – vielleicht intrigierte er wieder einmal zwischen Henry und dem älteren Bruder Robert – fand er sich durch eine plötzliche, heftige und *konstruierte* Wendung der Dinge in Frankreich ausgesetzt.

Konnte es sein, daß »Ranulf de Aquis« der komische Verweis eines durchtriebenen Satirikers auf einen Mann war, der zu dieser Zeit schon lange tot war; wegen einer Angelegenheit, die nicht länger mit dem Siegel des Schweigens belegt war?

Flambard ließ sich auf dem Papier ohne weiteres unter die Verdächtigen einreihen. Aber wie sah die Wirklichkeit aus? War er im Umgang mit Pfeil und Bogen bewandert gewesen? Oder war er fähig, den verhängnisträchtigen Fehlschuß zu arrangieren, der von »einem Jagdteilnehmer« gelenkt wurde?

All das blieb bloße Spekulationen, bis Grünsucher es am Ort des Verbrechens selbst zu verifizieren versuchte ... und hier erhob seine Familie Einspruch. Schließlich hatte es an diesem Ort in jüngster Vergangenheit ein weiteres Verbrechen gegeben, und er konnte sie nicht bitten, ihn zu begleiten; aber er konnte sie auch nicht bitten, fortzubleiben.

Auf der Christchurch-Ringwood-Straße hielten sie bei einem Dörfchen am Avon an, um den Schmied ausfindig zu machen, bei dem Tirel angeblich die Eisen an den Hufen seines Pferdes hatte umgekehrt aufschlagen lassen, so daß seine etwaigen Verfolger annehmen mußten, er käme, wo er in Wahrheit ging; jene Schmiede, die noch bis ins frühe zwanzigste Jahrhundert eine jährliche Gebühr dafür entrichtet hatte, daß sie einem Flüchtling geholfen hatte.

Das ursprüngliche Gebäude stand natürlich nicht mehr; es war durch einen schmucklosen Schuppen ersetzt worden, der verschlossen und mit vergilbenden Plakaten vollgeklatscht war, die für Discos und Tanzveranstaltungen in der Umgebung von Avon Reklame machten.

Tirels Furt lag näher bei Bisterne an der Straßenseite gegenüber dem Hotel, das nach ihr den Namen »Tirel's Ford« trug, obwohl von ihr nichts weiter als ein Trittstein und ein unbewachsener Flecken am Flußufer geblieben war; und nicht etwa der Flecken ungewöhnlich üppigen Grüns, der – wenn man der

Folklore Glauben schenkte – einst die Stelle gekennzeichnet hatte, an der sich Tirels Pferd erleichtert hatte.

Alles in allem eine ziemlich enttäuschende Morgenfahrt – aber wenn sie seine Begleiter gelangweilt hätte, wäre das seiner Intention nur entgegengekommen.

Ringwood lag vor ihnen, und heute war dort Markttag; der Markt war vielbesucht nach alter Tradition; aber in dieser dritten Dezemberwoche noch aufregender.

Den Kindern gefielen die Lichter, und mit ein wenig Geld in der Tasche und der Gelegenheit, es auszugeben, würden sie einige glückliche Stunden außerhalb des Tourers verbringen. Auch Sängerin mochte es gefallen.

Grünsucher hatte sich seine Geschichte in allen Einzelheiten zurechtgelegt. Er würde gehen und die Lage von Castle Malwood auskundschaften; das Jagdschlößchen, in dem William Rufus seine letzte Mahlzeit eingenommen hatte.

Grünsucher wußte, daß eine solche Inspektion unmöglich war. Die Stelle war von der Southern Electricity umzäunt worden, und überall waren »Privat«-Schilder angebracht. Aber seine Schützlinge waren nicht so gut informiert.

Er hätte sie auch von einem weiteren unbedachten Besuch in Kenntnis setzen können, den zu machen er beabsichtigte ... und der ihn nur eine Straßenbreite weit entfernt von Canterton führen würde.

Er brauchte sich über die Moral dieses Täuschungsmanövers keine Gedanken zu machen, weil es zu ihrem eigenen Besten war, wenn sie seinen Aufenthalt nicht kannten.

Sie würden es ablehnen, zurück nach Canterton zu gehen. Ihm machte es nichts aus. Er ersparte ihnen Leid, indem er hinging.

Er setzte sie inmitten der Tausend-und-eine-Nacht-Pracht der Marktstände ab, gab Sängerin einen großzügigen Vorrat an Kleingeld mit auf den Weg, und bestimmte einen Treffpunkt in zwei Stunden.

Er küßte die Kinder, und Sängerin bot ihm eine kühle Wange dar, die zu einem ausdruckslosen Gesicht gehörte.

Sie hatte ihm seine Geschichte fraglos abgenommen, und die Kinder waren so voller sichtbarer Vorfreude gewesen, daß ihm der Abschied leichtgefallen war.

Wenn Grünsucher zwei Stunden später wiederkommen würde, sollte er sie alle nicht mehr vorfinden.

★

Der Himmel war wolkenlos, und es war für die Jahreszeit viel zu warm; aber Grünsucher erschauerte trotzdem, als er aus dem Tourer stieg und das Tal und den Gedenkstein vor Augen sah.

Jede Möglichkeit, es bei Tageslicht zu begutachten, war vier Monate vom richtigen Datum entfernt, und zudem war der Tag ohnehin die falsche Zeit. Sabbate gehörten der Phantasie an, wie das warme Rinnen von Blut an seinem Nacken aus der verheilten Wunde.

Trotzdem war ihm so flau zumute, daß er froh war, seine Schützlinge zurückgelassen zu haben. Sie würden es nicht verstanden haben. Mehr noch; sie würden seinen Wiederbesuch nicht unbeschadet überstanden haben. Er hatte, so erkannte er, das Vernünftigste getan.

Und so war zu erwarten, daß der Lohn nicht ausblieb. Der normannische August oder der apokalyptische Dezember; Mittag oder früher Abend; er mußte einfach *etwas* finden, das ihm bei seiner Mission weiterhalf.

Er stand auf der Lichtung und drehte sich auf den Absätzen herum; oder besser, er drehte sich so leicht herum, wie es der moorige Boden zuließ.

Der Hirsch war aus nördlicher Richtung gekommen; vor den Treibern her, aus der Waldung, in der die Gaststätte jetzt stand.

Der König würde laut Protokoll die beste Schußposition innegehabt haben. Tirel, seinem »Freund am Hof«, hatte der zweite Platz zugestanden, von dem aus es unwahrscheinlich war, daß er Sicht oder freie Schußbahn bis zum Monarchen gehabt hatte.

Der Rufus Stone stand auf der Lichtung, die Stricknage Wood in zwei Hälften aufteilte; eine sumpfige Angelegenheit, die das Wild auf seiner Flucht in die Deckung behindert haben würde.

Und die Deckung selbst würde selbst nach Jahrhunderten nicht viel dichter geworden sein. Bäume wuchsen, wo sie ihre

Wurzeln in den Boden senken konnten; und ein Morast war ein Morast, war ein Morast von Anbeginn.

Grünsucher ging davon aus, daß der Standort des Königs dort gewesen war, wo jetzt der Stein aufragte, und unterzog die Vegetation des königlichen Hintergrundes einer genaueren Überprüfung; in südlicher Richtung, auf die Paßstraße zu.

In der Hauptsache Sträucher; aufgeschossener Stechginster, selbst jetzt mit gelben Blüten übersät; Farne; ab und zu ein Holzapfelbaum, bar aller Frucht und jeglichen Versprechens künftiger Fruchtbarkeit. Uralte Eichen, abgestorben bis ins innerste Mark; ausladende Äste, die sich bis auf den Boden neigten, schützende Vorhänge; Tarnung für alles, was sich dahinter befand. Der König selbst hätte sich unter einem solchen Schirm verbergen können; aber das war es nicht, das Grünsucher annahm . . . ein Zweig am falschen Ort hätte zuviel Ablenkung für einen tödlichen Schuß bedeutet.

Aber diese Schirme waren in anderer Hinsicht interessant. In ihrem Dämmerlicht gediehen Eichentriebe; diejenigen, die die Äsgewohnheiten der Ponys, Rehe und schwarzen Bramshaw-Schweine überlebt hatten.

Die Eicheln fielen nicht weit vom Stamm. Das Bestreben der Eiche, fortzubestehen, wurde von ihrer eigenen Ausdehnung vereitelt; und die Geschichte wiederholte sich regelmäßig entlang dieses südlichen Hanges.

Grünsucher beschrieb einen ungefähren Kreis, überschritt den Pfad, den der fliehende Hirsch auf die untergehende Sonne und Longbeech zu genommen haben mußte, und kehrte durch das nördliche Stricknage zurück, das noch üppiger mit Schlehen und Brombeergestrüpp bewachsen war; folgte dem Coalmeet-Graben, bis er sich in Richtung der Straße nach Brook und der Kneipe verlief.

Er war kein Fachmann in Humus-Wissenschaften oder Baum-Gerontologie, und seine Überzeugung, die er bei dem Rundgang gewonnen hatte, basierte auf dem gesunden Menschenverstand.

Dies mußte der Ort sein. Nicht, daß es daran viel Zweifel gegeben hätte. Gewiß glaubten die Einheimischen es. Sicher hatte Thomas Cricket daran geglaubt, als er sein Spektakel geplant hatte.

Der durchtrennte Baum war verschwunden; aber der Stumpf stand noch dort.

Grünsucher hatte sich Entdeckungen erhofft und nur eine Bestätigung der allgemein bekannten Tatsachen erhalten. Vielleicht – wenn die Spuren hastig verwischt worden waren – hatte man etwas an dem Stumpf übersehen. Möglicherweise sogar die *Pfeilspitze*.

Tirels Unschuld stand oder fiel durch die Existenz dieses Pfeiles. Er hatte nicht behauptet, ihn nicht abgeschossen zu haben; nur, daß er den König nicht getroffen hätte.

Der Pfeilmacher hatte sechs spezielle Pfeile für Rufus gefertigt; von denen zwei – entsprechend der damaligen Sitte – an Tirel weitergegeben worden waren.

Aber es konnte auch mehr als sechs gegeben haben, von denen einige für den unbekannten Mörder reserviert wurden; und in diesem Fall war Tirel im wahrsten Sinne des Wortes aufgespießt worden.

Es war ein Pfeil, der Tirel an den Leichnam heftete – ein Pfeil, der in einem benachbarten Baum stecken und seitdem passenderweise übersehen worden sein mochte.

In jener Dämmerung im letzten Monat mochte der Pfeil noch passenderweise ans Licht gekommen sein.

Grünsucher schritt rascher an den Stumpf und betrachtete die Schnittstelle.

Der Gegenstand, der das Sägeblatt zu Splittern und die Unguten in Fetzen zerrissen hatte, war immer noch dort eingebettet.

Grünsucher befühlte es ungläubig, und er fühlte seine vertraute Übelkeit emporsteigen. So also war es geschehen.

Das Artefakt war eindeutig ein Produkt des zwanzigsten Jahrhunderts; das Werk eher eines Vandalen als das eines historischen Schmiedes.

Es war ein Mauernagel.

Grünsucher fuhr die Straße zurück nach Ringwood; in seinen Gedanken herrschte Aufruhr.

Er hatte sich nach seiner Entdeckung und der zeitlichen Zuordnung nicht länger bei dem Baumstumpf aufgehalten.

Nichts schien mehr Sinn zu haben. Der Baum war gefallen, und die Fährte war erkaltet. Die Zeit lastete auf seinen Schultern ... neunhundert Jahre ... und ihm schien, als hätte er sie selbst durchlebt.

Finita la commedia. Die Sache hatte sich als ertraglos entpuppt; und er fing eben erst an, die Kosten ermessen zu können.

Tirel war so unschuldig oder schuldig wie je zuvor ... und das Wort, auf das es ankam, war »je«. Denn wenn er den ganzen Fortschritt bedachte, den er in dieser Sache gemacht hatte, hätte er ebensogut die erste Warnung beherzigen können, die Dr. Burnett damals ausgesprochen hatte, als das Moos seines Kopfverbandes noch so frisch und heilsam wie die Erinnerung an seinen privaten Canterton-Zwischenfall gewesen war.

Jetzt war das alles Vergangenheit ... die alte Zeit genau auf dieselbe Art mit der modernen verknüpft, wie Burnett es gesagt hatte. Er hatte Zeit verschwendet ... und jetzt besaß er keine Zeit mehr, die er hätte verschwenden können.

Nur ein Gutes hatte die Sache; Sängerin und die Kinder würden – ob sie es zeigten oder nicht – erfreut sein, zu hören, daß seine Suche vorüber war. Und Sängerin zumindest würde nicht sagen: »Ich habe es dir gleich gesagt.«

Er erreichte den Außenbezirk von Ringwood, überließ sich der Einbahnstraße und fand seinen Parkplatz wieder.

Es waren noch fünf Minuten bis zum vereinbarten Termin, und er suchte sich zu dem viktorianischen Laternenpfahl auf dem Marktplatz durch. Dort – inmitten der vielen Fahrräder, die nach alter Tradition hier abgestellt waren; einige von ihnen schienen auch nur durch Tradition zusammengehalten zu werden – wartete er.

Die fünf Minuten vergingen. Und dreißig weitere Minuten verstrichen, ehe er es wagte, den vereinbarten Treffpunkt zu verlassen und begann, zunächst die Läden, dann die Cafés, und schließlich die abgelegensten Winkel und Verstecke zu durchsuchen.

Ringwood war kein besonders großer Ort, auch wenn die gegenwärtige Betriebsamkeit zu diesem Eindruck verleiten mochte. Von den meisten Punkten aus konnte man den Ort in seiner Gesamtheit überblicken, und erst das schwindende Tageslicht beraubte den Betrachter dieses Vorzuges.

Eine Stunde suchen war mehr als gründlich zu nennen. Als letzte Möglichkeit ging Grünsucher zu der Laterne zurück, in der eitlen Hoffnung, es hätte ein Mißverständnis bezüglich des Zeitpunktes gegeben. Wenn seine Schützlinge überhaupt in Ringwood waren, würden sie dort sein.

Sie waren es nicht.

Aber Dr. Burnett war dort.

Erst, als er den Arzt erblickte, wünschte sich Grünsucher aus einem unerfindlichen Grund, er hätte dem Baumstumpf und etwaigen sichtbaren Zeichen daran Aufmerksamkeit geschenkt. Er konnte sich deutlich an Roststellen am Holz erinnern. Der Nagel aber – so erschien es ihm jetzt, als seine Phantasie in der Erregung bereit war, ihm etwas vorzugaukeln – hatte wie neu geglänzt. Er entstammte eindeutig dem zwanzigsten Jahrhundert . . . und vermutlich dem späten.

»Burnett«, sagte Grünsucher; und mehr zu sagen fiel ihm im Augenblick nicht ein.

»Haben Sie mich erwartet?« erwiderte der Arzt.

»Nicht Sie.«

»Vielleicht jemand anderen?«

Grünsuchers Geduld schwand dahin. »Sie wissen verdammt gut, wen ich erwartet habe.«

»Wie lange haben Sie ihnen zugemutet, zu warten?«

»Ich habe von zwei Stunden gesprochen. Das war vereinbart. Ich war mehr als pünktlich wieder hier.«

»Seien Sie nicht so spitzfindig, Grünsucher. Ich meinte mit meiner Frage, wie lange sie insgesamt warten mußten – während Sie mit Ihren . . . Ermittlungen beschäftigt waren.«

Grünsucher stellte fest, daß er diese Frage nicht direkt beantworten konnte. »Sie wissen mehr, als Sie zugeben; sonst wären Sie nicht hier.«

»Ich habe nichts dazu zu sagen ... wenigstens im Augenblick. Wir könnten einen weniger belebten Platz aufsuchen.«

Der Marktplatz war von Kneipen umstellt. Grünsucher nahm den Arzt beim Ellbogen und führte ihn in den vornehmen Red Lion. Als sie an einem Ecktisch Platz genommen hatten, sagte er: »Sagen Sie, was Sie zu sagen haben.«

»Ich nehme einen Whisky«, erwiderte Burnett. »Aber mit Wasser statt Soda.«

Grünsucher, der noch nie zuvor weniger Durst gehabt hatte, erwog eine scharfe Erwiderung, als er bemerkte, daß ihn der Barmann mit jener Skepsis betrachtete, die üblicherweise den Gästen vorbehalten war, die regelrecht hereingestürmt kommen und sich dann viel Zeit mit der Bestellung lassen.

Aus Verlegenheit bestellte er zwei große Whisky und Soda für seinen eigenen.

Er nahm die beiden Gläser und den Wasserkrug mit an den Tisch zurück, damit Burnett nach Belieben verdünnen konnte. Er hatte den Krug kaum in der Hand, als der Barmann ihn laut zurückforderte.

Wenn man erst einmal am Boden liegt, dachte Grünsucher, *verspürt jeder Lust, einem einen Tritt zu verpassen.*

»Also«, sagte er, »Sie haben Ihren Drink, Sie haben mein Ohr. Wie wäre es, wenn Sie mich aufklären würden?«

»Was könnte ich Ihnen schon erzählen?«

»Ich habe nicht allzuviel Zeit, Burnett.«

Der Arzt schien einen Hang zur Geheimniskrämerei zu haben. Grünsucher beschloß, eine Möglichkeit auszuprobieren, wie er das Gespräch in Gang bringen konnte. »Ich habe den Mauernagel gefunden.«

»Mauernagel? Ich weiß nicht ...«

»Sie können Ihre Augen so weit aufreißen, Doktor, wie Sie wollen. Ich rede von einem Nagel in jenem Baumstumpf in der Canterton-Senke. Aber um die Wahrheit zu sagen, ich *glaube* nicht an den Nagel.«

»Und ich dachte, Sie hätten mich hergeschleppt, um mich zu fragen, ob ich etwas über den Verbleib Sängerins und Ben und Satin wüßte. Sie werden bemerken, daß ich inzwischen über alle Identitäten Bescheid weiß.«

»Das ist kaum sensationell. Bei ihrem Informationsnetz sollten Sie die Markenschildchen auf unserer Unterwäsche kennen. Speisen Sie mich nicht mit Lappalien ab.«

»Der Mauernagel. Also gut; ich könnte Ihnen jetzt sagen, daß ich meinen Freund Ranulf und seine Kumpanen bat, für mich etwas mit diesem Baumstumpf anzustellen. Ich könnte Ihnen erzählen, ich hätte meinen Freund Sir Edmund gebeten, Ihr Konterfei an jeden Baum zu nageln. Aber würden Sie mir das abnehmen? Mir scheint, Sie können sich über einen Nagel in einem Baumstumpf grämen, oder Sie können sich über etwas anderes grämen, das Sie betrübt. Aber nicht beides zugleich. Wenn ich mich nicht irre, sagten Sie, Sie hätten nicht viel Zeit . . .?«

Grünsucher war es leid, ständig die Gesprächsinitiative zu ergreifen, und zu sehen, wie seine Vorgaben einfach beiseite gewischt wurden. »Schauen Sie, Burnett . . . wenn Sie mein Leben schon auf Wochen im voraus kartographisch erfaßt haben, dann versuchen Sie wenigstens nicht, mir deswegen Schuldgefühle einzureden, weil ich ein paar Minuten damit verbringe, die Wahrheit zu ergründen. Wie haben Sie all diese Dinge in Erfahrung gebracht?«

»Ich hatte einen Informanten.«

»Wen?«

»Jemanden, der zu mir kam und mich um Hilfe bat.«

Grünsucher fielen allein unternommene Einkaufsbummel und unerklärte Perioden des Schweigens ein. »Sängerin. Also hat Sängerin die ganze Sache angestiftet . . .«

»Beherrschen Sie sich, Grünsucher. Sie bat mich um Hilfe, weil sie Sie nicht *verlieren* möchte. Wissen Sie denn nicht, wie wertvoll das ist?«

»Sie hat einen Thomas Cricket auf mich angesetzt.«

»Ja, sie hat einiges in dieser Art unternommen. Wenn Sie unbedingt jemanden beschimpfen müssen, dann beschimpfen Sie mich . . . sie waren *meine* Bekannten. Aber wenn Sie *wirklich* Wert darauf legen, die Wahrheit zu erfahren, werden Sie sich schon die Mühe machen müssen, ein wenig tiefer zu schauen . . . und ein wenig ernsthafter.«

Burnett ließ das Schweigen wirken, damit Grünsucher die Bedeutung des Gesagten erfassen konnte.

»Was ... Wonach ich gesucht habe, das war *wichtig*«, sagte Grünsucher schließlich.

»Nicht nach neunhundert Jahren. Das ist es, was ich Ihnen gleich nach Canterton nahezubringen versucht habe. Erst, was *seit* dieser Zeit geschehen ist, hat New Forest seine Größe gegeben und alles erhalten, das des Erhaltens wert ist. Sie möchten das alles vom Spieltisch wischen und noch einmal von vorn anfangen lassen. Nun; ich bin ein Stückchen von der Schreibkreide, und ich möchte nicht ausgewischt werden. Ist das so schwer zu verstehen?«

»Ja ... Nein.« Grünsucher hatte über die Wahrheit geredet, aber Burnett sprach über Leute. Und wo waren die Leute Grünsuchers? Fort ... weil er ihnen die Wahrheit vorgezogen hatte. Folgen seiner hohen Prinzipien.

»Sagen Sie mir; was vermissen Sie in diesem Augenblick genau? Ihre Würde, oder Ihre Familie?«

»Was glauben Sie?«

»Sie wären mir nicht dankbar, wenn Sie es wüßten. Außerdem könnte ich mich in bezug auf Sie immer noch irren ...«

»Ich vermisse Sängerin und die Kinder.«

»Dann machen Sie *sie* zu ihrer Wahrheit. Akzeptieren Sie, daß New Forest keinen verdammten Dreck mehr darum gibt, wer William Rufus umgebracht hat. Akzeptieren Sie, daß sich New Forerst weit mehr dafür interessiert, wer Sängerin und Ben und Satin ins Leben gerufen hat ... und zu welchem Zweck.«

»Sie meinen, ich kann ... immer noch zu ihnen gelangen?«

»Das kann ich nicht sagen ... aber ich weiß, wo sie sich befinden.«

»Wo?«

»An dem einzigen Ort, den Sie ihnen gelassen haben. An dem einzigen Ort, den sie kennen.«

Grünsucher stieß sich beim Aufstehen so heftig am Tisch ab, daß die nicht angerührten Getränke überschwappten.

Burnett warf ihm einen eindringlichen Blick zu. »Ich weiß, daß Sie keine Ratschläge schätzen ... und ein Mann, der allein zurechtkommt, hat eine Menge Fähigkeiten – vorausgesetzt, er ist kein Dummkopf. Aber hören Sie sich noch eines von mir an – suchen Sie sich, solange Ihre radikale Stimmung anhält, etwas heraus, das Sie nicht ändern *können*. Einmal haben Sie es getan; und Sie waren zufrieden . . . aber mehr kann ich nicht sagen, ohne Ihnen Rosinen in den Kopf zu setzen.«

Grünsucher, unterwegs ins Tiefland, fragte sich, ob er je lernen würde, »danke« zu sagen.

★

Die Stimme war allgegenwärtig. Sie summte wie ein Bienenvolk in den Wipfeln der Koniferen und drang durch das kahle Geäst der Buchen, als Grünsucher die gewundene Straße hinabgefahren kam; überließ die Schafe ungerührt ihren Klagen über den Mangel an gutem Gras.

Eben sang sie:

»Ich brach die allerletzte Blume
Die wuchs auf dieser Ackerkrume

Da fragt ihr Blut an meinem Kleid:
Warum? Ich tat dir nichts zuleid.

Du sah'st nicht meiner Schmerzen See –
Warum nur tatest du mir weh?

Ich hätt' geblüht sogar zuletzt
Wenn du mich nicht gebrochen hätt'st.«

Dann war Stille. Grünsucher empfand den vertrauten Krampf in seiner Kehle; das Brennen in den Wangen. Das letzte Mal, als er dieses Lied gehört hatte – so gleich und doch um eine winzige Nuance anders –, hatte das Lied allen gegolten. Jetzt galt es nur noch ihm – und *er* war sein Anlaß.

Rapunzel war in ihren Turm zurückgekehrt; die Schleier lagen wieder auf ihren Augen, und . . . hatte er das Recht, einen neuen Befreiungsversuch zu wagen? Selbst, wenn er erfolgreich sein sollte? Er hatte seine Chance gehabt, und er hatte sie vertan . . . wegen einer Affäre, die neunhundert Jahre zurücklag.

Und jetzt gellte der Gesang seiner Eigensüchtigkeit in seinen Ohren.

Da fragt ihr Blut an meinem Kleid:
Warum? Ich tat dir nichts zuleid.

Der wahre Seher war ein toter Mann. Wolf Hochbaum mit seinen »vier blinde Mäuse; schau, wie sie rennen ...«

Grünsucher, der eine Chance in seinem Leben gehabt hatte, der Zauberstab zu sein, der drei Menschen erlöste, hatte sich als Zuchtrute erwiesen, die drei Menschen zerbrach.

Sollte er jetzt, da er dies erkannt hatte – sein Mund war von bitterer Galle erfüllt –, weitergehen oder umkehren und die neugestellte Aufgabe jemandem überlassen, der besser fähig sein würde, sie zu lösen?

Ihm wurde jetzt bewußt, was ihm Sängerin und die Kinder bedeuteten. Er vermochte jetzt ohne Rückhalt zu sagen, daß er lieber mit ihnen als ohne sie sein würde; aber er hatte ihnen in jüngster Vergangenheit wenig genug Anlaß geboten, ihm das nur auf sein Wort hin zu glauben.

Er *mußte* sich ihrer wieder annehmen. Und wenn es Schmerz und Reue und Verstimmung bedeuten würde; dann mußte er eben hindurch. Wenn es Grauen bedeutete – einen Anblick, der ihn für den Rest seines Lebens verfolgen würde –, dann hatte er ihn *verdient*.

Er ließ den Tourer auf der Wiese stehen und arbeitete sich rücksichtslos durch dorniges Gestrüpp; und die Schmerzen, die es ihm zufügte, waren ein Vorgeschmack seiner Strafe.

Da fiel ein drohender Schatten auf ihn, und er sah auf, und erblickte das Schloß; die Fensterscharte; das Gesicht hinter dem Fenster.

Sängerin sang. Wie eine Amsel. Den Blick ins Wesenlose gerichtet. In seiner Erinnerung.

Er hastete um die Burg und fand seinen alten Beobachtungsplatz wieder; vom Mondlicht versilbert und verlassen.

Die Fensterscharten waren leer und blieben leer, sosehr er seine Augen auch anstrengte.

Er rief, aber nichts zeigte sich. Nur der Wind umstrich klagend die versilberten Türmchen und rauhreifüberzogenen Zweige.

In einem Augenblick der Windstille hörte er ein Geräusch; aber nicht deutlich genug, um als Weinen identifiziert werden zu können; nicht deutlich genug, um mit Sicherheit sagen zu können, daß es aus diesen hohen Räumen gekommen war. Ein Ausatmen; vielleicht nicht mehr als ein Luftzug.

Er vollendete seine Umkreisung der Burg und kam endlich an die massive Eichentür. Unter seinem Druck gab sie nach.

Er stieg zu den höhergelegenen Stockwerken hoch und dachte darüber nach, wie er am besten vorging. Sollte er zuerst nach Sängerin schauen, um sich davon zu überzeugen, ob sie noch zugänglich war – oder zuerst zu den Kindern, um zu sehen, wie ihr Zustand war? Sollte er den Jungen vor dem Mädchen aufsuchen, oder umgekehrt?

Sein Denken war in wildem Aufruhr; aber die Anordnung des Gebäudes löste seine Probleme.

Er öffnete die Türen, die er als erste erreichte, und fand alle Räume verlassen vor, bis er endlich an der Schwelle der Tür stand, hinter der Sängerin saß und ihr Lied sang.

In einem verspäteten und irrationalen Versuch, höflich zu sein, klopfte er an. »Sängerin?«

Das Lied brach ab.

»Sängerin?«

Die Stille verdichtete sich.

Dann hörte er wieder diesen Luftzug; dieses Atemgeräusch; dieses . . . geheime Kichern?

Grünsucher stieß die Tür auf.

Dort saß seine Familie wie eine Elfenbeinschnitzerei auf einer Kamee; herausgearbeitet von den Schatten des Raumes und dem spärlichen Licht vom Fenster her. Sie alle sahen ihn an; Sängerin mit dem verhaltenen Lächeln der Mona Lisa; Ben, hochaufgerichtet, das Gesicht ernst, einen Arm schützend um Sängerins Schultern gelegt; und Satin, in Sängerins Schoß, das Gesicht zum Lachen verzogen, eine Hand über den Mund gelegt.

Augenblicklich schwankten Grünsuchers Gefühle zwischen Erleichterung und Verärgerung; Zorn über den Streich, den man ihm gespielt hatte, und Freude darüber, diejenigen zu sehen, die den Streich inszeniert hatten.

Wenn es nach seinem Wunsch gegangen wäre, hätte die Freude ungetrübt sein müssen; aber er war sehr unvollkommen; und so mußte der Wilde in ihm mit dem Heiligen ringen.

Aber natürlich ging dieser Ringkampf schweigend vonstatten und unsichtbar; und er kämpfte erbittert gegen das Brennen in seinen Augen. Aber die Tränen erwiesen sich als Sieger.

»Gott ist mein Zeuge«, sagte er. »Ich wollte euch nicht dazu zwingen, hierhin zurückzugehen.«

Kleine Leiber drängten sich an ihn, ergriffen seine Arme und legten sie sich um die Taillen.

»Du kannst jetzt zurückkommen«, sagte Sängerin. »Das Vergangene ist vorbei. Das Kommende wird besser.«

»Und wo«, fragte Grünsucher, »hätte ich *dieses* Lied schon einmal gehört?«

★

In der Abenddämmerung drehten die Brachvögel und Strandläufer vom Meeresstrand ab, um die Nacht über auf Sand- und Schlammbänken zu verdösen, und die Enten flatterten matt dem Landesinneren zu, um sich im Sumpfgebiet der Flußmündung auszuruhen.

Aber am Strand bildeten sich neue Gewohnheiten heraus.

Vier Gestalten schritten zielstrebig durch die Schatten, die der Wald zwischen ihnen und der untergehenden Sonne über sie warf; machten sich zu ihrer ersten Strandsuche auf und hielten so ihre Verabredung mit dem Treibgut ein, das die nachmittägliche Flut angeschwemmt hatte.

Sie gingen in einer Linie. Dem Meer am nächsten eine Frau mit kastanienbraunem Haar, barfüßig, den Blick unverwandt auf den Boden gerichtet. In der Mitte ein Mädchen und ein Junge; das Mädchen eifrig, aber gelegentlich abgelenkt; der Junge angestrengt bemüht, der konzentrierten Aufmerksamkeit des Mannes nachzueifern, dessen Augen selbst die tiefsten Schatten durchdringen und die Spur zurückverfolgen konnten, die seine frischgebackenen Helfer überprüft hatten.

Entweder man suchte den Strand gründlich ab, oder man ließ es ganz bleiben . . .

STILLER SUCHER IM VAKUUM

Die authentische Welt des Peter Tate

Das Nationalbewußtsein der Waliser ist trotz erheblicher Repressalien durch England, mit dem es sich seit der normannischen Eroberung 1066 in fortwährender Auseinandersetzung befindet, ungebrochen. Ihr Freiheitskampf gleicht, wenn auch weniger spektakulär, dem der Iren. Heute auf dreizehn Grafschaften aufgeteilt, führen sie bei aller inneren Stärke ein Leben am Rande ihres katholischen Mutterlandes, dem sie, als mehrheitliche Protestanten, bis heute noch keine größere Autonomie haben abringen können. (Noch 1979 wurde eine durchgeführte Volksabstimmung in Wales über ein eigenes Parlament vom britischen Unterhaus verworfen.) In solcher Kulisse gedeiht lebendige Literatur. Der Autor dieses Buches, gebürtiger Waliser, ist untypisch für das, was gemeinhin Science-fiction genannt wird. Seine Romane und Kurzgeschichten, die ausnahmslos in einer nahen, für die Menschen noch überschaubaren Zukunft spielen, sind immer eminent politisch. In seinen Erzählungen, die seit Mitte der sechziger Jahre in den einschlägigen Magazinen – *New Worlds, Magazine of Fantasy & Science Fiction, Fantastic* – erscheinen, macht er sich Gedanken über Umweltverschmutzung, Nationalismus und den Einsatz biologischer Waffen.

Vielleicht ist diese expressive Politik mit ein Grund dafür, weshalb Tate, obwohl vor dem vorliegenden bereits drei seiner Romane in renommierten Reihen auf deutsch erschienen sind, bei uns nie die Aufmerksamkeit erlangt hat, die er von Inhalt und Aussage her eigentlich verdient. Sein stimmungsvoller Stil lädt zur oberflächlichen Lektüre ein, und seine tragische Melancholie, die mit einer tiefen Liebe zu seinem Land und dessen Geschichte und der Rolle des einzelnen in ihr verknüpft ist, durchzieht in mehr oder minder starkem Maße alle seine Texte. Der früheste bei uns erschienene Roman, DAS VERPLANTE PARADIES (engl. *The Thinking Seat*, 1969, Fischer Orbit 33, Frankfurt 1973), ist gleichzeitig sein Erstlingswerk. Schon dort ist Natur das tragende Thema.

Was sich in diesem Buch andeutete, eine Fusion aus am Wirtschaftskrimi orientierten Elementen mit den vernichtenden Folgen dessen, was Eingriffe in die Natur für das Überleben des Menschen bedeuten können, erhielt einen deutlich politischen Zuschnitt in seinem zweiten auf deutsch vorliegenden Roman, LANDLUFT UND TÖDLICHER REGEN (engl. *Country Love and Poison Rain,* 1973, Heyne Science Fiction 3436, München 1975). Aufbauend auf realen Gegebenheiten, malt der Autor das Menetekel einer – uns heute in der Wirkung nicht mehr fremden – biologischen Waffe an die Wand, die den Betroffenen einem gräßlichen Tod aussetzt. Der Ausgang des Romans, die Vernichtung des Nervengases zugunsten der weiteren Stationierung von Atomraketen, erscheint uns heute, kaum fünfzehn Jahre nach seinem Erscheinen, in seinem Optimismus geradezu hanebüchen.

Auch mit dem nachfolgenden Roman MONDLICHT AUF STÄHLERNEN WIESEN (engl. *Moon on an Iron Meadow,* 1974, Heyne Science Fiction 3581, München 1978) steuerte Tate den harten Kurs der Kritik an skrupelloser Waffenpolitik. Erneut geht es um biochemische Vernichtungswaffen.

Bedenkt man die beiden Seiten der Autorenseele, kann es nicht verwundern, daß auch Tates sechster und neuester Roman, GRÜNSUCHER (engl. *Greencomber*, 1979), Politik und Poesie wieder stark vereint, stärker vielleicht als alle vorangegangenen Bücher, weil er eine Person in den Mittelpunkt stellt, die in sich die Geschichte eines seit tausend Jahren zerrissenen Landes trägt. Grünsuchers Odyssee durch die einst grüne Insel, die äußerlich von Erosion abgetragen und innerlich von Plünderern heimgesucht wird, führt ihn zu den Stätten seiner eigenen Sehnsucht, bis in die tiefe Vergangenheit, für die er zur Verantwortung gezogen wird. Tote sind nur in seiner Einbildung Tote, und Liebe wird nicht als solche erkannt. So durchstreift er das Vakuum falscher Gefühle, immer auf der Flucht vor den Einbrüchen der Realität. Ein im Auschwitz-Stil tätiger Naziarzt, eine wunderbar klingende Sängerin nehmen neben ihm den gleichen Raum ein, während sein eigenes Leben eine Leerstelle bleibt, von bloßer Natur ausgefüllt, die nach Erfüllung im Sein strebt – eine Sehnsucht, die niemals gestillt wird und sich in ewiger Wiederkehr erschöpft.

Michael Nagula